PFINGSTFEUER

Jutta Michels wurde in Düsseldorf geboren und studierte in Hannover. Seit 20 Jahren lebt und arbeitet sie in Ahausen. Neben ihrer Tätigkeit als freischaffende Künstlerin hat sie sich der Geschichte des kleinen Ortes bei Rotenburg/Wümme verschrieben.

Nach verschiedenen historischen Kurzkrimis war »Pfingstfeuer« ihr Roman-Debüt, auf das die Bücher »Spurensuche« (2015) und »Fahrendes Volk« (2018) folgten.

© Carl Ed. Schünemann KG, Bremen
www.schuenemann-verlag.de
Nachdruck sowie jede Form der elektronischen Nutzung
– auch auszugsweise – nur mit Genehmigung des Verlages.

2. Auflage 2018

Autorin: Jutta Michels
Umschlagfoto: Archiv Jutta Michels
Satz und Buchgestaltung: Carl Schünemann Verlag

Printed in EU 2018 | ISBN 978-3-7961-1997-2

Jutta Michels

PFINGST FEUER

Carl Schünemann Verlag

Prolog

Viele hatten die Hoffnung, dass alles an dem Tag enden würde, an dem ihre von der Landarbeit schwarz geränderten Fingernägel gedankenlos den juckenden Pickel auf dem Oberschenkel aufkratzten. Sie arbeitete den Schmutz tief in die frische Wunde ein. Am Tag darauf begann sie, hoch zu fiebern. Die Blutvergiftung nahm ihren unaufhaltsamen, tödlichen Lauf zum Herzen. Der 30. September 1920 war ihr Todestag. Sie verstarb jung, im Alter von nur 36 Jahren, und hinterließ ihren Ehemann mit den gemeinsamen Kindern. Trotzdem entkamen die Hoffenden ihrem Schicksal nicht.

Es blieb jedem ein einziger Versuch.
Der erste misslang und erstarb.
Der zweite zündete und flog davon.
Dann schauten sie auf ein nie da gewesenes Inferno!

5. Februar 1933

An diesem kalten Sonntagmorgen zweifelten die übrigen Gottes-dienstbesucher ebenso wenig wie ich daran, dass die Republik von Weimar der Vergangenheit angehörte. Sie war ein kurzes politisches Intermezzo gewesen, das uns aus der Monarchie her-aus- und in eine andere Gesellschaftsordnung hineingeführt hatte. Die einen vertrauten auf das Neue und Moderne, die an-deren sehnten sich zurück und die alte Ordnung wieder herbei. Auch wenn die »gute alte Zeit« oftmals eben nicht gut gewesen war, wurde sie doch verklärt durch den zeitlichen Abstand und die Gewissheit, dass man die Vergangenheit mit all ihren Tü-cken erfolgreich gemeistert hatte. Sie vermittelte ein Gefühl der Sicherheit. Wer konnte das schon von der Zukunft behaupten? Alles schien ungewiss, auch wenn ich sicher war, dass die Macht-übernahme der NSDAP und die Ernennung Adolf Hitlers zum Reichskanzler das Land rasant verändern würden. Es herrschte eine positive und gespannte Erregung, nicht nur unter den lei-denschaftlichen Anhängern Hitlers. Ich zählte mich nicht dazu, trotz der verlockenden Versprechen, deren Einlösung mir eben-falls gut getan hätte. Wie bei vielen einfachen Menschen auf dem Lande, und dazu gehörte auch ich zweifellos, waren die Nöte des Alltags in den vergangenen Jahren so groß gewesen, dass die po-litischen Veränderungen in den Hintergrund traten. Es galt, zu einer Normalität zurückzukehren, die viele jüngere Menschen meines Alters noch gar nicht kennengelernt hatten. Bislang waren ich und meinesgleichen immer nur mit leeren Verspre-chungen abgespeist worden anstatt mit nahrhaftem Brot. Nun versprach man uns zahlreiche Hilfsprogramme für die Not lei-dende Bevölkerung. Und zugegeben: In der Winternothilfe taten sich viele NSDAP-Mitglieder als eifrige Geldsammler hervor, retteten zahlreiche Familien vor elendem Siechtum und dem

Hungertod. Dennoch! Ich hatte dieses diffuse Gefühl, das mich mahnte, wachsam zu sein, ohne dass ich einen Grund dafür nennen konnte. Vielleicht lag es daran, dass man auf dem Land eigen ist, den beständigen Fleiß dem öffentlichen Aktionismus der Politik vorzieht. »Lieber den Spatz in der Hand als die Taube auf dem Dach«, so denkt man hier. Überhaupt bedurfte es hier keinerlei flatterhafter Versprechungen, die heute für Aufsehen sorgten, sich aber bald als leer herausstellen würden. Bodenständigkeit hat tiefe Wurzeln, die dem stärksten Sturm trotzen können. So prägten zwei Dinge das bäuerliche Leben auf dem Lande seit Urzeiten: der tägliche Kampf ums Überleben und die daraus zwangsläufig entstandene Solidaritätsgemeinschaft. Seuchen, Missernten, Wetterkapriolen, aber auch der Rote Hahn, der sich gierig züngelnd auf die leicht brennbaren Hausdächer stürzt und alles zu Schutt und Asche verbrennt, haben die Landbevölkerung immer wieder gebeutelt. Ein Einzelschicksal kann sich schnell auf alle anderen auswirken, das ist tief im kollektiven Bewusstsein verankert. Was mich beunruhigte war, dass die NSDAP nun in diese alten Strukturen hineindrängte. Nicht die uns vertrauten Menschen regelten von nun an die täglichen Amtsgeschäfte im Ort. Überall beförderte die Partei ihre Mitglieder und ihr genehme Personen an die entscheidenden Stellen der Gemeinden, sicherte sich so ihren Einfluss im ländlichen Raum.

Was aber war mit denen, die nicht zu dieser neuen Gemeinschaft gehörten, so wie ich seit einiger Zeit? Wo lag meine Zukunft inmitten dieser sich verändernden Welt? Viele von Hitlers öffentlichen Reden richteten sich gegen alles, was nicht dem neuen deutschen Idealbild entsprach. Empfand ich deshalb das Neue mehr und mehr als bedrohlichen Freiheitsverlust statt als einen Gewinn nationaler Gemeinsamkeiten?

Die Marienkirche zu Ahausen war jedenfalls gut besucht an diesem ersten Sonntag im Februar 1933. So verhielt es sich immer. Neben den Ahauser Bürgern folgten auch die Everser, Hellweger und Unterstedter dem Ruf der Kirchenglocken. Pflichtbewusst legten sie jeden Sonntag bei Wind und Wetter den üblichen Kirchgang aus den Nachbardörfern auf einfachen Pferdekarren oder zu Fuß zurück. Andächtig lauschten die Gemeindemitglieder Pastor Riehls Worten, die er mit lebhaften Gesten untermalte. Auch ich folgte interessiert seinen Ausführungen, galten sie doch auch den neuen Machtverhältnissen im Deutschen Reich. Dennoch schweiften meine Gedanken heute immer wieder ab. Dabei bewunderte ich diesen Geistlichen, dessen scharfer Verstand zuweilen mit einem überschwänglichen Temperament gepaart war.

Dieser Gottesmann verfügt über ein gutes Gespür für seine Gemeinde und ist ein kluger und aufmerksamer Beobachter, dachte ich, während ich meinerseits die Menschen um mich herum reserviert betrachtete. Den Blick altarwärts gerichtet, wirkte die Kirchengemeinde im Glauben vereint. Doch dies war ein Trugbild, das wusste ich. Mit Bedacht wählten die Kirchenbesucher ihre Sitzreihe und die Sitznachbarn aus. Außerhalb dieser göttlichen Mauern herrschte eine gänzlich andere Ordnung zwischen den Gläubigen, die man auch beim Kirchgang nicht vergessen wollte. Auch ich wurde beäugt. Still, heimlich – und doch spürte ich es mit jeder Faser meines Körpers. Andere musterten mich völlig unverhohlen. Die Blicke, kühl und unbarmherzig, stachen mir wie Stecknadeln im Nacken und die Feindseligkeit der Kirchengemeinde lastete so schwer wie prall gefüllte Jutesäcke auf meinen Schultern. Aber der mich treffenden Verachtung zum Trotz war ich bemüht, erhobenen Hauptes zu sitzen. Mein Stolz stützte mich wie ein starres Korsett, hielt mich aufrecht und nahm mir dabei zugleich die Luft zum Atmen.

In den letzten Wochen hatte ich zahllose Gespräche mit dem Ahauser Pastor geführt. Mit seiner Hilfe hatte ich meinen so plötzlich abhandengekommenen Halt bei Gott gesucht. Bereits einmal hatte mich dieser tiefgläubige Gottesmann durch einen schweren Verlust begleitet, als ich innerhalb von zwei Monaten meine Eltern durch einen tragischen Unglücksfall verlor.

Die beiden hatten sich auf dem Langenhoff in Ahausen kennengelernt. Mutter war die erste Magd und stand neben der oftmals kränklichen Bäuerin dem Haushalt vor. Vater arbeitete dort als Knecht, bevor er mit 18 Jahren in der Dodenhofschen Schmiede an der Hauptstraße in Ahausen das Schmiedehandwerk lernte. Auch mein Großvater war Hufschmied gewesen. Doch als Jüngster von vier Jungen und fünf Mädchen hatte mein Vater das elterliche Anwesen in Sottrum früh verlassen müssen, um für sich selbst zu sorgen. So verschlug es ihn zunächst nach Kükenmoor, wo er als Gehilfe beim Stellmacher arbeitete, und später nach Ahausen. Hier entdeckte man sein Talent in der Metallbearbeitung recht schnell. Sein Dienstherr, bei dem er eine gute Anstellung als Knecht erhalten hatte, war jedoch nicht gewillt, ihn so ganz ziehen zu lassen, und so einigte man sich darauf, dass Vater im Winter in der Schmiede und während des restlichen Jahres auf dem Hof arbeitete. Seine Geschicklichkeit und sein Fleiß beeindruckten wohl auch meine Mutter. Nach ihrer Hochzeit im Jahr 1895 ließen sich die beiden als Anbauern am Dorfrand von Hellwege nieder. Meine Eltern waren sehr stolz auf ihren eigenen Hof, auch wenn das Land der Hofstelle moorig und der Weg zu den Ahauser Dienstherren weit war. Da der Hof nicht genug zum Leben abwarf, mussten beide Eltern etwas dazu verdienen.

Die Ehe meiner Eltern war von harter Arbeit geprägt, aber glücklich. Meine Mutter wünschte sich sehnlichst Kinder. Doch erst nach fast acht Jahren Ehe wurde ich geboren. Genau zwei

Jahre später erblickte mein jüngerer Bruder Johann das Licht der Welt. Leider verstarb er im zarten Alter von drei Jahren an Typhus. Weitere Kinder bekamen meine Eltern nicht und so blieb ich ohne Geschwister. Vielleicht hatte ich deshalb eine solch starke Bindung zu ihnen.

Vor mehr als zehn Jahren war dann das Unglück geschehen. Meine Eltern befanden sich gemeinsam auf dem Heimweg von Ahausen nach Hellwege. Augenzeugen des schrecklichen Unfalls berichteten mir später, dass die Pferde eines schwer beladenen Fuhrwerks durchgingen. Das herrenlose Pferdegespann galoppierte in rasendem Tempo die Ahauser Dorfstraße entlang in Richtung Mühlenstraße. Niemand konnte es stoppen. Obwohl die Ladung mit Hanfseilen gut vertäut war, muss sie sich gelöst haben. Als der Wagen auf Höhe meiner Eltern war, stürzte ein schweres Bierfass von der Ladefläche auf meine Mutter. Mein Vater wurde von mehreren Fässern regelrecht begraben. Er muss augenblicklich tot gewesen sein. Bei Mutter dauerte es noch knapp zwei Monate, bis sie ihren schweren Verletzungen erlag. Ihr Brustkorb war zusammengedrückt, ihre Rippen zertrümmert. Ohnmächtig war ich zum Zuschauen verdammt, es gab keine Rettung für sie. Ihr Sterben war qualvoll gewesen, für sie und auch für mich. In meiner Trauer blieb mir kaum Zeit, das Geschehene zu verarbeiten und mich mit meiner neuen Situation als Vollwaise zurechtzufinden. Hoferbe zu sein, davon träumen viele. Für mich kam dieser Traum als Albtraum daher, ereilte mich viel zu früh. Nur drei Wochen nach Mutters Tod trat ich Vaters Stelle an, zu schlechteren Bedingungen versteht sich. Ich bezog eine kleine Kammer auf dem Hof meines neuen Dienstherren und verpachtete schweren Herzens meine elterliche Hofstelle. Bis zu meiner Verehelichung sollte dies so bleiben und dafür fühlte ich mich noch viel zu jung. Damals wie heute hatte Pastor Riehl mir zugehört und versucht, mir meinen Weg zu und mit Gott zu zeigen. So lange ich denken konnte, lenkte er mit sicherer Hand die Geschicke der Kirchengemeinde. Die Kraft seiner Worte hatte mich damals tief bewegt und gestärkt. Sie spendeten mir Trost und ließen mich mit Zuversicht auf eine bessere Zukunft hoffen.

Die heutige Situation war für mich jedoch wesentlich unangenehmer. Damals galt mir und meinem Schicksal rege Anteilnahme. Viele solidarisierten sich mit mir und boten mir kleine und große Hilfen im Alltag an. Heute schlug mir in gleichem Maße Verachtung entgegen. Zu Unrecht! Ich hatte niemanden überfallen, hinterrücks niedergeschlagen und ausgeraubt. »Ich bin Martin Frantzen, ein aufrechter und ehrlicher Charakter«, diese Worte rief ich mir immer wieder ins Gedächtnis. Nicht meine Hand hatte den Knüppel geführt, der so heftig auf den Kopf des Opfers niedergesaust war, dass der Schädelknochen brach und der Unglückliche auch nach dem Verheilen der Wunden wirr im Kopf blieb. Es war richtig, dass ich in der Vergangenheit zweimal mit dem Unglücklichen aneinander geraten war. Aber dies hatte er sich selbst zuzuschreiben. Zuletzt hatte er mich im Suff in der Schankstube des Ahauser Hofes vor meinen Freunden beleidigt. Kurzerhand hatte ich ihn daraufhin gepackt, vor die Tür gezerrt und in den Schmutz geworfen. Danach hatte ich ihn nicht mehr gesehen. Warum hätte ich seine angeblich prall gefüllte Geldbörse an mich nehmen sollen? Mir ging es wirtschaftlich besser als vielen anderen im Dorf. »Sei im täglichen Leben sparsam, aber nicht geizig, Gästen gegenüber großzügig und meide die Gier, sie verhärtet dein Herz!«, so hatten meine Eltern es mich gelehrt und mir auch vorgelebt. Meine Ersparnisse, die größtenteils auf den Fleiß meiner Eltern zurückzuführen waren, hatten sich in der Weltwirtschaftskrise und der damit verbundenen Inflation nicht in wertloses Papier verwandelt, dessen einziger Wert nun in der Nutzung als Makulatur vor dem Aufbringen der Tapete bestand. *Aufmerksam hatte ich in dieser Zeit die Nachrichten verfolgt. Immer wieder hatte ich die politischen Ereignisse mit Pastor Riehl diskutiert, zu dem ich ein immer inniger werdendes Verhältnis entwickelte. Ich hatte schon lange vor dem dramatischen Verfall der deutschen Währung in ein paar prächtige Jungsauen, Werkzeuge und feingewebtes Leinen investiert. Zur Lagerung meines Besitzes hatte ich mir sogar einen eigenen Schrank anfertigen lassen, der auf der Diele meines Dienstherrn seinen Platz gefunden hatte. Dort bewahrte ich meine gesamte Habe auf. Und ich hatte mir das Recht erkämpft eigene Tiere in einem Verschlag auf dem Hof halten zu dürfen. Auch meinen Lohn ließ ich mir möglichst in Naturalien auszahlen. Ich bekam Würste, Schinken, Getreide, Marmelade, Kartoffeln und vieles mehr, wovon ich einiges anschließend in der Stadt gegen Tabak, Kleidung, Porzellan, Glas, manchmal auch Schmuck oder andere nicht verderbliche Waren und Werte eintauschen konnte. Dazu gehörten auch Bücher, die mir verzweifelte und ausgehungerte Gestalten zum Tausch gegen Lebensmittel anboten. Zuerst hatte ich den Nutzen der Bücher für mich nicht recht erkannt, hatte sie aber aus Mitleid mit den verzweifelten Menschen gegen Getreide eingetauscht – bis ich endlich anfing, in ihnen zu lesen. Sie eröffneten mir Welten, die nichts mit meinen eigenen Lebensumständen zu tun hatten, mich aber gerade deshalb in ihren Bann zogen. Zugleich weckten die Bücher Erinnerungen an glückliche Tage mit meinen Eltern. Vater hatte uns an kalten Winterabenden häufig in der geheizten Stube aus der Zeitung oder aus Büchern vorgelesen, während Mutter und ich mit Strickarbeiten beschäftigt waren. Die Zeit verflog dann stets wie im Traum und die Handarbeiten gingen leicht von der Hand.*

Als mit dem Schwarzen Freitag die Börsen der Welt zusammenbrachen, viele Bürger ihren gesamten Besitz verloren, man-

che gar den Freitod wählten, änderte sich für mich nichts. Mein Schrank war gut gefüllt. Mehr noch, ich hielt den in meinen Augen größten Schatz in Händen: eine komplette Ausgabe der Abenteuerromane Karl Mays, die ich bei einem verzweifelten Buchhändler gegen Wurstwaren getauscht hatte. Alle Vorwürfe, die die Dorfbewohner gegen mich erhoben, entbehrten der Wahrheit. Doch die fleißigen Erzähler, vielleicht durch ein Gefühl von Neid genährt, spannen die Geschichte immer weiter, unterstellten mir am Ende sogar mörderische Absichten.

Ja, die Kränkungen saßen tief, auch wenn ich versuchte, mir nichts anmerken zu lassen. Doch was mich wirklich zutiefst beunruhigte, war etwas Anderes.

Die offen gezeigte Feindschaft, die mir entgegenschlug, verunsicherte mich zunehmend. Seit vier Generationen lebte meine Familie nun schon in Sottrum und Hellwege. Und nie zuvor hatte ich Bosheiten erfahren, weil mein Urgroßvater zum fahrenden Volk der Sinti gehört hatte. Doch nun schlug mir Feindseligkeit von Personen entgegen, die mir einst vertraut oder sogar in Freundschaft verbunden gewesen waren. Hatte es bis dato niemanden interessiert, dass meine Urgroßmutter einen Zigeuner zum Ehemann erwählt hatte, so ließen sich nun die Geschehnisse damit einfach erklären und vermeintlich beweisen. Raub, Gewalt und Falschheit seien mir sozusagen in die Wiege gelegt worden, seien mein genetisches Erbe. »Es musste ja so kommen«, hörte ich meinen alten Dienstherrn sogar sagen. Und mit dieser Auffassung stand er nicht alleine da. Verständnisvolle Heuchler meinten gar, dass ich nichts dafür könne. Es sei mein Schicksal, eine angeborene Charakterschwäche, der ich irgendwann schließlich erliegen musste. Nichts anderes sei zu erwarten gewesen.

Was für einen bitteren Geschmack hinterließen diese Sätze!

Und auch der Ahauser Pastor machte sich Sorgen. Bei einem der Trost spendenden Gespräche hatte er mir gegenüber seine Befürchtungen geäußert, dass die politischen Veränderungen trotz markiger Worte nicht viel Gutes für die Menschen bringen würden. Er war ein belesener Mann, der neben der Theologie auch die Geschichte studiert hatte und in intensivem Briefwechsel mit ehemaligen Kommilitonen stand. Seine Beurteilungen beruhten auf vielschichtigen Informationen, die nicht immer mit der Haltung der neuen Regierung übereinstimmten. Seine Quellen hütete er mit kirchlicher Verschwiegenheit. Er versuchte zu verstehen, was sich hinter dem gesprochenen Wort der Politiker verbarg, was nicht ausgesprochen wurde, aber gemeint war.

So war Hitler in Pastor Riehls Augen kein Politiker im herkömmlichen Sinne, sondern ein Ideologe und Revolutionär. Letztendlich, so betonte er, dienten die Revolutionäre sich selbst und nicht dem Volke, dem sie ihre Macht verdankten. Das Volk sei Mittel zum Zweck. Welche Rolle jedem Einzelnen zuteilwerde, würde die Zeit zeigen.

Der Kirchenmann war überzeugt, dass die NSDAP mit Hitler einen radikalen gesellschaftlichen Umbruch anstrebe, eine neue Ordnung. Riehl war sogar so weit gegangen, Hitler einen Rattenfänger zu nennen, der den durch Krieg und Wirtschaftskrise Verunsicherten einen scheinbar sicheren Ort zum Leben anbiete. Und viele ließen sich allzu leicht einfangen und bereitwillig in einen engen Käfig sperren, solange Ausstattung und Futter stimmten! So hatte er es mir bildhaft beschrieben.

»Afterredet nicht untereinander, liebe Brüder. Wer seinem Bruder afterredet und richtet seinen Bruder, der afterredet dem Gesetz und richtet das Gesetz. Richtest du aber das Gesetz, so bist du nicht ein Täter des Gesetzes, sondern ein Richter. Wer aber bist du, dass du den Nächsten verurteilst? Amen!«

Diese Abschlussworte aus Jakobus 4,11 und die mahnende Frage Pastor Riehls am Ende drangen in meine Gedanken vor und holten mich zurück auf die harte Kirchenbank. Zusammen mit den anderen Gottesdienstbesuchern bekreuzigte ich mich und verließ die Kirche schweigend durch die große Tür im Glockenturm. Mit geneigtem Haupt schritt ich, einen kurzen Blick zur Seite werfend, am Grab meiner Eltern vorbei. Der Gedanke an sie tat mir gut. Für einen winzigen Augenblick fühlte ich mich ihnen nahe, war nicht mehr ganz auf mich allein gestellt. Meinen Eltern zur Ehre durfte ich nicht an dem verzweifeln, was mir vorgeworfen wurde.

Erneut stieg Verbitterung in mir auf, füllte meinen Kopf mit negativen Gedanken. »Wer seid ihr, dass ihr mich verurteilt habt?«, flüsterte ich wütend. »Ich bin immer noch einer von euch! Der Martin Frantzen, den nicht wenige ihren Freund nannten. Aber ihr habt nicht einmal stichhaltige Beweise benötigt, um mir die Freundschaft zu kündigen.« Ich betrachtete sie verächtlich aus den Augenwinkeln. In kleinen Gruppen standen sie aufgeputzt in ihrem schmucken Sonntagsstaat beieinander. Die Frauen in schwarzen Kleidern mit weißer Klöppelspitze am Kragen und einem wollenen Dreieckstuch eng um die Schultern gezogen. Züchtige Steckhauben verhüllten die geflochtenen, hochgesteckten Haare. Selbstgestrickte Wollstrümpfe wärmten die Beine der Frauen. Ihre Füße steckten in groben, dunklen Lederschuhen, deren Absätze zum großen Teil schräg abgelaufen waren. Ein schäbiger Glanz ging von diesen abgetragenen, aber sorgfältig geputzten Schuhen aus, die bereits frische Schlammspritzer aufwiesen. Die Männer hielten ihre Heidjerkappen in den groben, rissigen Händen vor dem Bauch. Viele ihrer dunklen Anzüge wiesen Flickstellen auf, meist am Ellbogen – so wie auch der meinige. Schnurgerade Scheitel teilten die kurzen Haare mittig oder seitlich in zwei asymmetrische Kopfhälften.

Die pomadigen Haare glänzten fettig in der Sonntagssonne. Einige wenige Gottesdienstbesucher hoben den Kopf zum Gruß, die meisten wandten sich demonstrativ ab. Wortlos nickte ich den Grüßenden zu und folgte dem Weg zwischen den Gräbern hindurch hinunter zur Dorfstraße. Ich war ein freier Mann. Aber nicht, weil man mir geglaubt hatte. Nein, die Beweise hatten nicht ausgereicht, um mich zu verurteilen. Das war ein gravierender Unterschied. Und sie ließen es mich mit jeder Geste spüren. So hatte man mich nicht lauthals mit Schimpf und Schande aus dem Dorf davongejagt, sondern mir das Leben im Ort zu schwer gemacht. Anfangs hatte ich noch geglaubt, dass sich alles aufklären würde und niemand ernsthaft an meiner Unschuld zweifeln könnte. Heute wusste ich, dass dies nicht stimmte. Leise murmelte ich den letzten Satz des Gottesdienstes vor mich hin, während ich erhobenen Hauptes den Friedhof verließ und meinen Heimweg antrat. Ihr werdet euch an eurem eigenen Urteil messen lassen müssen, das schwöre ich euch bei Gott, dachte ich. Ja, ich zählte fest auf Gottes Beistand, auf seine Gnade und Gerechtigkeit.

Eisige Kälte kroch durch die Öffnungen an Jacke und Hose in meine Kleidung hinein. Ich schlug den Jackenkragen hoch, steckte die Hände in die abgewetzten Taschen und stemmte mich forschen Schrittes gegen den Wind. Fröstelnd folgte ich dem krummen Holzzaun, der den Friedhof von der Dorfstraße trennte, an meiner ehemaligen Arbeitsstelle vorbei. Der Hof lag verlassen zur Linken der Hauptstraße, nur die Hühner scharrten im dunklen Mullersand der Blumenbeete seitlich des Haupthauses. Entlassen hatte man mich, obwohl der Bauer mich noch kurz zuvor als seinen Nachfolger vorgesehen hatte. An Sohnes Stelle hätte ich den Hof führen sollen. Seine eigenen Söhne waren im Kindesalter kurz hintereinander an Scharlach und

Diphtherie verstorben. Die Töchter hatten in die Nachbardörfer geheiratet und die Frau lag bereits seit vielen Jahren in der zweiten Reihe auf dem Friedhof. Doch meine Person und mein Wort galten hier nichts mehr und so hatte er mich vom Hof gejagt. Und auf Lohn und Brot konnte ich in Ahausen nirgendwo mehr hoffen, das Misstrauen war zu ausgeprägt. Zudem hatte ich mir eine neue Unterkunft suchen müssen. Auf meinen eigenen Hof konnte ich nicht zurück, denn die Pächter waren nicht bereit, den geschlossenen Pachtvertrag vorzeitig zu kündigen. Frühestens in drei Jahren konnte ich dort erneut meine Ansprüche auf eigene Nutzung vorbringen. Sogar aus meiner Verehelichung im Mai würde nun nichts mehr werden. Die Verlobung mit Anna war gelöst, das Heiratsversprechen aufgehoben. Ich hatte meine Liebe freigegeben. Was hätte es genützt, wenn auch Anna ihre Existenz verloren hätte? Zunächst wollte sie es nicht einsehen, doch Zweifel sind ein schleichendes Gift. Später war sie mir dankbar, dass es so gekommen war und ich ihr die Entscheidung abgenommen hatte. Ich fristete ein elendes Leben abseits der Dorfgemeinschaft.

Allein, meinen trüben Gedanken nachhängend, brachte ich den langen Fußmarsch zu meiner einsam gelegenen Hütte hinter mich. Das, was mir blieb, war der Unterschlupf in einer alten, verrotteten Kate am Rande von Eversen. Hier im Wolfsgrund, glücklicherweise nur drei Kilometer von Ahausen entfernt, hatte ich eine spartanische Behausung gefunden. Sie stand schon eine lange Zeit unbewohnt da, seitdem die vorherige Bewohnerin sie genau so verlassen, wie sie sie bezogen hatte, nämlich über Nacht. Niemand wusste, wem die Kate gehörte. Dies blieb wohl das Geheimnis der »alten Hexe«, wie die trunkenen Schandmäuler an den Stammtischen die Kräuterfrau schimpften, die hier viele Jahre ihr Dasein gefristet hatte. Gesche war sie gerufen worden, viel mehr war über sie nicht bekannt. Weder ihre Herkunft noch ihren Nachnamen konnten die Dorfbewohner mit Bestimmtheit nennen. Gesche selbst hatte nie verraten, woher sie stammte. Fragen dazu hatte sie sich stets verbeten. Viele Geheimnisse rankten sich um die eigenbrötlerische Person, die ohne Furcht viele Jahre im Wolfsgrund am Fuße des Richthügels gelebt hatte. Fast schien es so, als sei das windschiefe Gemäuer dafür geschaffen worden, heimatlosen Gesellen eine Herberge zu bieten. Leben am Rande der Gemeinschaft, dachte ich bei mir, genau so sieht es aus! Dass ich in dieser Hütte Unterschlupf gefunden hatte, war mein Glück. Ein bescheidenes Glück, aber immerhin das einzig Gute in diesen düsteren Tagen. Dach und Gemäuer waren in erstaunlich gutem Zustand und die Ausstattung der Räucherkate alt, aber funktionell. Das musste mir genügen. Ich hatte mein Werkzeug, war geschickt und an Zeit mangelte es mir auch nicht. Bevor die Kälte das Land mit eisigem Griff umklammerte, hatte ich das Haus winterfest machen können. Mit den Holzvorräten und meiner eigenen Habe würde ich dem Winter trotzen. Im Frühjahr, wenn der Abgehtag nach Ostern anstand und überall in den umliegenden Dörfern die Knechte nach Arbeit fragten, würde ich mein Schicksal in neue Bahnen lenken und diesen Ort verlassen, mir neue Arbeit suchen. Insgeheim wollte ich die Hoffnung nicht aufgeben, dass der wahre Schuldige für das Verbrechen, das man mir anlastete, gefunden und ich rehabilitiert werden würde. »Ich bin immer noch Martin Frantzen, ein ehrlicher Mann! Wieso erkennen sie nicht das Unrecht, das sie mir antun?«, murmelte ich in meiner wütenden Verzweiflung leise in den hochgeschlagenen Jackenkragen.

So schritt ich eisern gegen den Wind an. Laut knurrend machte sich jetzt auch der Hunger bemerkbar. Mein Körper verlangte nach mehr als dem Zorn, der mir wie ein Stein im Magen lag.

Michaelistag, 29. September 1900

Die Heide mit ihren typisch sanften Violetttönen blühte unge-
wöhnlich üppig, obwohl das Jahr schon weit fortgeschritten
war. Die milde Herbstsonne färbte die Vegetation in einem
rotgoldenen Licht und sorgte für angenehme Temperaturen.
Das tiefe, monotone Summen der Bienen legte sich als Klang-
teppich über die Pflanzenwelt. Die Luft vibrierte, kitzelte
leicht die Haut der Menschen, die schnellen Schrittes über
die wenigen Sandwege durch die Heide liefen.

Die eigenwillige Gestalt stand still da, verschnaufte auf
einem breiten Sandhügel. Beide Hände auf einen dicken
Wanderstock gestützt, den sie vor ihrem alten Körper fest in
die Erde stemmte, zog sie die liebliche Septemberluft durch
ihre gebogene Nase ein. Dann drehte sie langsam ihr von Falten zerfurchtes Gesicht der Sonne zu und betrachtete gedankenversunken die Umgebung. Zufriedenheit und ein tiefes
Wohlbefinden erfüllten sie. »Oh wie wunderschön! Hier ge-
höre ich hin – ob sie mich nun als eine der ihren akzeptieren
oder nicht. Mögen sie hinter meinem Rücken ruhig spotten,
wenn sie meine Hilfe brauchen, dann bin ich nicht mehr die
alte Hexe. So sind sie, die Leute«, sprach Gesche schmunzelnd zu sich selbst.

Überall in der Luft bewegten sich, scheinbar ziellos um-
hersausend, kleine Flugobjekte. Zu ihrer Linken zog sich ein
windschiefer Bienenzaun gut fünfzig Meter durch die Heidefläche. Auf zwei Bretterreihen standen, so schätzte sie, an die
hundert handgeflochtene, runde Bienenkörbe, vor denen sich
lebhaft Tausende Bienen tummelten. Gesche staunte jedes
Mal, wie zielsicher sie in diesem Gewusel immer zu ihrem
eigenen Volk zurückfanden. An der Rückseite sowie seitlich
und oberhalb wurden die Bienenkörbe durch vergraute Holz-

bretter vor der Witterung geschützt. Hier entstand das Heidegold, jener goldbraune Honig, der als Tausch- und Zahlungsmittel im ganzen Land begehrt war. Gesche schätzte neben dem Geschmack auch die heilende Wirkung des Honigs, die sie sich schon des Öfteren zunutze gemacht hatte.

Weite Flächen im Wechsel mit seichten Sandhügeln machten die norddeutsche Tiefebene der Heide aus. Der Blick konnte hier ringsum frei schweifen und blieb nur mitunter an Menschen und Tieren hängen. Dunkelgraue Heidschnucken mit ihrem zottigen, grobwollenen Pelz zogen in großen Herden unterhalb des Hügels über den violetten Teppich hinweg. Ein pulsierender Organismus aus kleinen, hellen Farbflecken. Die friedlichen Tiere lieferten nicht nur köstliches Fleisch und grobe Wolle, sie fraßen auch alles, was vor ihre zartrosa Mäuler kam, und verhinderten so die ungewollte Verbuschung der Heide.

Zum Schäfer muss man geboren sein, dachte Gesche, ernsthaft die Bewegungen der Herde beobachtend. Das Leben und Wandern mit den Tieren, Tag ein, Tag aus, verlangte viel Aufmerksamkeit. Mit Stolz trugen die Schäfer ihre Weste mit den 52 Zierknöpfen. Sie standen für die 52 Arbeitswochen im Jahr. Anders als zum Beispiel bei den Zimmerleuten, an deren Jacken als Verzierung sechs große Knöpfe für sechs Arbeitstage und auf den Zimmermannswesten acht kleinere Knöpfe für acht Stunden Tagesarbeit prangten, gab es für die Schäfer keine freien Tage. Auch in der Mittagszeit, wenn die Schafe genüsslich in der Sonne lagen, hatte der Schäfer zu tun. Die Klauen der Tiere mussten kontrolliert und gepflegt, Parasiten entfernt und ansteckende Krankheiten erkannt werden. Tier für Tier wurde begutachtet. Und wenn das letzte Tier an der Reihe war, dann begann alles von vorne. Aber auch die Hütehunde mussten versorgt werden. Sie waren die unentbehrlichen Helfer des Schäfers und sein ganzer Stolz. Die Anzahl der Knöpfe auf der Schäferweste hatte jedoch noch eine weitere wichtige Bedeutung. 52 Tage verbrachten die Schnucken zur Lammsaison im heimischen Stall. Von Februar bis März erblickten die Lämmer das Licht der Welt. Für den Schäfer war dies eine schlaflose Zeit, hieß es doch ständig, wachsam zu sein, damit keines der kostbaren Tiere verloren ging. Erstgebärende Mutterschafe neigten mitunter dazu, die Jungtiere wegzustoßen und nicht trinken zu lassen. Dann musste der Schäfer eingreifen, das unwillige Muttertier mit einem Strick fixieren und das Lamm immer wieder an den Euter heranführen, bis sich der natürliche Lebensrhythmus einstellte.

Gesche half dem Ahauser Schäfer immer wieder dabei, wenn ihn sein Rückenleiden zu arg quälte. Dann zerrieb sie zunächst Brennnesselblätter auf den schmerzenden Rückenpartien und mixte eine durchblutungsfördernde Salbe mit Kampfer für den leidenden Schäfer. Anschließend sorgte sie dafür, dass die Lämmchen die Milch des Mutterschafes bekamen und der Schäfer sich schonen konnte.

Im späten Herbst wurde die Herde wieder auf Stallstärke reduziert. Alte, schwache und viele männliche Tiere wurden geschlachtet und zu leckeren Heidespezialitäten verarbeitet. Auch die hübschen Felle waren begehrt, spendeten sie doch wohlige Wärme als Unterlagen auf Stühlen oder Betten, besonders in Kinderkrippen für die Jüngsten. So wusste Gesche die warmen Felle sehr zu schätzen, von denen sie erst kurz zuvor zwei als Lohn für ihre Dienste erhalten hatte.

Langsam wandte sie ihren Rücken der Sonne zu, die Wärme auf dem Buckel tat gut. Nicht weit von ihrem Aussichtspunkt entfernt erblickte sie nun auch die vertraute Gestalt des Schäfers, der grüßend seinen Schäferstab in ihre Richtung hob.

Dann schickte er seine Hunde, die Herde beieinander zu halten. Heute hatte er einige junge Tiere zusätzlich dabei, stellte Gesche interessiert fest. Die Ausbildung der Schäferhunde nahm einen wichtigen Platz in der Arbeitswelt des Schäfers ein. Ohne seine zuverlässigen Gefährten konnte er nicht über die riesigen Heideflächen ziehen. Die Herde würde sich schnell über das gesamte Gelände verteilen. Gesche lächelte beim Anblick der fleißigen Hunde, bis sie bemerkte, dass zwei von ihnen aneinandergebunden waren. Der Ältere folgte dem Kommando seines Herren sofort und riss jedes Mal den jüngeren, unerfahrenen Hund mit sich. Gesche wusste, dass dies eine übliche Methode war, neue Hunde für die Hütearbeit auszubilden. Doch von hier oben betrachtet wirkte es wie eine recht grobe Maßnahme. Aber der Schäfer wird schon wissen, was er da tut, dachte sie.

Gesche beschloss, eine längere Pause zu machen, sich kurz niederzusetzen und ein wenig Kraft für den Heimweg zu schöpfen. In der Ferne, schon fast mit dem Horizont verschmelzend, erblickte Gesche schemenhaft einige Männer, die die Heidefläche bearbeiteten. Im Herbst traf man die Heidebauern üblicherweise beim Heidehauen an. Wochenlang schlugen die Heidjer, wie sich die Heidebauern voller Stolz nannten, mit ihren kurzen Sensen die Besenheide. Das Heidekraut fand vielfältige Verwendung als Stallstreu, zum Feuern oder als Dacheindeckung für Häuser und Ställe. Im Herbst wurde es geerntet. Anschließend ließ man die fast kahlen Vegetationsstellen in Ruhe, bis die Heide sich verjüngt und wieder üppig ausgebreitet hatte. Die schwieligen Hände und kräftigen Arme zeugten von der schweren Arbeit der Heidjer.

Wachholder und Birken durchbrachen die Ebenen, setzten mit ihrem eigenwilligen Wuchs Akzente in der Heidelandschaft, an denen sich der Mensch orientieren konnte. Vereinzelt ragten kleine Eichen- oder Buchenwäldchen in den sonnigen Himmel, boten Holz und ihre nahrhaften Früchte an. Schweinehirten trieben im Herbst die borstigen Feinschmecker in diese kleinen Wälder.

Quer durch die weite Fläche schlängelte sich ein goldenes Band: der kleine Auebach, der in großen Bögen durch die Heide floss und im Licht der tiefstehenden Sonne wie Metall glänzte. Je nach Witterung trocknete der Bach fast vollständig aus oder schwoll so sehr an, dass er sich wie ein kleines Binnenmeer über die Flur ergoss.

Die Ahauser kannten und brauchten ihren Bach, der sein Wasser auch durch das kleine Wümmedorf zur Ahauser Mühle führte. Hier wurde von Wasserkraft das gesamte Getreide der anliegenden Orte gemahlen. Der Müller verfügte über das alleinige Staurecht des Mühlteiches und regelte so den Wasserstand des Auebachs. Er war ein einflussreicher Mann, der sich nicht um den Dorftratsch scherte und alle Menschen gleich behandelte. Die Leute sollten ihm ihr Getreide zum Mahlen bringen und nicht ihre Probleme, pflegte er bei passender Gelegenheit anzumerken.

Schmale Stege für Menschen und seichte Furten für das Vieh verbanden die Uferseiten des Baches und die einzelnen Dorfteile. Nicht mehr als 450 Einwohner hatte man bei der letzten Volkszählung ermittelt. Doch das Dorf wuchs beständig. Inzwischen zählte man dreißig Hofstellen sowie einige Häuslingshäuser und Katen. Zwei- und vierständige Häuser, eng beieinander gebaut, mit weicher Dacheindeckung aus Stroh, Reet und Heide, mit Lehm ausgefachte, gelblich leuchtende Fachwerkfelder und Sprossenfenster prägten das Dorfbild. Dazwischen standen die neuen, modernen Häuser, welche bereits mit Rotziegeln gemauerte Wände hatten. Die

Gebäude lagen in gebührendem Abstand zum Bach, damit sie auch bei Hochwasser trocken standen. Links und rechts des Haupthauses standen die Scheune, Ställe und bei den großen Höfen das Backhaus. Der Dachboden über den Ställen diente als Lager für Heu und Stroh und den einfachen Knechten als Schlafstätte. Ihnen wurde schlicht ein kleiner Teil des Bodens mit einer simplen Holzwand abgetrennt, den die Männer über eine schmale Holzstiege erreichen konnten.

Ein großer, runder Brunnenring begrenzte den Ziehbrunnen, der sich überall zentral zwischen den Gebäuden befand. Ein langer Holzbalken bewegte sich über ein mittig angebrachtes Gelenk auf und ab. Am Ende des Balkens bildete ein großer Feldstein das Gegengewicht zu dem schweren Wassereimer. Das tägliche Wasserschöpfen ging so leichter von der Hand als mit einer Winde.

Die Haupthäuser mit großer Diele und offener Feuerstelle auf dem Fleet beherbergten Mensch und Vieh. Der Rauch des Feuers durchzog die ganze Diele, um dann durch die Dacheindeckung und das kleine »Ulenlock« unterhalb des Firsts hinauszuziehen. Entsprechend schwarz waren Wände und Decken rund um die Feuerstelle. Die »grote Dör«, die Hauptpforte der Häuser, lag zur Straße hin. Sie war groß genug, um auch mit dem Pferdewagen hineinzufahren. Darüber, fein in die Fachwerkbalken geschnitzt, waren gottesfürchtige Worte, das Baujahr und oftmals auch die Namen der Bauherren zu lesen. Dadurch blieb der Hofname über viele Generationen bestehen, selbst wenn der Familienname durch Verehelichung oder Veräußerung des Hofes schon gewechselt hatte. So kam es, dass etwa die Söhne der Familie Wulf als »Timpenburn« gerufen wurden, da Timpen der Name des Bauherrn gewesen war. Der Hof behielt den Namen »Timpen« und somit lebte die Familie Wulf auf dem Timpenhof.

Senkrechte Staketenzäune säumten windschief die Wege, dahinter tummelte sich das Federvieh. Angrenzend lagen die mit Sorgfalt gepflegten Nutzgärten. Im typischen Wechsel reihten sich Gemüse, Sommer- und Herbstblumen, Kohlsorten, Rüben, Spaliere für Erbsen und Bohnen sowie Zwiebeln und Kartoffeln in geraden Furchen nebeneinander. Gesche liebte diese farbenprächtige Vielfalt, die sich den Jahreszeiten folgend stetig veränderte. Jede Zeit hatte ihre eigenen Farben und ihre eigenen unvergleichlichen Düfte.

In unmittelbarer Nachbarschaft hing auf endlos langen Leinen die makellos weiße Wäsche über den Weidewiesen zum Trocknen oder lag säuberlich ausgebreitet in der prallen Sonne auf der Bleichwiese. Trotz der geschlossenen Augen fühlte Gesche sich durch das strahlende Weiß geblendet. Oder kam der grelle Schimmer von der Sonne? Eine Biene schwirrte um Gesches Kopf und riss sie endgültig aus ihrem Tagtraum. »Es wird Zeit«, sprach die alte Frau müde zu sich selbst und öffnete ihre schweren Augenlider. Sie erhob sich und lud die schwer mit Holz beladene Kiepe wieder auf den Rücken.

Zahlreiche Wege führten nach Ahausen und ebenso viele wieder hinaus. In südlicher Richtung lagen Kirch- und Westerwalsede. Hellwege und Sottrum erreichte man über einen Weg, der nordwestlich aus Ahausen über eine langgezogene Kuppe hinausführte.

Gesche passierte zuerst die Dorfschule. »Lasset die Kindlein zu mir kommen!«, lud eine Inschrift über der drei Meter hohen Schultür die Kinder des Dorfes ein. Die Schrift war kunstvoll in den darüber befindlichen Querbalken geschlagen und mit weißer Farbe ausgemalt. In einem einzigen Klassenraum wurden alle Altersstufen gemeinsam vom Dorflehrer unterrichtet. Die Stirnseite des Raums dominierte eine mächtige Schreibtafel. Das Lehrerpult stand erhöht auf einem drei mal vier Meter großen Fußbodenabsatz direkt davor. Ein rostiger Kartenständer sowie ein mehrfach geflickter Zeigestock standen in einer Ecke des Raumes. Hölzerne Schulbänke verbunden mit einem kleinen Schreibpult boten je zwei Schülern Platz. Ein kleiner Ofen sorgte in der kalten Jahreszeit für erträgliche Temperaturen in dem Klassenzimmer. Den notwendigen Torfbrennstoff brachten die Kinder zu Beginn des Herbstes als Pflichtabgabe mit in die Schule.

Gesche wusste, dass der Dorflehrer das einfache Zimmer im Dachgeschoss desselben Gebäudes bewohnte. Sie hatten ihn darin vor einiger Zeit einmal behandelt. Es war ärmlich ausgestattet. Ein schmales Bett sowie ein Schrank und ein hölzerner Tisch mit Schemel bildeten die gesamte Einrichtung. Im Sommer erreichten die Temperaturen in der Lehrerkammer nicht selten die 30 Grad, während der Raum im Winter nur in unmittelbarer Ofennähe behaglich warm wurde. Das Lehrersalär reichte nicht für mehr. Aber zur Sicherung seines Lebensunterhaltes war es dem Pädagogen gestattet, den anliegenden Schulgarten zu bewirtschaften und in geringem Maße Tierhaltung zu betreiben. Das alles hatte ihr der redselige Lehrer während ihres kurzen Besuchs berichtet.

An den Garten grenzte der Ahauser Hof, ein Vollhof mit Gastwirtschaft. Gegenüber stand leicht erhöht die Marienkirche, umgeben von dem Friedhof der Gemeinde. Gesche folgte mit ihrer Last dem Staketenzaun in Richtung Eversen. Sie hatte noch einen anstrengenden Fußweg vor sich.

Die Dorfstraße mündete im Südwesten in einen schmalen Fußweg, der nur mit sehr kleinen Fuhrwerken zu befahren war. Dieser führte nach Eversen und weiter zum Wolfsgrund. Wölfe gab es hier schon lange nicht mehr, dafür aber unheimliche, gruselige Geschichten. Die Einheimischen mieden diesen Ort in der Dunkelheit. Gut dreißig Minuten benötigte ein flinker Geher für den Fußmarsch dorthin, für den Rückweg meist zehn Minuten weniger.

Die grob geflochtene Holzkiepe mit ihren spröden Lederriemen drückte auf Gesches knochige Schultern. Jeder ihrer Schritte wurde von einem leichten Schlag in den Rücken begleitet. Sie wurde von ihrem Korb getrieben wie ein Lasttier von seinem Herrn. Bei diesem Gedanken musste sie trotz aller Beschwerlichkeit schmunzeln. Das Knüppelholz lugte in alle vier Himmelsrichtungen aus der Kiepe hervor. Mühsam hatte Gesche es in der Heide und den kleinen Wäldchen rund um Ahausen zusammengetragen. Im Licht der tief stehenden Sonne eilte ihr Schatten ihr voraus und die Holzknüppel warfen wilde Schatten auf den hellen Sandboden, fast so, als ob ihr Kobolde im Nacken säßen.

Die Kraft der Sonne ließ langsam nach und es wurde merklich kälter. Sie hatte zu viel Zeit mit ihren Tagträumen verbracht. Mit schweren Schritten, ihren Wanderstab in der rissigen linken Hand haltend, marschierte das krumm gewachsene Weiblein entlang des Sandweges, der sich durch den Wolfsgrund hindurch zu ihrer alten Kate am Rande von Eversen wand. Ihr winziges Haus bückte sich windschief hinter eine mächtige Erhebung, den sogenannten Richthügel, in die Heidelandschaft des Wolfsgrunds. Der Hügel schützte im Winter vor dem kalten Ostwind. Mit wütendem Gebrüll und heulendem Pfeifen rüttelte und zerrte der in den dunklen Wintermonaten nachdrücklich am Gebäude, riss in seiner mächtigen Kraft manchmal sogar Löcher in das Dach. Einzig der Schutz des Hügels sorgte in der sonst flachen Ebene dafür, dass die alte Kate dem standhielt.

Ihre Behausung maß kaum vier mal sechs Meter in der Grundfläche. Die Kate enthielt nur das Notwendigste. Zwei kleine Kammern – eine diente ihr als Schlafraum, die andere für ihre Kräuter, Tinkturen, Salben und schlichtweg alles, was sie zum Heilen benötigte – lagen am Ende einer kurzen Diele, deren Zentrum eine runde Feuerstelle bildete. Auf dem Dachboden darüber lagerte seit Jahren zusammengefallenes Heu und Stroh, das bei jedem Windstoß in feinen Staubwolken auf sie herabrieselte. In kleinen Verschlägen auf der Diele hielt sie Hühner, Enten und Gänse, die tagsüber auf dem Hof herumliefen. Sie waren für Gesche sehr wichtig, da sie sie zuverlässig mit Eiern versorgten. Ebenso schätze sie jedoch die fünf jagderfahrenen Katzen, die Mäuse und Ratten auf ein erträgliches Maß reduzierten.

Auf der Rückseite ihrer Kate lehnte sich baufällig der Holzschuppen an das Gemäuer an. Er musste noch mit reichlich Knüppelholz gefüllt werden, bevor der Winter seinen kalten Atem über das Land hauchte.

Ein böiger Wind hatte eingesetzt und zerrte am Kopftuch der kaum einen Meter sechzig kleinen Frau. Gesche war immer schon klein von Gestalt, aber stark und eigensinnig im Geiste gewesen. Die abgetragenen Holzschuhe knirschten auf dem losen Untergrund. Ihre Beine steckten in grauen, kratzigen Wollstrümpfen, die zu den Fußgelenken heruntergerutscht waren. Sie gaben ihren Füßen festen Halt in den starren Holzschuhen. Am Körper trug sie ein schwarzes Leinenkleid mit weißem Häkelkragen, dessen Saum wenige Zentimeter über den Knöcheln endete.

In der Luft lag am Abend bereits eine deutlich wahrnehmbare, fast stechende Kälte. Der Winter würde sich früh auf den Weg machen, da war die alte Frau sich sicher: Der eisige Frost lauerte im Osten und würde bald über die Heidelandschaft hereinbrechen. Sie spürte es in den Knochen. Ihre arthritischen Hände schütze Gesche abends bereits mit den wollenen Handschuhen, die die geröteten Fingerkuppen zum Arbeiten freiließen. Es war wirklich höchste Zeit, sich um das Brennholz zu kümmern. Den teuren Torfbrennstoff, der fast das ganze Jahr in den nahe gelegenen Mooren zu rechteckigen Ballen gestochen und dann in der Sonne oder in Schuppen getrocknet wurde, konnte sie sich nicht leisten. Auf einfachen Torfkähnen transportierten die Torfstecher ihre wertvolle Ware die Wümme hinauf in die größeren Städte und verdienten gut daran. Doch Gesche verbrannte ohnehin lieber Holz. Das Knüppelholz, das sie rund um den Wolfsgrund in stillem Einvernehmen mit den Waldeignern sammelte, kostete sie nichts außer der Mühe. Auch räucherte es in der offenen Feuerstelle nicht so stark wie die dicken Torfplacken, deren Ruß Wände und Decken der Häuserdielen tiefschwarz färbten.

Neben dem Sandweg entdeckte Gesche eine zweite Schnuckenherde, die wohl auf dem Weg zu ihrem Schafskoben war, wo sie nachts Schutz fand. Der Schäfer würde die Nacht bestimmt nicht im Wolfsgrund verbringen. Niemand tat das freiwillig und daran war sie selbst nicht ganz unschuldig.

Sie war bereits in Sichtweite der Abzweigung, als die Dämmerung der Landschaft alle Farbe nahm. »Gesche«, ermahnte sie sich selbst, »achte darauf, wo du hintrittst, sonst musst du nach einem Sturz das gesamte Holz wieder zusammenklauben.« An der Zwillingsbirke bog ein schmaler, gewundener Trampelpfad vom Hauptweg ab. Folgte Gesche diesem ausgetretenen Pfad, gelangte sie nach genau einhundert Schritten zu ihrer Kate, die durch den Hügel von der Abzweigung aus nicht zu sehen war. Nur der aufsteigende Rauch gab dem Vorbeireisenden einen Hinweis auf ihre Behausung.

Obwohl sie so kurz vor ihrem Ziel war, pausierte Gesche erneut. Die schwere Last und das schnelle Ausschreiten hatten sie erschöpft. Im Zwielicht betrachtete sie nachdenklich den schmalen Pfad und den Hügel.

Es gibt Geschichten, dachte Gesche traurig, die sind so anrührend, dass sie auch viele Jahre später die Herzen der Menschen noch bewegen. Die Tragödie, die auf diesem Hügel ihr schauerliches Ende fand, hatte die Zeit überdauert und wurde auch heute noch weitererzählt. Vorzugsweise an Abenden, an denen Dunkelheit und Nebel die Fantasie der Zuhörer bereits zum Leben erweckt hatten. Dann saßen sie in den Spinnstuben beieinander und lauschten den schaurigen Geschichten aus vergangenen Tagen.

Eine davon war die der jungen Anna Sophie Müller aus Worth. Sie war im Mai 1809 in ärmlichen Verhältnissen geboren worden, galt aber als besonders hübsch und anmutig. Um ihrer erblindeten Mutter einen würdigen Lebensabend zu ermöglichen, sollte sie einen 30 Jahre älteren Witwer heiraten. Dieser war zwar mürrisch und mitunter brutal, aber vermögend. Widerwillig ehelichte die junge Frau den Bauern, um sich und ihre Mutter nicht dem Hungern auszusetzen. Das Unglück geschah im Winter 1832, als der Sohn des Bauern, Johann, vom Militärdienst auf den Hof zurückkehrte. Johann und Anna verliebten sich Hals über Kopf ineinander. Sie begannen ein leidenschaftliches Verhältnis gegen alle Vernunft. Die junge Frau verweigerte sich von diesem Zeitpunkt an voll Abscheu ihrem Ehemann und wurde dafür von ihm misshandelt und geschlagen. Ihre Lage verschlimmerte sich dramatisch, als sie kurze Zeit später von Johann ein Kind empfing. Als der alte Bauer das entdeckte, drohte er dem Paar, sie anzuzeigen. Auf blutschänderischen Umgang und unehelichen Beischlaf stand Gefängnis. Immerhin war Johann durch

Annas Heirat mit dem alten Bauern ihr Stiefsohn geworden. Seinem Sohn drohte der Alte zudem mit Enterbung.

In einer Märznacht, genau dreizehn Monate nach der unglücklichen Hochzeit, half Anna in ihrer Not Johann dabei, den Bauern umzubringen. Sie erdrosselten ihn mit einem selbst gedrehten Hanfstrick im Bett und schleppten seine Leiche anschließend in den Pferdestall. Dann hetzten sie eines der friedlichen Tiere solange auf, bis es nervös auf dem daliegenden Toten herumtrat. So hatte es den Anschein, als habe das Pferd den Bauern zu Tode getreten.

Doch so sorgfältig die beiden Unglücklichen ihren Plan auch geschmiedet hatten, die Wahrheit wollte hinaus ans Tageslicht. Die ebenfalls im Hause lebende Witwe von Johanns verstorbenem Bruder war nachts durch das Pferdespektakel geweckt und Zeugin der ungeheuren Geschehnisse geworden. Obwohl sie um die Grausamkeiten des alten Bauern gegenüber Anna wusste, verließ sie noch in derselben Nacht den Hof und meldete den Mord am nächsten Tag bei der Obrigkeit. Sie spekulierte auf ihren Vorteil, hoffte sie doch, ihren eigenen Sohn zum Hoferben machen zu können. Johann und Anna wurden umgehend inhaftiert und des Mordes angeklagt.

Wenige Monate nach der Inhaftierung brachte Anna eine zarte Tochter zur Welt. Das Kind wurde zu Pflegeeltern vermittelt und die vermeintliche Gerechtigkeit nahm ihren Lauf. Anna und Johann waren ein Mörderpärchen und so lautete das richterliche Urteil auf verschärfte Todesstrafe für beide.

Viele Schaulustige hatten sich damals rund um den Richthügel im Wolfsgrund versammelt, als das junge Paar einige Wochen nach dem Urteil auf einer Kuhhaut liegend auf den Hügel hinaufgeschleift wurde. Neben dem großen Findling, der noch heute im Wolfsgrund stand, war ein tiefes Loch ausgehoben und der Sand zu einem Erdhügel aufgeworfen worden. An dieser Stelle hatte der Scharfrichter Schwarz aus Bremervörde seines Amtes gewaltet und das Blutgericht vollzogen. Der Überlieferung zufolge hatte Anna die erhöhte Richtstelle als Erste betreten, war dann aber noch einmal hinunter gestiegen und hatte mit einem langen, innigen Kuss Abschied von ihrem Geliebten genommen. Nach einem stillen Gebet war sie in ein verzweifeltes, hysterisches Lachen ausgebrochen, bis der Scharfrichter zu einem kräftigen Hieb ausgeholt und den Kopf mit einem Schlag vom Körper getrennt hatte. Der Schädel musste mit einem mächtigen Blutschwall vornüber von Annas Schultern gefallen sein, direkt in den bereitgestellten Binsenkorb. Kurz danach war auch ihr geliebter Johann an Ort und Stelle enthauptet worden. Die Leichen hatte man samt Köpfen in das ausgeschachtete Loch geworfen und die noch warmen Körper mit Erde zugedeckt.

Die Toten, so erzählten sich die Einheimischen gerne, waren des Öfteren in der Nähe der Hinrichtungsstätte gesehen worden. Vorzugsweise, wenn der Nebel in der Abend- oder Morgendämmerung aufstieg. Mit dem Heulen des Windes hörte so mancher Reisender die Stimmen der Geköpften, die ohne ihre Häupter auf den Schultern nicht zueinander fanden. »Ihre gottlosen Seelen kommen nicht zur Ruhe«, flüsterten die Einheimischen und empfahlen jedem, die Örtlichkeit zu umgehen.

Gesche lebte gut mit diesen Geistern, hielten sie ihr doch das Gesindel fern. Damit dies so blieb, schürte sie die Fantasie der Erzähler mit immer neuen Details, die sie im Laufe der Jahre bei passenden Gelegenheiten zum Besten gab. Für ihre einsame Wohnlage gab es keinen besseren Schutz als einen gruseligen Ort des Spuks in unmittelbarer Nähe. Selbst die zahlreichen Kiepenkerle mit ihren selbst gefertigten Holzwaren, die auch in Ahausen auf ein gutes Geschäft hofften, klopften nur selten an ihre Tür.

Dabei war es die letzte Hinrichtung in dieser Region gewesen. »Die Zeiten ändern sich und vielleicht sogar zum Guten«, sinnierte Gesche, vertieft in die Betrachtung der Heideerhebung.

Das nahende Pferdegespann hörte sie erst im letzten Moment, so gedankenversunken stand Gesche da. Sie drehte sich um und erkannte augenblicklich den Anbauern Hermann Meyer aus Westerwalsede. Ein großer, kräftiger Mann mit hellblauen Augen, die aus dem wettergegerbten Gesicht hervorfunkelten. Er trug die typische Schirmkappe der Heidjer. Eine braune Jacke spannte eng um die breiten Schultern. Das abgetragene Stück hat bestimmt schon bessere Tage gesehen, schoss es Gesche durch den Kopf. Mit unglücklicher Miene, hängenden Schultern und blassem Gesicht saß neben ihm ein junges, dürres Mädchen von ungefähr 16 Jahren auf dem Kutschbock.

Hermann Meyer zügelte die Pferde und brachte sein Gespann neben Gesche zum Stehen. »Gott zum Gruße!«, sagte er und führte seine rechte Hand an die Kappe. Gesche bemerkte die fehlende Fingerkuppe am rechten Ringfinger und erinnerte sich wieder lebhaft an den Tag, an dem sie die frische Wunde säubern und verbinden musste. Es lag schon viele Jahre zurück, dass der Bauer beim Sensegängeln abgerutscht war und sich dabei die Fingerkuppe abgeschnitten hatte. Freundlich erwiderte sie seinen Gruß und betrachtete das schlanke, bleiche Mädchen.

»Ist das Eure Tochter Magarete da neben Euch?«, fragte sie. »Das müsst Ihr doch besser wissen als ich«, lachte Hermann

Meyer laut vom Kutschbock herab. »Immerhin habt Ihr dieses Geschöpf vor mir in Händen gehalten.«

Es musste wohl auf den 10. März im Jahr 1884 gewesen sein, erinnerte sich Gesche vage, als das schmierige kleine Mädchen mit einem mächtigen Schwall trüben Fruchtwassers aus der Meyerin hinausgespült worden war. In der eisigen Dunkelheit hatte es damals weit nach Mitternacht energisch an Gesches Tür geklopft. Rupert, der Knecht vom Meyerhof, war durch die Nacht geeilt, um die erfahrene Hebamme zur Niederkunft zu rufen. Seine Furcht vor dem Richthügel hatte er sich mit einem ordentlichen Geldbetrag nehmen lassen. Katharina Meyer hatte die nahende Geburt gespürt und die Nachbarin fürchtete schlimme Komplikationen. Denn kaum 14 Monate zuvor hatte die Meyerin einen toten Sohn geboren. Damals hatte sich die Nabelschnur um den Hals des ungeborenen Jungen gelegt und das kräftige Kind bei jeder Presswehe stranguliert. Am Ende war es ein Glück gewesen, dass nur das Kind zu Tode kam und Katharina Meyer überlebte. Ohnmächtig hatte die hilfsbereite Nachbarin das Unglück zulassen müssen, da es ihr an medizinischem Wissen und Hilfsmitteln fehlte. Gesche hatte damals bei einer anderen Geburt helfen müssen und war erst viele Stunden später auf dem Meyerhof in Westerwalsede angekommen, als die Tragödie bereits geschehen war. So hatte sie nur noch wenig Hilfe leisten können.

Leider kam es häufiger zu so tragischen Geburtsverläufen, sodass Gesche auch für den Todesfall gerüstet war. Sie hatten den Knaben in ein weißes Totenkleid aus einfachem Papierschnitt gekleidet. Die Vorderseite dieser Trauergewänder war mit einer in Falten gelegten Gazeschicht verziert und mit Spitze, Kordel und Schleifen geschmückt. Die Rückseite war offen und schmucklos und wurde nur durch eine dünne Kordel gehalten. Die kostengünstigere Totenwäsche aus Papier ahmte die wertvollen Seiden-, Damast- oder Satinausstattungen wohlhabender Kreise nach und ermöglichte so auch ärmeren Leuten ein würdiges Begräbnis.

Am folgenden Tag hatten sie nach der Segnung durch den Pastor den kleinen Körper in einer einfachen Holzkiste beigesetzt. Seine Grabstelle lag auf dem Friedhof neben seinen drei bereits verstorbenen Geschwistern. Keines der Kinder war älter als vier Jahre geworden. Diphtherie, Typhus, Scharlach … Der Tod hatte viele Gesichter.

Doch diese Geburt sollte keinen so dramatischen Verlauf nehmen, daher hatte die besorgte Nachbarin den Meyerschen Knecht bei den ersten Anzeichen der bevorstehenden Niederkunft eilig zur Hebamme gejagt. An der Seite Ruperts war Gesche durch die Kälte der Nacht geeilt, um diesmal rechtzeitig Beistand leisten zu können. Direkt nach der Ankunft in dem bescheidenen Bauernhaus hatte sie den runden Leib der Schwangeren untersucht.

Der Muttermund war bereits um wenige Zentimeter geöffnet, das hatte Gesche geschickt ertastet. Doch Gesche hatte auch ein kleines Füßchen erfühlt, wo keins hätte sein dürfen. Das Kind hatte verkehrt herum im Mutterleib gelegen.

Niemals erschien Gesche bei einem Patienten ohne ihren geheimnisvollen Kräuterkasten. Florale Intarsien schmückten den abgegriffen Deckel des Holzkästchens. Unter dem geöffneten Deckel kamen zwei Einlegeböden zum Vorschein, die herausnehmbar waren. Darunter standen zahlreiche verschlossene Glasgefäße. Sie enthielten allerlei Pulver, Kräuter oder Salben. Darin hatte Gesche auch an diesem Tag gewühlt und einen zigarrenähnlichen Gegenstand herausgefischt, den sie an einer Seite mit einem Feuerspan entzündete. Schwielen und eine frische Blase an der Ferse waren sichtbar geworden, als Gesche die wollenen Socken von den rauen Füßen entfernte. Beine und Füße der Bäuerin waren durch die Schwangerschaft stark angeschwollen gewesen und so hatte der Hacken unentwegt an den unnachgiebigen Holzschuhen gerieben. Die Moxazigarre aus Beifußkraut hatte Gesche mit der glimmenden Seite dicht an den nackten Fuß der Bäuerin gehalten. Dies diente der Entspannung der Schwangeren und sollte für eine Zunahme der kindlichen Aktivität sorgen. Doch das Kind hatte sich weder drehen wollen noch sich beeilt, zur Welt zu kommen.

Drei Tage lang hatte Gesche bei der hochschwangeren Bäuerin ausgeharrt, bis endlich heftige Wehen einsetzten. Da es zart und schwächlich war, war das Kind ohne größere Probleme mit den Füßen voran aus dem Mutterleib geglitten. Es war ein blasses, schmieriges Bündel gewesen, grün und blau verfärbt, zudem viel zu klein im Vergleich zu anderen Neugeborenen. Doch die unerwartet kräftigen Babyschreie hatten erahnen lassen, dass dieses Kind gewillt war zu leben.

Heute stand Gesche zum ersten Mal dem Säugling von damals gegenüber.

Grete, wie alle das Kind nannten, war noch immer zart von Statur, doch in ihren Augen war ein Funkeln, das einen eigensinnigen Charakter und große Willensstärke vermuten ließ. Gesche betrachtete das feine, sommersprossige Gesicht, die rotblonden lockigen Haare und spürte, dass das Mädchen tiefen Kummer mit sich trug.

»Wohin des Weges?«, fragte sie, um mehr über Gretes Traurigkeit herauszufinden.

»Grete fängt morgen bei Familie Wulf auf dem Timpenhof in Ahausen als Magd an«, teilte Hermann Meyer Gesche erfreut mit, ohne sich um die offensichtlich schlechte Befindlichkeit seiner Tochter zu scheren. Das Mädchen wandte den Kopf zu Seite, um seine Augen zu verbergen, die sich mit Tränen füllten.

»Wird Zeit, dass Grete auf eigenen Füßen steht. Das Arbeiten haben wir ihr schon beigebracht, nun ist es an der Zeit, dass sie für ihren eigenen Unterhalt sorgt. Ihre Mutter ist viel zu nachsichtig mit ihr, so kommt sie nur auf dumme Gedanken und fantasiert in den Tag hinein, dass einem angst und bange werden kann. Damit muss jetzt Schluss sein. Sie sieht zwar nicht so aus, als ob sie für die Arbeit taugt, aber das täuscht. Sie hat geschickte und flinke Hände, nur der Kopf ist manchmal ein bisschen wirr«, lachte der Bauer und schlug mit seiner mächtigen Hand dem schlanken Mädchen kräftig auf den Rücken. »Mit einer ordentlichen Mitgift wird sich hoffentlich bald ein anständiger Kerl finden, der darüber hinwegsieht«, sprach er weiter und ignorierte Gretes Tränen, die nun ungehindert über ihre Wangen rollten.

Gesche hatte nicht daran gedacht, aber nun wurde es ihr bewusst: Morgen war der 29. September. Der Michaelistag war auf dem Lande immer schon ein wichtiger Termin gewesen, ähnlich dem Donnerstag nach Ostern. An diesen beiden Tagen wechselten die Dienstboten ihre Herrschaften. Es waren die Abgehtag. An Michaelis war für die Bauern der Sommer zu Ende, das Korn war eingebracht, man zahlte Zinsen und Abgaben. Vielerorts wurden jetzt die Erntedankfeste begangen. Ein Wechsel des Gesindes außerhalb dieser Tage war die Ausnahme und kam nur vor, wenn beide Seiten nicht miteinander auskamen. Gerne gaben die Bauern ihre Töchter als Mägde auf andere Höfe in nahe gelegene Dörfer. Die dortige Hausherrin übernahm dann die weitere Erziehung und hauswirtschaftliche Ausbildung der ihr anvertrauten Mädchen, bis diese eine möglichst stattliche Partie machten und heirateten. Als Mägde hatten sie Gelegenheit, ihre Aussteuer anzufertigen, ein wenig Geld zu sparen und so die elterliche Kasse zu entlasten.

Mitfühlend lächelte Gesche zu Grete hinauf: »Beruhige dich mein Kind, es gibt keinen Grund zu weinen. Du wirst schon sehen, in Ahausen lässt es sich auch gut leben. Und ist es nicht ein Glück, dass dich nur sechs Kilometer von deiner Familie trennen? So steht einem gegenseitigen Besuch nicht viel im Wege.«

Grete trocknete ihre Augen mit einem kleinen Taschentuch und nickte matt. Gesche konnte die Tränen nicht richtig deuten. Weinte Grete, weil sie von zu Hause fort musste oder weil ihr die gesamte Situation missfiel und sie sich zu fügen hatte? Gesche vermutete, dass niemand Grete um ihre Meinung gefragt hatte. So antwortete auch jetzt der Bauer für das Mädchen: »Unsere Magarete ist auf dem Timpenhof gut aufgehoben. Bereits im Januar haben wir die Vereinbarung getroffen. Und wäre meine Frau nicht mit der Bäuerin verwandt, hätten sie sicherlich ein so unerfahrenes Mädchen nicht aufgenommen. Wahrlich ein Glück!«

Normalerweise vollzog sich der Wechsel so, dass ein Knecht oder eine Magd sich nach einigen Jahren bei einem Dienstherrn verändern wollte. Dies wurde dem Bauern mitgeteilt und sprach sich schnell im Dorf herum. Ein anderer Bauer suchte für seinen Hof noch Hilfe und meldete sich bei den Abgängern. Man traf sich und einigte sich über die Arbeitsbedingungen und die Entlohnung. Dann gab der Bauer dem Knecht einen Taler Mietgeld, damit war der Vertrag geschlossen und galt für ein Jahr. Gearbeitet wurde an jedem Tag im Jahr. Freie Tage musste jeder für sich mit dem Dienstherrn aushandeln, wobei die Knechte oftmals mehr freie Tage bekamen und auch besser entlohnt wurden als die Mägde.

Verstehend nickte Gesche und sprach aufmunternd zu dem Mädchen: »Dann wird der Kummer sicher bald verfliegen. Und wenn du einmal einen Rat benötigst, dann scheu dich nicht davor, zu mir zu kommen. Obwohl«, schmunzelte Gesche, »eine Hebamme wirst du junges Ding hoffentlich nicht so bald benötigen. Aber vielleicht mal eine Heilerin.«

Damit nickte sie den beiden zum Abschied kurz zu, schulterte ihre schwer beladene Holzkiepe und folgte zügig der Abzweigung entlang des Trampelpfads. Zu Hause würde sie Dunkelheit und Kälte mit einem behaglichen Feuer vertreiben und sich über der offenen Feuerstelle eine schnelle Mahlzeit zubereiten.

Grete blickte der seltsamen Kräuterfrau neugierig nach. Wie alt sie wohl war? Grete konnte das Alter nicht schätzen. Viele Silberfäden durchzogen das ehemals schwarze Haar der Frau, die ihr damals auf die Welt geholfen hatte und die sie bislang nur vom Hörensagen kannte.

Zwei schnalzende Laute, die Zügel klatschten energisch auf die dampfenden Kruppen der Zugpferde. Das schmale Fuhrwerk rollte langsam auf dem sandigen Weg weiter in Richtung Ahausen, kreuzte die breite Verbindungsstraße zwischen Rotenburg und Verden. Obwohl der Weg holprig war und eigentlich zu schmal für den Wagen, trieb Hermann Meyer die Pferde schnell vorwärts. Die Dunkelheit wurde immer undurchdringlicher und auch der Bauer wusste um die Dinge, die man sich vom Wolfsgrund und dem Richthügel erzählte. Man tat gut daran, bei Anbruch der Nacht eine gewisse Wegstrecke zwischen sich und diesen Ort zu bringen. Wie die Hebamme dort unterhalb der Richtstätte leben konnte, war den Menschen um Ahausen ein Rätsel. Doch mit Kräutern, Salben und Geburtshilfe kannte sie sich bestens aus, daher akzeptierte man sie. Viele machten ihre Scherze über die Alte. Die ganz Einfältigen fürchteten sich sogar vor dieser merkwürdigen Frau, aber wenn Schmerzen gelindert, Ausschläge und Wunden behandelt oder Kinder auf die Welt gebracht werden mussten, zählte fast jedermann auf ihre Hilfe.

Wenige Minuten trennten Hermann Meyer und seine Tochter Grete noch von ihrem Ziel, dem Timpenhof. Grete sackte immer mehr in sich zusammen, verunsichert über das, was sie erwartete. Zu Hause in Westerwalsede hatte sie viele Abgehtage erlebt, viele Menschen kommen und gehen sehen. Mit manchen hatte sie Freundschaft geschlossen, anderen war sie aus dem Weg gegangen. Sie selbst hatte jedoch stets auf dem elterlichen Anwesen gearbeitet. Noch nie hatte sie fern von zu Hause geschlafen.

In dem breiten Kojenbett daheim schliefen sie alle gemeinsam. Vater und Mutter lagen zur Rechten, Grete und ihre jüngeren drei Geschwister verteilten sich auf der anderen Seite des einen Meter fünfzig breiten und einen Meter siebzig langen Bettes. Alle schliefen sie im Halbsitzen in dicke Federkissen gehüllt. Gretes Platz würde nun frei werden, mehr Raum für die übrigen Schläfer geben. Liebevoll hatte sie in der letzten Woche mit der Mutter ihr Bündel geschnürt, das nun ihre gesamte Habe enthielt: ein schwarzes, knöchellanges Sonntagskleid aus fein versponnener Schnuckenwolle mit weißem Klöppelkragen, vier Paar graue Strickstrümpfe, selbst gehäkelte Unterhosen und Leibchen, eine selbst genähte und bestickte Leinenschürze, zwei mit Initialen bestickte Taschentücher, Baumwolleinlagen für die Zeit der Unpässlichkeit, Haarnetz, Bürste und Kamm sowie Haarklammern. Ihr besonderer Schatz bestand aus einem Paar lederner Riemenschuhe, die ihr die Mutter vermacht hatte. Darin lief es sich wesentlich angenehmer als in den starren Holzschuhen, wenn auch die Absätze schräg nach innen abgelaufen waren.

Grete wischte zum wiederholten Male Wangen und Nase am langen Ärmel ihres Umhangs trocken. Ihr Vater zeigte keine Regung. Seine ruhige Gelassenheit gab ihr Mut. Heute würde sie ankommen und hoffentlich herzlich aufgenommen werden. Es herrschte reger Verkehr, also kamen und gingen viele Menschen an diesem Abgehtag, das spendete Trost. Gespanne rollten aus Ahausen hinaus und in das Dorf hinein. Knechte und Mägde liefen mit ihrer Habe in den Händen die Dorfstraße entlang. Sie alle waren auf dem Weg zu ihren neuen Dienstherren. Im Dorf herrschte Unruhe, überall spürte man gespannte Erwartungen, Hoffnungen und Neugier.

Kurz vor ihrer Ankunft brach Gretes Vater das Schweigen: »Ich habe für dich gute Bedingungen ausgehandelt. Bessere, als du dir selbst hättest verschaffen können. Dir eilt der Ruf einer geschickten Handarbeiterin voraus und du wirst zeigen dürfen, was dich deine Mutter von frühester Kindheit an gelehrt hat. Enttäusche ihre Erwartungen nicht, dann wird es dir an nichts mangeln, mein Kind! Aber hüte deine Zunge, egal was für verrückte Spökenkiekereien dir dein Kopf auch eingibt.«

Der Timpenhof

Alte, mächtige Eichen säumten die Dorfstraße, prägten das Erscheinungsbild Ahausens. Vor fast jeder Hofstelle standen sie in kleinen Baumgruppen, so auch vor dem Timpenhof. Das Pferdegespann bog von der Dorfstraße ab und rumpelte auf das mit Stroh und Heide gedeckte Hofgebäude zu.

»Gott musst du vertrauen, soll's dir wohl ergehen!«, las Grete die leuchtend weißen Buchstaben auf dem grün getünchten Querbalken über der großen Dielentür. Das werde ich ganz gewiss tun, dachte sie. Was bleibt mir auch sonst, ohne meine Lieben?

Links des Wohnhauses erblickte Grete das kleine Stallhaus für Pferde, Jungbullen und Federvieh. Die Türen waren zweigeteilt in Unter- und Obertür. Eine der Stalltüren war oben geöffnet und ein großer, brauner Pferdekopf mit breiter Blesse schaute neugierig heraus. Gegenüber lag ein Speicher mit angebautem Backhaus. Davor sah sie einen neu aufgemauerten Ziehbrunnen. Hühner, Enten und Gänse stoben gackernd und schnatternd auseinander. Ein dunkler, struppiger Hofhund stürzte bellend auf die Besucher zu. Gretes Vater brachte die beiden Rappen zum Stehen, lies die Zügel aus den Händen gleiten und sprang mit einem Satz vom Kutschbock herunter. Zögerlich folgte ihm Grete, ihr Stoffbündel fest vor die Brust gedrückt. Die Pferde blieben ruhig vor dem Wohnhaus stehen. Sie waren alt und rührten sich ohne Kommando nicht vom Fleck. Manchmal taten sie es auch mit Kommando nicht. Dann bedurfte es einer nachdrücklichen Aufforderung mit der langen Peitsche.

Das Hofgebäude war viel größer als Gretes Elternhaus und wirkte sehr gepflegt. Mächtige Fachwerkständer bildeten das Gerüst des Zweiständerhauses. Die einzelnen Fächer zwischen den stabilen Holzbalken waren mit Holz, Stroh und Lehm ausgefüllt. Zwei kleine quadratische Fenster an der Giebelseite durchbrachen die Mauern links und rechts der großen Tür. Diese war kunstvoll mit dicken Ziernägeln beschlagen, die ein schönes Rautenmuster bildeten. Niemand war draußen zu sehen und so traten Vater und Tochter in die Diele des Haupthauses ein. Die Tür quietschte beim Öffnen, als sie sich schwerfällig in ihren Angeln drehte.

Im Innern war es dunkel. Draußen ging die Dämmerung bereits in die Nacht über und obwohl sich zu beiden Längsseiten kleine quadratische Fenster befanden, war nicht zu erwarten, dass es am Tage wesentlich heller sein würde, denn die kleinen Fensterscheiben waren fast blind von Staub, Spinnweben und Fliegendreck. Hunderte von Fliegen flogen erschreckt summend davon, als sie eintraten. Ein vertrauter Geruch nach Tierdung, Feuchtigkeit und Rauch stieg Grete in die Nase. Das Mädchen folgte ihrem Vater in das Zwielicht hinein, dabei schaute sie sich scheu nach dem wilden Kläffer um. Sie fürchtete, er könne ihr hinterrücks in die Waden beißen, was nicht nur schmerzen würde, sondern auch unweigerlich ein Loch in den neuen Strickstrümpfen bedeutet hätte. Der Hund war aber bereits wieder hinter einer Hausecke verschwunden und interessierte sich nicht weiter für die Neuankömmlinge.

Weder Grete noch ihr Vater sprachen ein Wort, während sie offenbar unbemerkt durch die dunkle Diele schritten. Niemand scheint sich für meine Ankunft zu interessieren, schoss es Grete traurig durch den Kopf. Sie hatte eine freundliche Begrüßung erhofft, doch niemand war bei ihrem Eintreffen herausgekommen und auch in der Diele wurden sie nur vom Muhen der Kühe und dem Grunzen der Schweine begrüßt. Die Ställe und Futterkrippen befanden sich rechts und links parallel zur Diele und waren mit Streu und Heu gefüllt. Grete zählte drei Ochsen und vier Milchkühe. Durch die metallenen Schlössel konnten die Tiere ihre Köpfe vorstrecken und von der Diele das Futter nehmen. Gleich rechts am Eingang befanden sich die Schweinebuchten, die mit stabilen Brettern eingefasst waren. Zwei dicke, schwarz gefleckte Muttersauen lagen umringt von zahlreichen Ferkeln regungslos in ihren Ställen. Die kleinen Schweinchen schmatzten und quiekten beim Säugen munter durcheinander. Auch den Abtritt bemerkte Grete direkt neben den Schweineboxen. Grete blickte die Diele entlang. Tier und Mensch lebten hier zusammen, es gab keine Wand, die Stall und Wirtschaftsbereich trennte. So kannte sie es auch vom elterlichen Hof.

Am Ende des großen Raumes brannte ein behaglich anmutendes Feuer, tauchte ihn in ein schummriges Licht. Schemenhafte Gestalten bewegten sich im Halbdunkel und nun drangen auch Wortfetzen einer Unterhaltung an Gretes Ohr. Die rund gemauerte Feuerstelle war groß. Der darüber angebrachte Rahmen aus Eichenholz fasste die Feuerstelle ein und sollte Funkenflug verhindern. Die auslaufenden Balken des Rahmens waren kunstvoll in Form von Pferdeköpfen geschnitzt. Dunkler Rauch stieg stetig auf, verteilte sich auf der Diele und biss Grete in den Augen, bevor er durch Ritzen in Türen, Fenstern und dem Dach abzog. Dabei räucherte er die an einem rechteckigen Metallträger von der Decke herabhängenden Fleischwaren. Schinken und Mettwürste baumelten an Flachsfäden dicht an dicht von oben herab. Das Feuer wärmte den großen Raum nur wenig, aber der Qualm färbte Wände und Balken in einem rußigen Schwarz. Grete kannte das Problem von zu Hause aus und ahnte schon jetzt, dass man auch hier trotz ständiger Befeuerung und der Körperwärme der Tiere an kalten Wintertagen kaum mehr als zwölf oder dreizehn Grad erreichen konnte. Gut, dass Mutter mich noch mit einem Satz wärmender Kleidung ausgestattet hat, dachte Grete dankbar. Hermann Meyer trat gemeinsam mit seiner Tochter auf das Flett, den quer zur Diele gelegenen Flur, und an die Feuerstelle heran. Grete bemerkte im Feuerschein sofort den aus Hunderten kleiner Kieselsteine hübsch gepflas-terten Fußboden des Fletts. Er war in gleich große Vierecke unterteilt. In jedem sah sie unterschiedliche feine Muster, welche sich in regelmäßigen Abständen wiederholten. Das Ende der Diele bildete eine weißgetünchte Lehmwand. Jeweils rechts und links außen befanden sich Butzenbetten, die mit Schranktüren zur Diele oder zur dahinter befindlichen Kammer geöffnet werden konnten. Direkt neben den eingebauten Betten führten zwei niedrige Zimmertüren in kleine Kammern. Eine dritte, etwas breitere Türe sowie ein kleines quadratisches Fenster befanden sich mittig dazwischen. Dahinter liegt bestimmt die gute Stube mit einem behaglich wärmenden Kachelofen, dachte Grete, die ihre Umgebung genau betrachtete.

Zu beiden Seiten des Fletts, an den Außenwänden, befanden sich kleine Butzenfenster mit Bleiverglasung, die im Gegensatz zu den Stallfenstern sehr sauber waren und am Tage sicherlich etwas Licht in den ansonsten eher dunklen Raum hinein ließen. Daneben konnte man durch schmale Seitentüren aus dem Haus treten. Doch Ende September blieben die Türen abends verschlossen, damit die Wärme des Feuers nicht verloren ging.

Über der mittig gelegenen Feuerstelle hing ein dampfender Kochkessel, aus dem ein mächtiger Holzlöffel guckte. Daneben waren gusseiserne Pfannen und kupferne Töpfe, Kellen und große Rührlöffel an einer Kette an dem Rahmen befestigt. Die Kette für den Kessel reichte von den Deckenbalken bis in die Feuerstelle hinein. Über den Abstand zum Feuer konnte die Kochtemperatur reguliert werden. In der Diele verbreitete sich der köstliche Duft von Erbseneintopf. Grete nahm den kräftigen Geruch hungrig wahr. Zu Hause gab es meistens Grützsuppe mit Stippbrot, nur selten kochte ihre Mutter schmackhafte Eintöpfe.

Grete schaute auf die Einrichtung. Sie war spartanisch, aber zweckmäßig. Einfache Holzborde mit Zinn- und Tontellern hingen entlang der Kammerwand. Darunter erblickte Grete, an kleinen Haken hängend, diverse Trinkbecher. Entlang der Kammerwand reihten sich allerlei nützliche Dinge auf. Eine runde, von Hand zu drehende Buttermaschine, zwei eiserne Feuerzangen und ein Blasebalg warteten auf ihren nächsten Einsatz. Der Geruch nach feuchter Modrigkeit überdeckt von Essensgerüchen erinnerte Grete tröstlich an ihr Zuhause.

Und beim Anblick des langen metallenen Riegels auf dem Fußboden, der für eine gewisse Bequemlichkeit sorgte, wenn man am Abend nach getanem Tagewerk um das Feuer herumsaß und die Füße entspannt daran wärmen wollte, fühlte Grete sich fast ein wenig heimisch.

Es war Abendbrotzeit und die Bauernfamilie und ihr Gesinde aßen an einem großen rechteckigen Eichentisch von dem duftenden Eintopf. Grete zählte zwölf einfache Holzstühle.

Sie wusste, dass Kasper Wulf und seine Frau Catharina den Timpenhof vor acht Jahren von Kaspers Eltern übernommen hatten. Diese wiederum hatten den Hof bereits in der dritten Generation geführt. Der Altbauer war inzwischen verwitwet und bewohnte nun als Altenteiler eine kleine beheizbare Kammer nahe der Feuerstelle. Das zum Hof gehörende Häuslingshaus beherbergte den Knecht samt siebenköpfiger Familie. Die Pacht für Haus und Land arbeitete er auf dem Timpenhof zur Erntezeit ab. So hatte es ihr der Vater berichtet.

Grete betrachtete schüchtern die Anwesenden. Am Kopfende des Tisches saß der Jungbauer, zu seiner Rechten reihten sich fünf Kinder wie die Orgelpfeifen auf. Gegenüber der Kinder saßen die Bäuerin mit einem weiteren kleinen Mädchen auf dem Schoß, eine Magd und ein Knecht. Von ihrem Platz aus hatte die Hausherrin die Kochstelle gut im Blick und gab mit knappen Worten Anweisungen an die Magd, den brodelnden Topf höher in die Kette zu hängen, damit der Eintopf nicht ansetzte. Die übrige Tischrunde war in ein lebhaftes Gespräch über den vergangenen Tag vertieft, sodass es eine Weile dauerte, bis die Ankunft der beiden Gäste bemerkt wurde.

Laute Schlürfgeräusche begleiteten das Suppenmahl der Hausbewohner und unterbrachen immer wieder das Gespräch. Das Schlürfen störte Grete nicht, das kannte sie von zu Hause. Allerdings sah sie mit Freude, dass hier jeder einen eigenen Holzteller hatte. Zu Hause aßen sie alle gemeinsam aus einer Schüssel, die mittig auf dem Tisch platziert wurde.

Die Bäuerin bemerkte als Erste den leise eingetretenen Besuch und begrüßte Vater und Tochter herzlich. Sie war von schlanker Gestalt und sah Grete aus großen braunen Augen freundlich an. Dann trat Hermann Meyer, seine Mütze in der linken Hand haltend, zu dem Altbauern an den Tisch und gab anschließend auch dessen Sohn die Hand. Grete tat es ihm gleich, wobei sie jedes Mal artig einen Knicks andeutete.

»Rasch, Maria«, sprach die Bäuerin zu der kräftigen Magd, »hole noch zwei Teller mit Eintopf und stelle sie unserem Besuch hin. Lege noch einen kräftigen Kanten Brot dazu!«

Während die Magd mit einer Suppenkelle Eintopf aus dem großen Topf schöpfte, schaute die Bauerin Grete prüfend an. »Du bist also die Grete«, sagte sie und musterte sie abschätzend. Dabei hielt sie das Mädchen mit beiden Händen an den Oberarmen fest, sodass Grete leicht errötete und nur vorsichtig nickte.

»Du wirst die Scheu schon verlieren. Und ich hoffe doch, dass du bei der Arbeit nicht so schüchtern bist«, lachte die Bäuerin freundlich auf. »Du bist erst einmal für ein Jahr hier in Lohn und Brot. Da kannst du zeigen, ob du zu arbeiten verstehst«, erklärte sie Grete die Arbeitsbedingungen. »Du arbeitest als zweite Magd, denn die Position der Großmagd hat schon Maria inne. Du bekommst Kost und Logis, des Weiteren erhältst du fünfzig Mark Arbeitslohn im Jahr, ein Paar Holzschuhe, ein Arbeitskleid, einen Scheffel Flachs oder zehn Ellen Leinen, außerdem im Winter vierzehn Tage Zeit zum Spinnen und Weben. So ist es mit deinem Vater abgemacht!«

Hermann Meyer hörte schweigend den Ausführungen der Bäuerin zu und nickte zustimmend. So war es besprochen und er war zufrieden. Gemeinsam wurde das Essen fortgesetzt und Hermann Meyer und Kasper Wulf tauschten die wichtigsten Neuigkeiten aus Ahausen und Westerwalsede aus. Ein kräftiges, selbstgebrautes Dunkelbier löschte schmackhaft den Durst. Später lamentierten sie über den bevorstehenden Winter, der bestimmt lausig kalt werden würde. Nachdem der Bierkrug zum dritten Male geleert war, verabschiedete sich Hermann Meyer, ohne sich nochmals an seine Tochter zu wenden. Sie gehörte von nun an in diesen Haushalt und musste sich hier zurechtfinden. Für Sentimentalitäten hatte er noch nie etwas übrig gehabt.

Den Rückweg wählte der bierselige Hermann Meyer mit Bedacht und machte einen kleinen Umweg. Er wollte es lieber nicht mit den Geistern vom Richthügel aufnehmen. So würde er mit seinem Pferdegespann nicht durch den finsteren Wolfsgrund fahren, aber das musste ja niemand erfahren.

Nun war Grete auf sich gestellt. Verstohlen musterte sie Maria. Die Hauptmagd war eine junge Frau von vielleicht zwanzig Jahren mit rosigen Wangen, breiten Schultern und streng zu einem Knoten frisiertem, dunklem Haar. Annemarie hatten ihre Eltern sie getauft, aber alle riefen nur Maria, wenn sie etwas von ihr wollten. Marias mächtiger Körper ließ schon erahnen, mit welchen Kräften diese Landfrau ausgestattet war. Manchmal machten sich Maria und ihre Freunde einen Spaß daraus, auf Volkfesten Wetten abzuschließen. Die Volksfestbesucher konnten auf die kräftige Magd oder einen der unerfahrenen Jünglinge setzen, die sich von Maria herausfordern ließen. Der Einsatz betrug fünf Pfennige. Maria erhielt jeweils zwanzig Pfennige, wenn sie beim Armdrücken antrat, das restliche Geld wurde unter den Gewinnern aufgeteilt. Bislang hatte sie erst einmal verloren und je länger ihre Gewinnserie anhielt, desto eifriger beteiligten sich die Jünglinge an dem Spaß. Viele junge Männer konnten die weibliche Überlegenheit nicht hinnehmen. Auf diese Weise hatte es die ausgefuchste Magd schon zu einem kleinen Vermögen gebracht.

Sie überragte die zarte Grete um einen halben Kopf, überhaupt war ihre gesamte Erscheinung beeindruckend. Die breiten Schultern hätten einem Mann zur Ehre gereicht, die muskulösen Hände muteten ebenfalls nicht sehr feminin an. Sie ist gut fürs Grobe, dachte Grete für sich.

Maria winkte Grete energisch zu sich. Ohne eine Wort zu sprechen, eilte sie flinken Schrittes auf die Gesindekammer neben den Viehställen zu. Die Holzschuhe klapperten laut über den Steinfußboden. Grete sprang sofort auf und folgte der Magd gehorsam in die kleine Kammer. Ein blitzblank gescheuerter Holzboden und karierte Vorhänge versprachen ein wenig Gemütlichkeit in dem winzigen und niedrigen

Raum. Die Einrichtung war praktischer Natur. An der Wand hing ein Garderobenbrett mit fünf Haken, ein Stuhl, eine Kommode mit Waschschüssel und ein Truhenschrank standen dem einzigen Butzenbett gegenüber. Zwei weiße Berge aus Federdecken und große Kopfkissen lagen hier säuberlich zurechtgemacht auf einer Strohmatratze.

»Hier schlafen wir. Du bekommst das linke Drittel, das restliche Bett gehört mir. In der Kommode kannst du deine Sachen in die untere Schublade legen. Und lass hier nichts rumliegen, das mag ich nicht!«, sagte Maria nicht besonders freundlich und eilte bereits wieder davon, um sich um die Hausarbeit zu kümmern.

Eingeschüchtert legte Grete ihr Bündel auf den Stuhl, betrachtete das Zimmerchen einen Augenblick lang und folgte Maria endlich zurück auf die Diele, ohne ihr Bündel ausgepackt zu haben. Die Gesindekammer und das Haus gefielen Grete, waren sie doch um einiges komfortabler als das einfache Haus ihrer Eltern. Doch die Zuneigung ihrer Mutter und der Geschwister fehlte Grete schon jetzt. Wieder stiegen ihr Tränen in die Augen.

Maria übersah Gretes feuchte Augen einfach und deutete mit dem Kopf auf den Küchentisch. Bevor sie zu Bett gehen konnten, gab es noch einiges zu erledigen. Neben dem Tisch stand ein voller Korb mit Hühnereiern, den Maria vor dem Abendbrot dort abgestellt hatte. Kurz vor der Winterzeit stellten die Hühner das Eierlegen ein und mauserten sich. Die jungen, legefreudigen Hühner durften mit überwintern, die anderen kamen ins Frikassee oder wurden zu schmackhaften Wurstwaren in Aspik verarbeitet. Wollte man auch im Winter über frische Eier verfügen, musste man diese entsprechend aufbewahren. Es sollte Gretes erste Aufgabe sein, die Eier mit einer Bürste gründlich zu reinigen, um sie dann für den Winter haltbar zu machen, gab Maria ihr barsch zu verstehen. Eilends lief Grete zurück in die Schlafkammer, holte ihre Schürze aus dem Bündel und machte sich an die Arbeit. Sie bürstete und schrubbte, bis kein Schmutz mehr an den Eierschalen haftete. Lediglich ein Ei ging zu Bruch, so umsichtig versah sie diese Aufgabe. Das Ei hatte eine besonders dünne, kalkarme Schale gehabt, das konnte jedem passieren. Die Sauberkeit war entscheidend für die Haltbarkeit der Eier, hatte ihr die Großmagd erklärt: »Sonst fängt der Hühnerschiet an zu gasen und alles wird schlecht!« Anschließend schichtete Grete gemeinsam mit der Bäuerin die sauberen Eier Lage um Lage in einen tönernen Krug. Auch diese schaute Grete genau auf die Finger, wollte sie doch so bald als möglich wissen, woran sie mit der neuen Magd war. Sie zählten 67 Eier, die sie vorsichtig in das Gefäß legten und anschließend vollständig mit Garantol, einem Konservierungsmittel aus Wasserglas, übergossen. Das Wasserglas war zunächst flüssig wie Wasser, bildete aber nach kurzer Zeit eine geleeartige Masse. So luftdicht abgeschlossen konnten die Eier nun für viele Monate gelagert werden. Benötigte man ein rohes Ei, zog man es einfach aus der gallertartigen Masse heraus und entfernte die Gelreste. Als Kocheier waren sie zwar nicht mehr geeignet, aber als Rühreier zu den abendlichen Bratkartoffeln oder zum Backen taugten sie hervorragend.

Grete machte diese Arbeit zum ersten Mal und prägte sich alles genau ein. Zu Hause verfuhren sie anders, um in der kalten Jahreszeit über Eier zu verfügen. Dort wurden die frischen Eier senkrecht mit ihren spitzen Enden ins Stroh gesteckt und mussten regelmäßig alle paar Tage gewendet werden. Dies war über viele Jahre Gretes Aufgabe gewesen.

Die Bäuerin trug den gefüllten Topf vorsichtig aus der Seitentür hinaus in das Vorratshaus und Grete sollte mitgehen, damit sie gleich auch die Nebengebäude kennenlernte. Sie leuchtete ihrer Dienstherrin mit einer kleinen Laterne, damit diese in der Dunkelheit nicht stolperte.

Im Vorratshaus befand sich die Speisekammer. Den Schlüssel trug die Bäuerin an einer festen Kordel um den Hals. Nun zog sie ihn aus ihrem Dekolleté hervor und sperrte die Tür zu dem Vorratsraum auf. Stolz erklärte sie Grete, dass die Kammer vor Mäusen sicher sei, denn ihr Ehemann sei ein geschickter Handwerker. Er habe die Wände mit Brettern ausgekleidet, die so genau aneinander säßen, dass kein Spalt zu finden sei. Und auch für die Türe habe er sich etwas einfallen lassen. An ihrem unteren Ende schließe sie bündig mit einer kleinen, hölzernen Türschwelle ab, sodass auch hier kein Weg in die Kammer hineinführe. Aber für den Fall, dass doch einmal ein kleiner Nager den Weg in den Vorratsraum hineinfände, gäbe es sechs Katzen und zwei Kater auf dem Timpenhof. Mit einem Schälchen frischer Milch würde regelmäßig eine der Katzen in die Vorratskammer gelockt und über Nacht dort eingesperrt. Der Hunger verwandle dann auch die bequemste Katze in einen erfolgreichen Jäger.

Sie stellten den Eiertopf neben den Krauttöpfen auf dem gestampften Lehmboden ab, damit die Masse kühl und ruhig stand. Jetzt konnte das Garantol gelieren.

Grete schaute sich in der Speisekammer um. Auf schiefen Regalbrettern lagen verschiedene Lageräpfel, daneben standen einige Einmachgläser mit Schnippelbohnen und Wurstwaren. Von der Decke hingen geräucherte Schinken und Würste herab und, aufgereiht auf stabilem Zwirn, Pilze quer durch die Speisekammer. Einige Mohrrüben schauten aus einem mit Sand gefülltem Tontopf hervor, daneben stand ein offener Sack Frühkartoffeln. Offensichtlich war man auf dem Timpenhof gut auf die Winterzeit vorbereitet.

»So, die Eier werden wohl reichen, bis die Hühner wieder Lust verspüren, neue zu legen«, erklärte die erfahrene Dienstherrin und schob Grete langsam wieder aus der Vorratskammer hinaus. So ganz ungeschickt scheint das junge Mädel nicht zu sein, dachte sie.

»Komm, Grete!«, forderte die Bäuerin ihre neue Magd auf und verließ das Gebäude. »Nun schauen wir noch nach dem Federvieh und verschließen die Ställe. Ab morgen wird dies zu deinen Aufgaben gehören.«

Nachdem die allabendlichen Arbeiten erledigt waren, kehrten die beiden Frauen auf die Diele zurück und Grete wurde durch die anderen Räume des Hofs geführt. Die vom Flett abgehenden kunstvoll geschnitzten Kammertüren waren mit bunten Blumenornamenten bemalt. So etwas Hübsches hatte Grete noch nie gesehen. Die linke Türe führte in eine kleine Kammer, in der die Bauernfamilie gemeinsam schlief. Bauer und Bäuerin sowie die jüngeren Kinder schliefen im Butzenbett, dessen Türen sich sowohl zur Kammer als auch zur Diele hin öffnen ließen. Die übrigen Familienmitglieder teilten sich eine einfache Schlafstatt, auf der eine knapp einen Meter achtzig lange und einen Meter Breite Strohmatratze lag. Das Fuß- und Kopfende wurde von kräftigen Brettern gebildet, in die an ihrem oberen Abschluss ein Mäanderband eingebrannt war. Der gesamte Raum duftete nach Lavendel, der die Motten fernhalten sollte. Zwischen der rechten Kammertür und dem Dielenfenster stand ein massiver Milchschrank mit Kassettentüren. Neben der mittleren Tür befand sich ein kleines quadratisches Fenster. Durch dieses konnte der Altbauer aus der dahinter liegenden großen Wohnstube das Treiben auf der Diele im Blick behalten, während er gemütlich in einem Ohrensessel am Kachelofen saß. Der Ofen machte diese Stube zum wärmsten und behaglichsten Raum des Hauses, auch weil er frei von dem lästigen Rauch des Feuers war. Hier traf man sich im Winter zum Handarbeiten und nahm in der kalten Jahreszeit die gemeinsamen Mahlzeiten ein. Im Herbst wurde einfach der Tisch von der Diele in die große Kammer getragen, wo er bis zum Frühjahr verblieb. Den Kachelofen beheizten die Mägde von der Diele aus und der Rauch zog über eine einfache Öffnung in die Diele ab. Das gesamte Fach- und Mauerwerk war in diesem Bereich schwarz vom Ruß. Hinter der rechten Tür verbarg sich eine kleine Kammer, die parallel zum Flett nochmals unterteilt war. In dem vorderen Bereich schlief der Altbauer, während die hintere Kammer für Besucher vorgesehen war, wenn sie über Nacht blieben.

Grete fühlte sich ganz matt von den vielen neuen Eindrücken, Menschen und Aufgaben. Doch auch als sie sich endlich bei den anderen Hofbewohnern an der großen Feuerstelle niederließ, kam sie nicht zur Ruhe. Die gesamte Familie Wulf und das Gesinde hatten sich um das Wärme und Licht spendende Feuer versammelt. Die Männer drechselten und schnitzten, die Frauen kümmerten sich um die Stopfwäsche. Und sie alle wollten die neue Magd ein wenig besser kennenlernen. So musste Grete Rede und Antwort stehen, obwohl sie todmüde war. Aber auch sie war neugierig auf die Menschen, mit denen sie von nun an ihr Leben fristen sollte. Zu Hause hatten ihr Vater und ihre Mutter so manches Mal vom Timpenhof erzählt, aber hier zu sein war etwas gänzlich Anderes.

Gegen zehn Uhr war Schlafenszeit. Die Bäuerin schickte beide Mägde in die Gesindekammer. Es sollte Gretes erste Nacht in einem fremden Bett fern von ihrer Familie sein. Grete betrat ihre Schlafkammer und streifte die starren Holzschuhe von ihren Füßen. Ordentlich stellte sie sie an die Seite, damit Maria nicht gleich einen Anlass zur Klage fände. Auf der kleinen Kommode fand sie einen Krug mit kaltem Wasser, eine Waschschüssel, ein Waschtuch, Kernseife und ein raues Handtuch vor. Schnell entkleidete sie sich, fuhr sich flüchtig mit dem Waschtuch über Gesicht und Hals, bürstete die schmutzigen Hände mit einer kleinen harten Bürste sauber. Anschließend bewegte sie den rechten, feuchten Zeigefinger einige Male über die Schneidezähne, um diese so zu reinigen. Ihre Mutter hatte immer darauf bestanden, dass Grete sich um ihre Zähne kümmerte. In der Wochenzeitung hatte die Mutter darüber gelesen und es sogleich der gesamten Familie verordnet.

»Wenn du im Alter auch noch in einen Kanten Brot beißen willst, musst du dich in jungen Jahren bereits um die Gesundheit deiner Zähne kümmern«, hatte ihre Mutter regelmäßig vor dem Zubettgehen gepredigt. Zuhause hatten sie die ständigen Ermahnungen genervt, aber heute Abend vermisste Grete sie.

Schnell zog sie ihr Leinennachthemd über und krabbelte in das klamme Federbett. Der Kopf sackte zwischen die weichen Daunen, der Körper lag halb aufgerichtet auf einem Stützkissen. Sie alle schliefen im Halbsitzen, damit ihnen das Atmen in der Nacht nicht so schwerfiel. Der ständige Rauch im Haus hatte auf Dauer eine schädliche Wirkung. Die Folge war ein ständiger Husten, der besonders im Liegen hartnäckig und belastend war.

Das Bett fühlte sich einsam und unbekannt an. Grete spürte wieder eine tiefe Traurigkeit in sich aufsteigen. Seitdem ihr Vertrag besiegelt war, hatte sie sich vor diesem Moment gefürchtet. Was man in der ersten Nacht in fremder Umgebung träumt, so hatte Grete es von ihrer Mutter gelernt, das wird sich erfüllen und Wirklichkeit werden. Was würde geschehen, wenn sie etwas Schreckliches träumen würde? Fast glaubte sie, vor Angst in dieser Nacht gar nicht schlafen zu können. Doch als Maria endlich die gemeinsame Schlafkammer betrat, war Grete bereits eingenickt. Maria hatte in der Diele, so wie sie es jeden Abend tat, noch die Feuerstelle mit einem eisernen Deckel abgedeckt, damit kein Funkenflug entstand und auf die sich am warmen Feuerplatz versammelnden Katzen niederging. Fing sich eine Katze einen Funken im Fell ein, konnte es leicht passieren, dass sie panikartig mit der Glut durch die Diele raste und das gesamte Haus entzündete. Ihre eigentliche Aufgabe war es natürlich, die Ratten und Mäuse, die ständig auf der Diele nach Nahrungsresten suchten, zu fangen. »Wo du eine Ratte siehst«, wiederholte der alte Bauer gerne, »da sind noch Hunderte, die du nicht siehst. Und die haben großen Hunger!« Deshalb konnte man die Tiere nicht aus dem Hause aussperren und musste mit dem Feuer besonders umsichtig sein.

Gegen fünf Uhr am frühen Morgen, es war noch stockfinster, wurden die Mägde von der Bäuerin geweckt. Diese hatte die lästige Angewohnheit, mit ihrem Weckruf noch dem ersten Hahnenschrei zuvorzukommen.

Grete hatte tief geschlafen und zu ihrer Erleichterung hatte sich kein böser Traum in ihren Schlaf geschlichen. Doch sie war unruhig gewesen, hatte sich hin- und hergewälzt. Nun stand sie müde auf der Diele und sah der emsigen Bauersfrau dabei zu, wie sie die Feuerstelle aufdeckte, die restliche Glut mit einem Feuerhaken schürte und mit Hilfe des Blasebalgs trockenes Reisig entzündete. Maria betätigte währenddessen bereits den Torfschneider, der seitlich vor den Tierbuchten stand, und zerteilte die rechteckigen Torfballen in viele kleine Stücke. Die Bäuerin forderte Grete auf, die Torfstücke in dem daneben befindlichen Weidenkorb zu sammeln und zum

Feuerplatz zu tragen, damit sie genügend Brennmaterial zum Nachlegen hatte.

Anfangs würde die Bäuerin Grete genau im Auge behalten, ihr die Arbeiten zuweisen und schauen, wie geschickt sich die neue Magd anstellte. Rein äußerlich betrachtet, erwartete die Bäuerin nicht viel von Grete, war diese doch ein bleichsüchtiges, schlankes Mädchen, das kraftlos und ein bisschen einfältig wirkte. Aber sie erwartete ein gewisses Geschick, wenn sie Gretes feine Hände betrachtete, galt es doch in der kalten Jahreszeit, ordentlich zu weben und zu stricken. Man braucht immer eine Magd fürs Grobe und eine für die feineren Arbeiten, dachte die erfahrene Bäuerin bei sich, und fürs Grobe gab es keine bessere Magd als Maria.

So ließ sie Grete am ersten Tag nur kleinere Arbeiten erledigen. Sie trug ihr auf, die Diele zu fegen und das Flett mit sauberem, angefeuchtetem Sand auszustreuen. Der eingestreute Sand bewirkte, dass der an den Holzschuhen haftende Schmutz sich nicht am Fußboden festsetzte und sich beim Fegen besser entfernen ließ. Mit einer kleinen Harke zog Grete nach dem Ausstreuen geschwungene Muster in den Sand. Jeder sollte sehen, dass sie diese Arbeit gern getan hatte, und sich daran erfreuen.

Anschließend scheuchte die Bäuerin Grete in den Hof, um Wasser aus dem Brunnen vor dem Haus zu holen. Die Tiere mussten getränkt, die Kühe gemolken, die Kaninchen gefüttert und das Streu ausgetauscht werden. Im Herbst streuten die Bauern Laub in die Ställe und sparten das kostbare Stroh für die Winterzeit. Während Grete dafür mit einer Harke trockene Blättern auf dem Hof zusammenholte, schickte sich die Großmagd Maria an, heiße Brotlaibe mit einem Brotschieber aus dem Ofen zu ziehen. Tags zuvor hatte sie gemeinsam mit der Bäuerin eine große Molle mit Sauerteig angesetzt, der nun zu Brot gebacken wurde. Ganz in der Nähe des Haupthauses befand sich das kleine Backhaus, aus dem jetzt ein herrlicher Duft nach frischgebackenem Brot entwich. Neben der Wulfschen Bäuerin war Maria die Einzige, die im Backhaus mit den Backwaren hantieren durfte.

Maria war auch stets für das Melken der beiden Kühe zuständig, deren Milch sie in der Zentrifuge entrahmte. Mit einem Teil der Milch tränkte sie die kleinen Kälbchen, da das Muttertier eine nur langsam abklingende Euterentzündung hatte. Den Rest stellte sie in den Milchschrank auf der Diele und deckte ein Tuch darüber. Hier blieb die Milch frisch und es ertranken nur halb so viele Fliegen in der weißen Flüssigkeit, als wenn sie sie auf dem Esstisch stehen gelassen hätte. Dennoch fischte sie mit einem engmaschigen Sieb jeden Morgen die schwarzen Leiber von der Milch.

Unterdessen versorgte Grete die Schweine mit dem gesammelten Abwaschwasser der Woche. Viele Nahrungsreste schwammen in der undefinierbar grauen und zäh-fettigen Brühe in dem Holzzuber. Die Brühe war nahrhaft und die Schweine quiekten und grunzten beim Verzehr ihrer schmackhaften Mahlzeit. Später wurden sie vom Schweinehirten abgeholt und in die Wälder getrieben. Im Herbst konnten sie sich dort die Mägen mit Eicheln vollschlagen. Dies sorgte für einen ganz besonderen Geschmack des Schweinefleisches, das der Bauer sehr schätzte. Außerdem nahmen die Schweine ordentlich an Gewicht zu, bis sie endlich kurz vor dem Winter ihr Schlachtgewicht erreichten.

Jeden Tag kam der Schweinehirte am Timpenhof vorbei und trieb die hofeigenen Tiere mit den Schweinen aus der Nachbarschaft in den Eichenwald. Sein dicker Stock mit angespitztem Ende half ihm dabei, die bis zu fünfzehn Schweine aus dem Dorf heraus- und abends wieder zurückzutreiben.

Grete mochte den Schweinehirten vom ersten Tage an gut leiden. Seine schlaksige, große Erscheinung, das weizenblonde Haar und die lustigen blauen Augen wirkten freundlich. Nur sein Geruch erforderte eine gewisse Toleranz von Grete. Aber was sollte der arme Bursche denn tun? Wer so viel Zeit mit Schweinen verbrachte, der musste ja selbst wie ein Schwein riechen. Dies leuchtete Grete sofort ein und schmälerte ihre Sympathie für den jungen Burschen in keiner Weise. Mit einem Pfiff kündigte er sich morgens früh an und sogleich herrschte eine gespannte Unruhe unter den hungrigen Schweinen, die begierig auf ihren Feinschmeckerausflug warteten.

Bald hatte Grete den täglichen Ablauf der Arbeiten auf dem Timpenhof verstanden und stellte sich einigermaßen geschickt an. Die meisten der ihr aufgetragenen Arbeiten verrichtete Grete täglich, manche Arbeiten im wöchentlichen Wechsel mit Maria. Der Tagesablauf war dem ganz ähnlich, den sie von zu Hause kannte. Zum Frühstück wurde für alle eine Hafergrütze bereitet. Nach dem Morgenkaffee, der aus selbstgeröstetem Roggenschrot und Zichorie bestand, verrichteten die Mägde gemeinsam mit der Bäuerin die übrigen Haus- und Gartenarbeiten. Im Garten gab es nur wenig zu tun, da der Winter nahte. Die meisten Früchte waren bereits zu Marmelade verarbeitet und die Gemüse in winterfesten Mieten eingelagert.

Wenn die Dämmerung kam, wurde es Zeit, das Abendbrot zu bereiten. Für die Bratkartoffeln, die es fast allabendlichen gab, schnitt Grete ein bisschen von dem fetten Speck in Würfel sowie vier kräftige Zwiebeln klein. Die Zwiebeln waren ganz frisch und versprühten einen scharfen Duft, der Grete die Tränen in die Augen trieb. Aber vielleicht wären die Tränen manchmal auch ohne die Zwiebeln aus ihren Augen getreten. Ihre Familie fehlte ihr, selbst wenn die arbeitsreichen Tage kaum Zeit dafür ließen, eigenen Gedanken nachzuhängen. Sie fühlte sich stets beobachtet. Alle Blicke ruhten auf ihr und Grete fühlte sich unbehaglich, stocherte bei den gemeinsamen Abendessen mit der Gabel auf dem Teller herum. »Sie wird noch einige Zeit zur Eingewöhnung brauchen«, überlegte die Bäuerin besonnen, »dann wird sie eine von uns und hier zu Hause sein.«

Inzwischen war es Mitte Oktober und die Tage wurden spürbar kürzer und kälter. Nachdem der Abwasch von Maria erledigt war, versammelten sich alle Hofbewohner zum ersten Mal in diesem Herbst in der großen Stube an der Giebelseite des Hauses. Hier gab es einen hübschen Kachelofen, der den Raum auch bei strengem Frost behaglich heizte. Es würde den ersten Frost des nahenden Winters geben, der Altbauer spürte deutlich die schmerzenden Anzeichen in seinen Knien und so trug man den Dielentisch in diese große Stube. Hier litten die Augen nicht unter dem ständigen Qualm der Feuerstelle und die Hände wurden nicht klamm von der Kälte. Kleine Öllämpchen sorgten für ausreichend Licht. Drei Spinnräder standen hier. Davor einfache Holzstühle, die nur eine Armlehne hatten, damit die Frauen genügend Armfreiheit beim Wollezupfen und Spinnen hatten.

Auf einem Spinnrad befand sich noch keine Spule. Dies wird für mich sein, dachte Grete und sah sich fragend um. Sofort bekam sie von Maria feine, gekämmte und gesäuberte Wolle in die Hände gedrückt. Mit geschickten Händen befestigte sie den Vorfaden an der Spule, führte ihn dann über die Haken auf der einen Seite des Spinnflügels durch die

Einlassöse. Die Wolle legte sie auf ihrem Schoß zurecht und zupfte die Wollfasern weit auseinander. Mit dem rechten Fuß begann sie gleichmäßig, das kleine Pedal am Spinnrad zu treten, und setzte so das Schwungrad in Gang. Sogleich begleitete leises, monoton wiederkehrendes Klappern die Bewegungen des Schwungrades. Die Wollfasern drehten sich unter Gretes fachkundigen Händen zu einem ebenmäßigen, festen und feinen Garn von guter Qualität. Nur ein einziges Mal musste sie den Faden neu ansetzen, weil das gesponnene Garn zu fein war und riss.

Grete war konzentriert bei der Arbeit und lauschte den Gesprächen der ihr noch immer fremden Menschen. Sie selbst sprach kaum ein Wort. Schnell ging die Zeit dahin und bis zur Bettzeit hatte sie ihre Spule mit feinstem Garn gefüllt. Am folgenden Tag konnte dies verzwirnt werden. Die Bäuerin beobachtete zufrieden ihre neue Magd, die wohl hielt, was der Vater versprochen hatte. Sie war wirklich geschickt in der Handarbeit. Dennoch, etwas an ihr ist seltsam, dachte die erfahrene Frau.

So grob und kräftig Maria auf den ersten Blick auf Grete gewirkt hatte, so herzlich konnte sie andererseits sein. Schnell hatte die bärenstarke Magd die zarte Grete in ihr Herz geschlossen und bemühte sich um ihre Freundschaft. Maria und Grete verstanden sich immer besser und allmählich begannen die beiden Mägde, sich ihre kleinen Geheimnisse anzuvertrauen. Abends nach getaner Hausarbeit begleitete Grete Maria zu den einzelnen Höfen, wo sie mit anderen Mägden, Knechten und Bäuerinnen in den Spinnstuben zusammenkamen und Wolle spannen. Sie trugen ihre Spinnräder bei Wind und Wetter durch den Ort und arbeiteten fleißig. Immer neue Geschichten erzählte man sich in den Spinnstuben und allmählich lernte Grete viele neue Menschen kennen, die sie herzlich aufnahmen.

Die Männer spannen nicht, sie strickten die gesponnene Wolle zu Strümpfen oder stellten in dieser Zeit Besen her. Aus Reisig banden sie so viele Kehrbesen, dass sie für das ganze Jahr ausreichten. Einige Besen brachten sie zum Verkauf in die Stadt. Den Erlös gaben sie für Zucker, Salz, Gewürze, Reis, Schnaps und Tabak aus. Zigarren konnten sich jedoch nur die wohlhabenden Bauern leisten und dies auch nur zu besonderen Anlässen. Am Sonntag, wenn der Pastor am Mittagsmahl teilnahm, spendierte der Hausherr häufig eine kräftige Zigarre, die der Verdauung dienlich sein sollte. Die Knechte lauerten dann auf den Stumpen und stopften die krümeligen Reste in ihre Pfeifen. Alle einfachen Bürger rauchten Pfeife.

Maria putzte sich zu den Spinnabenden auf den Höfen immer ordentlich heraus, wollte sie doch alsbald einen Bräutigam finden, um ihrem eigenen Haushalt vorzustehen. Grete zeigte mit ihren sechzehn Jahren noch keinerlei Interesse an solchen Dingen und gefiel sich in der Rolle der jungen Beobachterin. Die Burschen setzten sich gerne in Szene und die leichtfertigen jungen Leute neigten dazu, Scherze zu treiben. Manchmal kam es vor, dass einer der Knechte das Spinnrad herumdrehte, es der Favoritin als Gefährt anbot und sie wie auf einer Schubkarre durch die Stube kurvte, was für heiteres Gelächter sorgte.

Allmählich lernte auch Grete, in der Fremde zu lachen. Die Sehnsucht nach ihren Eltern und Geschwistern verblasste. Grete verwandelte sich, sie selbst spürte es ebenso wie die anderen. Sie wurde reifer, selbstbewusster und selbstständiger. Ihre Arbeit erfüllte sie mit Freude und sie lebte gerne bei Familie Wulf auf dem Timpenhof.

Es geschah stets ohne Vorwarnung. Zuhause hatte ihre Mutter sie dann sanft in den Armen gehalten und leicht gewiegt, bis sie sich beruhigte. Hier gab es niemanden, der Grete auf diese Art und Weise hielt. Es schob sich langsam, aber unaufhaltsam in ihr Bewusstsein, durchdrang ihren Geist und überwältigte sie. Sie schwebte über dem Geschehen, einem Engel gleich. Ihr Verstand kämpfte um die Wahrheit, das Begreifen, das Verstehen. Sie musste es erdulden, hatte keinerlei Möglichkeit zu widerstehen. Niemand konnte sagen warum und wann. Sie selbst am allerwenigsten. Es kam über sie, zerrte und rüttelte an ihrem Körper. Fiebrig fühlte sie sich dann. Stocksteif verharrte sie, Rücken und Kopf bildeten eine gerade Linie. Ihr Blick fiel aus starren Augen in die Welt. Aus dem Mund quollen unverständliche Wortfetzen, später folgten unsinnig aneinandergereihte Satzteile.

Nach wenigen Minuten war alles vorbei. Kurze, blitzartige Bilder schoben sich in ihr Bewusstsein. Lange hatte sie nicht hingeschaut, doch die Bilder wurden stärker und sie konnte nicht mehr wegsehen. Sie kannte die Bilder nicht und doch wusste sie um ihre Bedeutung, las darin wie in einem Buch, das noch geschrieben werden wollte.

Maria bemerkte die merkwürdigen Anfälle als Erste und versprach Grete, darüber zu schweigen. Ihre zierliche Freundin jagte der kräftigen Magd mit ihren Anfällen Angst ein. Zunächst spielte sich das Spektakel heimlich in Gretes Kopf ab, um dann immer öfter auch ihren Körper mitzureißen. Da war es mit der Heimlichkeit vorbei.

Das Zweite Gesicht überkam Grete mit immer stärker werdender Wucht.

5. März 1933

Bei jedem Kirchgang stellte ich mir vor, eine Haut aus Eisen zu besitzen. Sie glich einer Rüstung, die meinen Geist gegen Angriffe schützte. Messerschafe Worte, aus dem Hinterhalt in meine Richtung geschleudert, oder grobe Sticheleien, die mir direkt entgegenflogen, wurden durch den festen Panzer abgefangen. Sie hatten keine Waffen gegen mich. Niemand konnte mich verletzen, mein Inneres erreichen oder gar schmerzhafte Spuren hinterlassen. Ich, Martin Frantzen, erlaubte es ihnen nicht mehr. Das hatte ich mir fest vorgenommen.

Trotzdem, das Unrecht nagte an mir, fraß sich regelrecht in mich hinein.

Seit einem Monat ging das so. Nachts war ich hilflos quälenden Gedanken ausgeliefert, die mich um den Schlaf brachten, tagsüber dem feindlichen Verhalten meiner Mitmenschen. Mein Schädel schien die vielen Eindrücke nicht fassen zu können, quoll über und entleerte sich gelegentlich über wüste Flüche und Verwünschen. Das war ein Charakterzug, den ich noch nie an mir beobachtet hatte. Doch nun konnte ich mich manches Mal kaum noch bremsen. Dauerhafte Erleichterung verschaffte mir dieses Verhalten jedoch nicht. Auch mein Bibelstudium gab mir nicht die gewünschten Antworten, sondern warf vielmehr neue quälende Fragen auf.

Pastor Riehl hatte mit seiner Predigt im Februar auch den Kern meiner Sache berührt, als er zur Vorsicht bei der Bildung von Urteilen mahnte: »Verurteilt nicht andere, damit Gott nicht euch verurteilt. Denn euer Urteil wird auf euch zurückfallen und ihr werdet mit demselben Maß gemessen werden, das ihr bei anderen anlegt.«

Sicherlich hatte er in seiner Predigt auf die politischen Veränderungen abgezielt, die ihren dramatischen Höhepunkt vor zwei

Wochen in Berlin gefunden hatten. Am 27. Februar 1933 war der Reichstag abgebrannt und eine Verhaftungswelle schwappte seitdem über das Deutsche Reich hinweg. Doch dies berührte mich nicht so wie mein eigenes Schicksal. Was gingen mich die anderen an, Menschen, die ich nicht kannte und die sich auch nicht für mich interessierten? Waren sie nicht selbst schuld an dem, was ihnen widerfuhr? Doch so einfach durfte ich es mir in meiner Verzweiflung nicht machen. Ich war schließlich auch nicht selbst schuld an dem, was mir widerfuhr. Daher drängte sich mir ein Gedanke auf, der mit wachsender Verzweiflung immer mehr Raum in meinem Denken einnahm. Gab es vielleicht eine Parallele zu dem, was ich erlebte, in tausendfacher Form? Wurden im öffentlichen Meinungsbild häufiger Opfer zu Tätern gemacht, durch Unwissenheit oder gar absichtliche Manipulation?

Je mehr sich meine Gedanken um mich und das mir zuteilgewordene Los drehten, desto ohnmächtiger spürte ich meine Wut an die Oberfläche kochen. Trost gab mir einzig die Gewissheit, dass es eine Macht gab, die über allen anderen Dingen stand.

Das, was mir widerfahren war, war ein menschliches Fehlurteil. Und das aus zweierlei Gründen. Zum einen war ich unschuldig und hatte nichts mit dieser leidigen Sache zu tun, zum anderen hatte man über mich und nicht über die Sachlage geurteilt. Ich war eben nur ein Knecht und der Ankläger ein Bauernsohn.

Wenn Gott aber urteilt, dann handelt es sich um ein gerechtes Urteil, denn der Allmächtige ist immer gerecht. Er sieht den Menschen in die Herzen und interessiert sich nicht für Rang und Namen. Also konnte Gott, nein, musste Gott Fehlurteile auch auf seine Art und Weise in Gerechtigkeit verwandeln. Das war meine Hoffnung.

»Wenn so etwas geschieht, dann kann er dort oben doch nicht weghören!«, sprach ich laut zu mir selbst und schlug mit den flachen Händen kräftig auf die Tischplatte.

Der Glaube an eine ausgleichende Gerechtigkeit wurde für mich zu einer hoffnungsvollen Erwartung und schließlich zu der alles bestimmenden Idee. Es war eine Prüfung, die Gott mir auferlegte, deren Sinn sich mir zurzeit noch verschloss, die es aber ohne Zweifel zu bestehen galt. Gottes Wege waren nicht nur für mich unergründlich, dies hatte mich das Leben bislang auf vielfältige Weise gelehrt und ich akzeptierte diese Erkenntnis als unabänderlich.

Erinnerungen aus längst vergangenen Tagen fanden auf unbekannten Pfaden den Weg zurück in mein Bewusstsein, breiteten sich in meinen Gedanken aus, bestärkten mich in meiner wachsenden Zuversicht. So etwa eine alte Geschichte, die mir längst entfallen war. Erzählt an einem der langen Winterabende in der Spinnstube meines einstigen Dienstherrn, kämpfte sie sich durch den zähen Nebel des Vergessens zurück an die Oberfläche meines Gedächtnisses. Ein Vorfahre meines damaligen Dienstherrn war vor sehr, sehr langer Zeit in einen Rechtsstreit mit einem Ritter geraten. Gab es in einer solchen Situation keinen Zeugen, der die Tat mit eigenen Augen beobachtet hatte, so hatte ein Ritter vier, ein Bauer aber sieben Eidzeugen beizubringen, die sich für die Unschuld des Verdächtigen verwandten. Die Zeugen wurden jeweils vom Richter persönlich ausgesucht. So war es nur verständlich, dass der Richter starken Einfluss auf den Ausgang des Verfahrens hatte und so mancher sich dies insgeheim entlohnen ließ. Damals hatte der Vorfahre meines Dienstherren Zeugen in ausreichender Anzahl und von gutem Leumund beigebracht, die seine Unschuld bestätigten. Der Ritter konnte sich nur auf seine eigenen Untergebenen berufen, denen er offensichtlich befohlen hatte, was sie dem Richter vorzutragen hatten. In der Verhandlung jedoch verwickelten sich einige der Untergebenen in Widersprüche und bestätigten somit versehentlich die Unschuld des Bauern. Trotzdem sah der Richter *sich nicht in der Lage, ein gerechtes Urteil zu sprechen und verlangte daher von den beide Kontrahenten, sich einem Gottesurteil zu stellen. Dieses versprach eine unabhängige Gerechtigkeit. Der Richter forderte die beiden Kontrahenten zum Zweikampf auf, wobei Sieg und Niederlage als Indizien von göttlicher Beweiskraft galten. Innerhalb weniger Minuten hatte der Vorfahre meines Dienstherrn den Kampf für sich entschieden und galt somit als derjenige, der die Wahrheit gesprochen hatte. Nun musste auch der Richter die Unschuld des Bauern akzeptieren und verurteilte den Ritter zur Zahlung mehrerer Silberlinge als Wiedergutmachung für den geschädigten Bauern.*

War dies nicht auch ein Weg für mich? Waren die anderen nicht ein Volk von Rittern mit ihren Vasallen und ich der kleine Bauer mitten unter ihnen? Ein Gottesurteil musste doch allen im Dorf die Wahrheit vor Augen führen, die Ungerechtigkeit, die mir widerfahren war, aufzeigen, die wahren Schuldigen entlarven und vielleicht sogar auch strafen. Selbstverständlich konnte ich keinen Zweikampf fordern, aber hatte es nicht schon oft auf wunderbare Weise Gotteszeichen gegeben. Konnte ein solches nicht auch in meiner elenden Situation für Aufklärung sorgen? Auch wenn die Ahauser dem Urteil der Gesetzesvertreter, die mich doch schließlich freigesprochen hatten, keinen Glauben schenkten, der Gerechtigkeit und Wahrhaftigkeit Gottes würden sie sich nicht widersetzen können. Was also war zu tun?

Es war lange her und ich erinnerte mich nur noch sehr entfernt, einmal etwas von einem Reinigungseid gehört zu haben. Soweit mir in Erinnerung geblieben war, ging einem solchen Gottesurteilsverfahren immer ein Reinigungseid voraus, dessen Wert das folgende Gottesurteil bestimmen sollte. Ich überlegte, wie in dieser Sache ein Eid geleistet werden konnte, denn so sehr ich mich auch bemühte, ich konnte in meiner Erinnerung keine genaue Erklärung mehr dazu finden. Es ging mir darum, dass meine Unschuld offenkundig wurde, und deshalb formulierte ich zunächst einen Eid. Dieser besagte, dass ich für die Provokation eines Gottesurteils keine strafbare oder unsittliche Handlung durchführen würde. Mein Gottesurteil würde ja nicht auf richterliche Anweisung in einem direkten Zweikampf entschieden, sondern ich wollte nur die Mittel liefern, die für Gerechtigkeit sorgen würden.

Doch wie konnte ein solches Mittel aussehen oder Verwendung finden? Heutzutage gab es keine öffentlich herbeigeführten Gottesurteile mehr. Das musste ich schon selbst besorgen, obwohl mir nicht viel geblieben war. Meine Möglichkeiten waren sehr bescheiden. Pastor Riehl durfte ich von meiner Idee nicht unterrichten. Ich befürchtete, dass ihn diese Idee wahrscheinlich verärgert hätte. Und da er meine letzte Bezugsperson war, durfte ich das nicht riskieren. Also musste ich alleine handeln.

Schweigend verharrte ich in einem stillen Gebet. Nur meine Lippen bewegten sich lautlos, als ich von Gott ein Zeichen erbat. Es sollte ein eindeutiger, nicht misszuverstehender Hinweis sein, etwas, das mir helfen konnte, in Seinem Sinne Gerechtigkeit zu erlangen.

Es gab mir ein Gefühl der Genugtuung, dass ich ausgerechnet hier, mitten unter ihnen, im Gottesdienst mit allen Dorfbewohnern, eine Lösung für mein Problem gefunden hatte. Da saßen sie so selbstgefällig und ahnten doch nichts.

»Herr, ich bin es, Martin Frantzen«, betete ich leise. »Sende mir Hoffnung, ein mir verständliches Zeichen, dass du dich meiner Sache annimmst und ich auf dein Urteil vertrauen kann.«

13. November 1900

Es war ein besonderes Datum, denn Gesche wurde heute 55 Jahre alt! Vor vielen Jahren hatte sie selbst diesen Tag ausgewählt, denn ihren richtigen Geburtstag kannte sie nicht.

Und so fühlte sie sich beschwingt genug, um an diesem Morgen den zehn Kilometer langen Weg nach Rotenburg auf sich zu nehmen.

Es war eine lieb gewonnene Gewohnheit, sich einmal im Monat auf die Reise zu machen, auch wenn ihre alten Knochen und morschen Gelenke von den kräftezehrenden Märschen meist tagelang schmerzten. Es erschöpfte sie und bald würde sie sich eine andere Bleibe suchen müssen, nicht so abgelegen wie die Kate im Wolfsgrund. Doch dieser Schritt musste wohlüberlegt sein. Und an diesem Tag stand das Glück ihr bei, Gesche hatte schon zu Beginn des Fußmarschs eine Mitfahrgelegenheit bis Rotenburg gefunden.

Der Weg in die Stadt war notwendig, um hier Einkäufe zu tätigen, die sie auf dem Lande nicht erledigen konnte. Auch sprach sie regelmäßig auf dem Wohlfahrtsamt in Rotenburg vor, da sie als praktizierende Landhebamme an den neuesten medizinischen Erkenntnissen interessiert war. Zwar vertraute sie auf ihre Fähigkeiten, das richtige Kraut für jeden Anlass zu kennen, aber auch die Kenntnisse der modernen Medizin konnten von Nutzen sein. Immer noch starben zu viele Frauen und Kinder bei Geburten. Das Wohlfahrtsamt hatte dann oftmals die traurige Pflicht, sich um die Halbwaisen zu kümmern und sie in andere Familien oder Waisenhäuser zu vermitteln, wenn ihre Väter sich nicht in der Lage sahen, die Kinder alleine großzuziehen. Häufig stellte Gesche dann den ersten Kontakt zum Amt her. Die ausgezehrten Landfrauen brachten unzählige Kinder auf die Welt.

Darunter viele ungewollte Seelen, was Gesche stets mit ebenso großer Trauer erfüllte wie die zahlreichen Todesfälle unter Säuglingen und Kleinkindern. Sie hatte sich deshalb auch mit Methoden beschäftigt, die Schwangerschaften verhinderten oder gar beendeten. Welch ein Elend, Tag für Tag!, dachte Gesche.

Um die Jahrhundertwende hatte Städte und Gemeinden aber immerhin endlich Maßnahmen eingeleitet, die das Sterben im Kindbett oder der kleinen Säuglinge auf ein erträgliches, unvermeidbares Maß senken sollten. So wurden öffentliche Milchhöfe und Milchküchen eingerichtet, die einwandfreie Milch für junge Mütter und Familien bereithielten. Die neuesten Erkenntnisse hielt man hier für alle Interessierten bereit. Leider wurde dieses Angebot kaum genutzt. Viele junge Menschen wussten nicht darum oder scheuten sich davor, auf dem Amt vorzusprechen.

Gesche betrat das Stadtamt durch den Haupteingang und erblickte sogleich ein neues Plakat. In großen Lettern stand dort zu lesen: »Das Herz und die Milch einer Mutter sind unersetzlich.«

»Recht so!«, murmelte Gesche zufrieden. Schon lange glaubte sie, dass nichts das Stillen und die Liebe einer Mutter ersetzen konnten. Sie fühlte sich in ihrer eigenen Position als Hebamme bestätigt. Eindrucksvolle Lehrbilder hingen in den Säuglingsfürsorge- und Milchausgabestellen zur Aufklärung der Mütter aus. Rosige runde Kinderköpfe, eng an die Mutterbrust gepresst, vermittelten den Eindruck gesunder Harmonie. Eingehend betrachtete Gesche die neuartigen Illustrationen. Gewöhnlich bekamen nur die Frauen in größeren Städten die neuesten Erkenntnisse so eindrucksvoll präsentiert. Gesche betrachtete es daher als eine ihrer wichtigsten Aufgaben, dieses Wissen auch auf das Land zu tragen.

Im Anschluss an die Vorsprache beim Amt plante Gesche noch einen Hausbesuch. Eine von ihr betreute Wöchnerin hatte vor wenigen Tagen ihr erstes Kind geboren. Gesche kannte die junge Frau noch aus der Zeit, als diese als Magd in Ahausen tätig gewesen war. Vor zwei Jahren hatte sie sich verehelicht und war ihrem Mann, einem fleißigen Tischler und Sargbauer, in die Stadt gefolgt. Als die Geburt anstand, war der besorgte Ehemann mit dem Pferdegespann zu Gesche gefahren. Die Geburt war dank Gesches Hilfe sehr gut verlaufen und Mutter und Kind waren bester Gesundheit gewesen.

Beschwingt und ausgeruht durch die Mitfahrgelegenheit schritt Gesche durch die Innenstadt zum Haus der Wöchnerin. Die junge Frau empfing Gesche mit dem kleinen Kind im Arm an der Eingangstür. Kleine feuchte Flecken bildeten sich unterhalb der prallen Brüste auf dem dunklen Kleid ab.

»Wie ich sehe«, sprach Gesche die fröhliche junge Frau an, »habt Ihr ausreichend eigene Milch für Euer Kindlein zur Verfügung. Doch Ihr solltet nicht so großzügig damit umgehen und die Kleidung damit durchfeuchten. Besser lasst Ihr Euer Kind davon trinken oder streicht die Brüste aus und sammelt die austretende Milch in einer Schüssel. Wenn die Milch kalt aufbewahrt wird, ist sie später auch noch für das Kind von Nutzen. Ihr müsst sie dann nur wieder leicht erwärmen.« Gesche sprach der Wöchnerin gut zu und hielt sie an, dem Kind die Brust zu geben, denn nichts war ihrer Meinung nach so gut für einen Säugling wie die Muttermilch. Die erfahrene Hebamme war überzeugt davon, dass viele Kinder nicht sterben mussten, wenn die Mütter einfachste Regeln einhielten.

Die hohe Säuglingssterblichkeit war hauptsächlich auf zwei Faktoren zurückzuführen: falsche Ernährung und fehlende Hygiene. Jedes fünfte Kind wurde vor dem dritten Lebensjahr zu Grabe getragen und so hoffte sie auf Einsicht der frischgebackenen Eltern, die von all dem noch nie gehört hatten. Durch das Stillen konnte man eine deutlich bessere Gesundheit bei den Kindern erreichen. Die Muttermilch konnte durch kein künstliches Nahrungsmittel ersetzt werden, davon war Gesche überzeugt.

Darum setzte die erfahrene Hebamme nun ihr Gelehrtengesicht auf, streckte ihre kleine Gestalt zu voller Größe.

»Was ich Euch nun zu sagen habe«, begann sie eifrig, »ist für Euch und das Leben Eures Kindes von entscheidender Bedeutung. Also hört gut zu und fragt, wenn Ihr etwas nicht versteht.« Stummes Nicken beider Eltern signalisierten ihr, dass sie mit ihrem Vortrag beginnen konnte. »Sowohl die rohe als auch die gekochte Milch ist kühl zu halten, um sie vor dem Verderben zu schützen. Nützlich ist dazu eine Kiste gefüllt mit Dämmmitteln wie Kleidung, Kissen oder Stroh, wo in einem großen Topf ein frischer Krug Milch aufbewahrt werden kann, der erst vor dem Füttern des Kindes kurz erhitzt wird. Die Milchflasche ist nur dann zweckmäßig, wenn sie leicht und vollständig zu säubern ist. Als Sauger könnt Ihr am besten ein einfaches Gummihütchen benutzen, dass Ihr immer ordentlich reinigt. Ein gesundes Kind braucht zur Beruhigung keinen mit Alkohol getränkten Nuckellappen! Legt es lieber an die Brust an und lasst es nach Belieben trinken. Zur Prüfung der Temperatur nicht das Fläschchen in den Mund nehmen, sondern einige Tropfen auf die Innenseite des Handgelenks tropfen. Hier ist die Haut am empfindlichsten und die Temperatur der Milch lässt sich gut fühlen. Am besten für den Säugling ist jedoch die Muttermilch direkt von der Brust, die bedenkenlos in den ersten sechs Monaten ohne weitere Zusatznahrung verabreicht werden kann.«

Die Worte sprudelten aus Gesches Mund hervor, prasselten auf die jungen Eltern nieder, die still zuhörten und immer wieder mit dem Kopf nickten. Zur Verdeutlichung ihrer Worte zog Gesche nacheinander diverse Utensilien aus ihrer riesigen Tasche. An die hundert Mal hatte sie diesen Vortrag zum Wohle des Kindes bereits gehalten. Und sie würde es noch einmal so oft tun, wenn es nötig wäre. Sie vergaß auch nicht, darauf hinzuweisen, dass die Muttermilch zudem die kostengünstigste Methode zur Kindesernährung darstellte.

Aus welchem Beweggrund die Eltern ihren Ratschlägen folgten, wollte Gesche nicht so genau wissen. Was zählte, war das Ergebnis. Weniger tote Kinder, weniger Leid in den ersten drei Lebensjahren.

»Habt Ihr alles verstanden oder gibt es noch Fragen?«

Die Wöchnerin nickte konzentriert und versprach Gesche, die Regeln zu beachten, auch wenn sie die Hinweise auf dem Merkzettel nur mit Mühe lesen konnte. Zum Abschied hielt sie Gesche als Dank für die sorgfältige und sachkundige Betreuung eine kleine Pappschachtel hin.

»Dies ist für Euch. Als Dank, dass Ihr unserem kleinen Sohn so umsichtig auf die Welt geholfen habt«, sprach die Wöchnerin mit leiser Stimme.

Erfreut nahm Gesche das Geschenk, hob den rechteckigen Deckel vorsichtig an und blickte neugierig hinein. Zwischen groben Sägespänen erblickte sie einen hölzernen Becher nebst Holzmörser, welchen der Vater des Säuglings an der Drechselbank gefertigt hatte. »Jonathan« war auf einer Becherseite mit einem heißen Draht eingebrannt worden.

»Auf diesen Namen soll unser erster Sohn getauft werden«, erklärte die junge Mutter lächelnd. Überrascht von dem schönen und überaus nützlichen Geschenk bedankte sich Gesche und verabschiedete sich aus dem Hause des Tischlers.

Die schwere Tasche über die linke Schulter gehängt, begab sich Gesche zum Pferdemarkt. Hier standen immer einige

Gespanne herum und vielleicht ließ sich auch für den Rückweg eine Mitfahrgelegenheit ausfindig machen.

Das Glück blieb ihr an diesem Tag hold. Der Heimweg verlief ebenso komfortabel wie der Hinweg. Unterwegs hing Gesche müde ihren Gedanken nach, während sie schweigend neben dem Fuhrmann auf dem Kutschbock saß. Vieles war in den jungen Familien noch im Argen, das war wohl wahr. Trotzdem ließen sich langsam Veränderungen beobachten, die Gesche erfreuten. Heute hatte sie mal wieder alles probiert, damit ein kleines Menschenkind gesund groß werden konnte. Immerhin: Einige Eltern ließen sich belehren und legten die kleinen Kindlein auf ein Fell oder eine wärmende Decke in eine Kinderkrippe, wo sie mit ihren Ärmchen und Beinchen wild zappeln konnten. Doch noch immer gab es viele, die ihre kleinen Kinder wie leblose Getreidesäcke in Bündeln an einen Haken an der Wand hängten.

Gesche sah ein, dass die Frauen viel Arbeit hatten und beide Hände für die Hausarbeiten brauchten. Aber die Kinder waren zur Bewegungslosigkeit verurteilt. Sie konnten zwar schauen, was in der dunklen Hütte vor sich ging, sich aber nicht bewegen, so fest waren sie oft eingeschnürt. Manche Mütter glaubten, derart eingewickelt würden sie weniger schreien. Unruhige Kinder bekamen zudem oft noch einen mit Alkohol getränkten Stofflappen, an dem sie gierig saugten.

Bei Kindern, die häufig auf diese Art und Weise beruhigt worden waren, hatte Gesche schon oft einen gewissen Hang zur Einfalt festgestellt, der sich auch durch einen regelmäßigen Schulbesuch oder gesonderte Unterweisungen nicht gänzlich aufheben ließ. Zudem hatten die Kinder größte Mühe, früh das Laufen zu erlernen, wenn sie eingeschnürt wurden. Auch hatte Gesche beobachtet, wie die vier Jungs vom Welfenhof, die alle von der Mutter an den Haken gehängt und reichlich mit in Schnaps getränkten Tücher ruhig-gestellt worden waren, ihre Muttersprache kaum erlernten. Ihre von Einfalt gezeichneten Gesichter und die unverständlichen Grunzlaute, mit denen sie sich verständigten, ließen das Ausmaß des Schadens am menschlichen Gehirn durch die erfahrene Behandlung erahnen.

Es gab viel Schlimmes, was Gesche im Laufe ihrer Tätigkeit als Landhebamme gesehen hatte. Die Tragik war, dass sie, hatte sie erst einmal von einem Unglück Kenntnis erhalten, es nicht mehr aus dem Gedächtnis heraus bekam.

So bahnte sich auch jetzt ein lange vergessenes, tragisches Ereignis leise und heimlich seinen Weg in Gesches Bewusstsein. Sechs Jahre waren inzwischen vergangen, doch die furchtbaren Bilder suchten sie immer noch häufig heim. Es war auf dem Clüverhof gewesen, wo die Bäuerin genau so verfuhr. Ihre kleine Tochter hing als festgeschnürtes Bündel an dem groben Haken in der Nähe der Feuerstelle, wo sie es warm haben sollte. Die Clüverin hatte noch nicht viel Erfahrung mit Kindern und war sehr um ihr Erstgeborenes bemüht. Viele Tätigkeiten spielten sich rund um die Feuerstelle ab und sie hatte das Gefühl, das Kind könnte von seinem Haken aus alles, was vorging, verfolgen, was sehr zu seiner Zufriedenheit beitragen würde.

Wie an jedem Tag hatte die Bäuerin die frische Milch in dem großen ehernen Kochtopf über dem offenen Feuer erhitzt und füllte davon einige Liter in einen anderen großen Topf ab, den sie zum Abkühlen an die Wandseite stellte, direkt unter das Kind. Plötzlich riss der Stoff des Bündels. Das alte Leinen war morsch gewesen und hatte das Gewicht des Säuglings nicht mehr tragen können. Das kleine, eingewickelte Wesen fiel von der Wand direkt in den mit der siedend heißen Milch gefüllten Topf und tauchte gänzlich unter.

Die entsetzte Frau zerrte das schreiende Bündel sofort aus der heißen Flüssigkeit und versuchte, die Stoffschichten von der zarten Kinderhaut zu entfernen. Doch die Hitze blieb zu lange am Körper und verbrannte die empfindliche Haut großflächig.

Krebsrot, an einigen Stellen bereits mit dicken Brandblasen übersät, lag das schreiende Kind auf dem Küchentisch, als Gesche eintraf. Sofort erkannte sie, was zu tun war. Sie legte saubere Brandtücher über den kleinen Körper und versuchte, die Hitze aus der Haut herauszubekommen. Doch an vielen Stellen löste sie sich bereits vom Körper, bildete neue Blasen, die sich mit Wasser füllten und suppten. Die Verbrennungen umfassten mehr als die Hälfte des kleinen Körpers. Kaum mochte Gesche die Verbände wechseln, da das arme Kind von Schmerzen geplagt erbärmlich wimmerte. Auch mochte das schwer verletzte Kind nicht trinken. Nach zwei Tagen verstarb das kleine Mädchen und die Mutter war in ihrer Verzweiflung schwermütig geworden. Wenige Wochen später hing sie mit dem Kopf in der Schlinge von einem Balken der Hofscheune herab.

Dieses Erlebnis hatte Gesche tief berührt. Auch deshalb kämpfte sie so vehement gegen diese Praktiken. Doch nun jagte Gesche die schlimmen Gedanken davon und konzentrierte sich auf die Gegenwart. Gleich würde sie auf recht bequeme Weise wieder zu Hause ankommen und das war ein Grund zur Freude.

Sie dankte dem Fuhrmann und kletterte von dem einfachen Leiterwagen hinab. Den restlichen kurzen Fußmarsch zu ihrer Kate würde sie in wenigen Minuten hinter sich bringen. Ihren Medizinkasten, gefüllt mit allerlei Tinkturen und Kräuteressenzen, in der rechten und den Wanderstab in der linken Hand tippelte Gesche in der ihr eigenen Art den Sandpfad entlang, bog bei der Zwillingsbirke ab, umrundete den Richthügel und betrat mit beginnender Dämmerung ihre Heimstatt. Trotz Mitfahrgelegenheit, der Tag in Rotenburg war anstrengend gewesen, zumal es der zweite Ausflug dorthin binnen weniger Tage war. Nun musste sie erst einmal das Feuer schüren und sich ein Mahl bereiten. Das Geschenk der jungen Eltern aus Rotenburg brachte sie in ihre Kräuterkammer, hier hatte sie bestimmt bald Verwendung für den praktischen Holzmörser.

Die Nacht brach herein und ein feiner Schleier aus Nieselregen bedeckte das Land. Die geschlossene Wolkendecke sorgte für eine endlose Finsternis, die alles verschluckte.

Durch die quadratischen Butzenfenstern der kleinen Kate fiel ein blasser, gelblicher Lichtstrahl hinaus, versprach wohligen Schutz vor Nässe und Dunkelheit. Der Behrendsche Knecht stand schüchtern vor der windschiefen Eingangstür, klopfte und rief laut nach der Kräuterfrau. Den Hügel hatte er dabei stets im Blick, zu tief saß auch bei ihm die Angst vor den spukenden Gestalten des Wolfsgrundes. Da sich kaum jemand nach Einbruch der Nacht in die Nähe des Richthügels und zu dem Haus der alten Gesche traute, hatte Ruppert sich nur durch ganze fünf Pfennige in der Lage gesehen, seine Furcht zu kontrollieren und den drei Kilometer langen Weg von Ahausen zum Wolfsgrund auf sich zu nehmen. Inzwischen war diese lohnende Art der Angstüberwindung bei den Knechten üblich.

Heute hatte er es besonders eilig, denn sein Dienstherr, der Bauer vom Behrendshof, hatte ihn unter heftigen Drohungen zu der Kräuterfrau gejagt. Nachdem er beim Abendmahl versucht hatte, eine Walnuss mit den Zähnen zu knacken, hatte der Bauer unerträgliche Schmerzen. Es hatte zwar ein knackendes Geräusch gegeben, nur leider war es einer seiner Backenzähne gewesen, der bei diesem Geräusch in Einzelteile zerbrochen war, und nicht die Nuss. Der stechende, durchdringende Schmerz wollte sich durch keinerlei Hausmittel mildern lassen. Da es in erreichbarer Nähe keinen niedergelassenen zahnheilkundlichen Dentisten oder Zahnkünstler gab, blieb keine andere Möglichkeit: Der Knecht musste die Gesche herbeischaffen. Außerdem vertrauten viele Dörfler ihr dann doch mehr als den selbsternannten Zahnheilkundigen. Jedermann, der sich berufen fühlte und Lust auf diese Art der Tätigkeit hatte, konnte sich als Zahnheiler selbstständig machen. Es gab keinerlei staatliche Vorschriften oder Prüfungen und so tummelten sich natürlich auch viele Scharlatane auf diesem Gebiet.

Der letzte Reisende in Sachen Zahnheilkunde, den der Behrendsbauer vor nun fast fünf Jahren auf seinen Hof gerufen hatte, hatte versucht, mit uralten, überlieferten Rezepten den Zahnproblemen seiner Auftraggeber zu Leibe zu rücken. Der ziegenbärtige Gelehrte hatte in einer dem Lateinischen ähnlichen Sprache gesprochen, um so seinen heilerischen Fähigkeiten einen seriösen Anstrich zu geben.

Für die einfachen Patienten hatte sich der selbst ernannte Zahnkünstler nach einigem Zögern herabgelassen, die zunächst in Gelehrtensprache vorgetragenen Rezepte zu übersetzen: »Ein gemahlener Brei aus Fuchs- und Hasenkot, vermischt mit dem Saft von gärenden Äpfeln, hilft gegen stechenden Zahnschmerz, wenn man den schmerzenden Zahn zu jeder vollen Stunde damit einreibt. Ausgefallene Zähne wachsen nach, wenn man den Kiefer an dieser Stelle mit Hasenhirn bestreicht. Lästigen Zahnwürmern rückt man am besten mit einer Mixtur aus geröstetem Eichhörnchenkopf und kleingehakten weiblichen Schamhaaren zu Leibe!«

Dabei hatte er kleine dunkle Glastiegel herumgezeigt, die mit unterschiedlichen gräulichen Pasten gefüllt waren. Der Mann war so selbstsicher aufgetreten, dass sich alle Hofbewohner von dem Durchreisenden hatten behandeln lassen. Dann hatte der Scharlatan ganze zwei Mark für die Zahnbehandlung und zusätzlich eine Mark für die angemischte Medizin verlangt. So war der Behrendsbauer um drei Mark, aber um kein bisschen Schmerz ärmer gewesen.

Auch war an der Stelle, wo der Quacksalber das Hasenhirn auf die Wunde des frisch gezogenen Zahnes gerieben hatte, bis heute kein neuer Zahn gewachsen. Obwohl es am Anfang so ausgesehen hatte, als ob dies geschehe. An der Stelle des gezogenen Zahnes war das Zahnfleisch nach der Behandlung mit Hasenhirn sehr kräftig angeschwollen, sodass der Bauer zunächst überzeugt gewesen war, der neue Zahn würde sich von unten durch das Zahnfleisch bohren und deshalb den starken Schmerz verursachen. Lange hatte er in diesem Glauben die wachsende Pein ausgehalten. Doch als der Schmerz erneut unerträglich wurde, hatte er Gesche rufen lassen.

Sorgfältig hatte sie damals die geschwollene Stelle begutachtet, dann hatte sie mit einem hölzernen Spatel leicht gegen das Zahnfleisch gedrückt. Ein elender Schmerzenslaut und unflätige Drohungen waren ihr mit dem fauligen Atem des Bauern aus dessen Mund entgegengeflogen. Doch Gesche hatte sich nicht davon beeindrucken lassen. Sie hatte ein kleines, scharfes Messer gezückt, es für einen kurzen Moment in hochprozentigen Alkohol getaucht und bevor der alte Bauer verstanden hatte, was vor sich ging, die geschwollene Stelle aufgeschnitten. Augenblicklich hatte sich eine gelbliche, zähe, übel riechende Flüssigkeit in den Mundraum des Bauern ergossen. Im ersten Schrecken hatte der leidgeplagte Patient einen ordentlichen Schluck der ekelhaften Flüssigkeit hinuntergeschluckt. Gut ein halbes Schnapsglas Eiter hatte sich in der Schwellung befunden, aber kein neuer Zahn.

Nachdem der stinkende Eiter restlos mit Kamillentinktur aus der entzündeten Stelle herausgespült worden war, hatte der Schmerz schnell nachgelassen. Dies hatte den alten Bauern restlos von Gesches Heilkünsten überzeugt.

Deshalb musste Rupert die Kräuterfrau heute wieder rufen. Der Bauer hoffte erneut auf ihre zahnheilkundlichen Fähigkeiten. Der Knecht klopfte noch einmal und trat dann, ohne eine Antwort abzuwarten, auf die Diele.

Lieber sicher im Haus dieser seltsamen Kräuterfrau stehen als vor der Tür mit den Geistern vom Richthügel im Nacken, dachte er und spürte einen leichten Schauer den Rücken hinunterlaufen.

Am gegenüberliegenden Ende der Diele brannte ein raucharmes Feuer in der Feuerstelle, doch Gesche war nicht zu erblicken. Vier Katzen lagen behaglich um die Wärmequelle herum verteilt. Der Luftzug ließ wilde Schatten über die Seitenwände tanzen.

Ich hätte doch mehr als die fünf Pfennige verlangen sollen, schoss es Rupert durch den Kopf, als er die Schattengeister an den Wänden sah. Vorsichtig schritt er die verlassene Diele entlang, behielt dabei die Schatten fest im Blick und trat in die linke hintere Kammer.

Gesche stand mit einem Weidenkorb mitten in dem kleinen, nur sechs Quadratmeter messenden Raum und fädelte Pilze auf eine feste Schnur. Eigentlich war sie nach dem anstrengenden Tag in Rotenburg zu müde gewesen, um ihre Pilzernte noch zu verarbeiten. Eine kräftige Brühe aber hatte ihre Kräfte wieder belebt und so hatte sie sich doch noch über die Pilze hergemacht. Diese Kammer diente ihr als Kräuterzimmer, denn hier war es einigermaßen trocken und kühl.

Auf Regalbrettern, in Gläsern und Körben lagen zerkleinerte Pflanzenteile, alle sorgfältig beschriftet. An einer quer durch den Raum gespannten Leine hingen ganze Pflanzenbüschel, die noch auf ihre Verarbeitung warteten. Kamille, Huflattich, Zitronenmelisse und Minze füllten den Raum mit einem aromatischen Potpourri. An einer weiteren Leine trockneten kopfüber bereits diverse Pilze. Tinkturen, Wässerchen und Salben bewahrte Gesche ebenfalls in diesem Raum auf, sie füllten Regalbretter und einen Teil des Tisches. Schließlich musste sie für alles gewappnet sein und das richtige Mittel parat haben, ob es ein nicht abheilen wollendes Furunkel oder eben ein schmerzender Zahn war.

Nur Abtreibungen nahm Gesche äußerst ungern vor, waren sie doch verboten und oft mit heftigen Begleiterscheinungen für die Frauen verbunden. Dennoch tat sie es mitunter. Denn in ihrer Verzweiflung versuchten die Schwangeren, sich mit Stricknadeln, Kleiderbügeln oder Harnkathetern selbst zu helfen. Es kam schlichtweg alles zum Einsatz, was lang genug war, um bis in die Gebärmutter zu reichen. Aber auch die sogenannten Engelmacherinnen waren häufig brutal in ihrem Vorgehen und gefährdeten die Gesundheit der Frauen. Da der Abbruch illegal war, ignorierten die Schwangeren ihr Wissen oft so lange wie möglich und verloren weitere Zeit, bis sie einen Helfer gefunden hatten. Daher passierte der Abbruch meist sehr spät, durchschnittlich zwischen dem vierten und sechsten Monat. Dann wurde versucht, mit einem der Instrumente durch den Muttermund und in die Fruchtblase zu stechen. In der Folge begannen vorzeitige Wehen und der Embryo wurde ausgestoßen. Die starken Schmerzen mussten die Frauen unterdrücken, damit sie nicht unter Verdacht gerieten. Oft gingen damit auch Infektionen einher, die nicht selten zum Tode führten.

Gesche versuchte lieber, auf vorbeugende Maßnahmen hinzuweisen, die allerdings auch bei aller Gewissenhaftigkeit das Risiko einer Schwangerschaft nicht völlig ausschließen konnten. Sie bewahrte ein altes Kräuterbuch ihrer Ahnin auf, in der diese ihr umfangreiches Wissen über die Kräfte der Natur niedergeschrieben hatte. Dafür war ein gutes Versteck von Nöten, für den Fall, dass irgendein Neider oder Schlechtgesinnter sie anzeigte.

Gesche hatte es stets gute Dienste geleistet. Oftmals erzielte sie gute Ergebnisse und konnte so manche Frau retten. Trotzdem blieb stets die Angst vor Verrat und Entdeckung.

Gesche schrak heftig zusammen, als Rupert so unerwartet in ihre Kräuterkammer eintrat und das Anliegen des Behrendsbauern vortrug. Sie erkundigte sich genau, was vorgefallen war, damit sie nach Möglichkeit die richtigen Kräuter, Tinkturen oder Salben mitnehmen konnte. Lange schon war sie aus dem Alter heraus, in dem sie einfach alles einpacken und die drei Kilometer zum Behrendshof mit dem schweren Koffer leicht überwinden konnte. Energisch schickte sie den Knecht in die Diele zurück, wo er sich am Feuer wärmen sollte, und griff dann nach Wachholderzweigen und Beeren, getrockneter Pfefferminze, Melisse, Huflattich, Baldrian und Johanniskraut. Außerdem entnahm sie einem dunklen Glas eine Handvoll Gewürznelken und legte diese in ein kleines Leinentuch, welches sie zuknotete.

Man kann nie wissen, dachte sie und legte noch zwei Zahnzangen zu den Heilmitteln, falls sie noch Reste eines Zahnes aus dem Kiefer entfernen musste.

Nun fühlte sie sich bestens ausgerüstet. Sie schlang ihren wärmenden Wollumhang um die Schultern, nahm ihren mit einem Leinentuch abgedeckten Kräuterkorb, den sie stets nutzte, wenn sie als Heilerin zu einem Patienten gerufen wurde, und forderte Rupert auf, mit ihr zu gehen. Nach wenigen Metern hielt Gesche Rupert den Korb entgegen und entledigte sich so gänzlich der Last.

Draußen hatte es inzwischen aufgeklart. Es hatte aufgehört zu nieseln, die Wolken waren davongezogen. Der fast volle Mond sorgte für eine gute Sicht. So folgten sie problemlos dem schmalen Sandweg aus dem Wolfsgrund heraus.

Nach einem strammen Fußmarsch von zwanzig Minuten erreichten sie den Behrendshof und betraten das Haus durch die knarrende Dielentür. Rechts in den Nischen standen zwei Milchkühe mit Kälbchen und ein Ochse. Gegenüber lagen drei Schweine im Blätterstreu. Am Feuer stand die Bäuerin und siedete die frisch entrahmte Milch auf. Aus der großen Stube, wo die Mägde und Knechte Wolle spannen, schallte ihnen fröhliches Stimmengemurmel entgegen. Bauer Behrends jedoch saß leidend und stöhnend am Küchentisch neben dem offenen Feuer, den Kopf vornübergebeugt in beide Hände gestützt. Gesche näherte sich ihm und legte sanft ihre Hand auf die Schulter.

»Bauer, öffne den Mund, damit ich mir das Leid anschauen und etwas dagegen unternehmen kann. Zuvor sorge jedoch für mehr Licht!«, sprach sie ruhig.

Im trüben Licht der Tranlampe sah sie den zerbrochenen Backenzahn und murmelte vor sich hin: »Den Zahn kann ich auch nicht mehr retten, aber den Schmerz will ich dir aus dem Mund vertreiben. Später wird ein Dentist den Rest des üblen Zahnes mit einer Zange entfernen müssen, denn daraus wird nichts mehr. Oder soll ich die Ruine da aus deinem Mund herausreißen?«

Der Bauer schüttelte vorsichtig mit dem Kopf. Herausreißen, dieses Wort klang nach noch mehr Schmerzen. Zuerst den Schmerz bekämpfen und dann wollte er weitersehen.

Gesche griff in ihren Korb und mischte fünf Teile Baldrian, je vier Teile Melisse und Johanniskraut und drei Teile Pfefferminze. Sie vermengte die Kräuter sorgfältig und wies die Bäuerin dann an, drei Teelöffel der Kräutermischung mit einem viertel Liter kochendem Wasser zu einem Zahnschmerztee aufzubrühen und ihn vierzehn Minuten ziehen zu lassen. Vor dem Schlafengehen sollte der Bauer ein bis zwei Tassen davon trinken, damit ihn der Schmerz nicht um die Nacht brächte.

Die Schmerzen waren stark und so gab Gesche dem Leidenden vier Gewürznelken zu kauen, die er möglichst dicht neben der Schmerzstelle zerbeißen sollte. Zur äußerlichen Anwendung nahm sie von dem Wirsingkohl, den die Bäuerin gerade klein zu schneiden begann, zwei große Blätter. Sie entfernte die kräftige Mittelrippe und walkte den Rest mit einem Nudelholz weich, bis der Pflanzensaft austrat. Dann legte sie die beiden Wirsingblätter auf einen Leinenlappen, den sie dem alten Behrends an der Wange auf die schmerzende Stelle drückte.

»Hier, halte den Krautwickel möglichst lange auf die schmerzende Stelle, bis der Pflanzensaft eingezogen ist!«, wies Gesche den Bauern an.

Im selben Moment trat Grete aus der Spinnstube heraus, um mit ihrer Gefährtin Maria den Heimweg anzutreten. Erstaunt betrachtete sie die Szenerie in der Küche und begrüßte dann mit freundlicher Zurückhaltung Gesche. Die beiden Mägde hatten beim Spinnen ihr Soll für heute erfüllt und wollten sich auf den Weg zum Timpenhof machen, der nur wenige Minuten Fußweg vom Behrendshof entfernt lag.

Grete verabschiedete sich mit einem schüchternen Blick bei der Bäuerin und wollte sich davonstehlen. Doch die Kräuterfrau sprach sie schnell an: »He, junges Mädchen, nicht so eilig. Du erscheinst mir ein wenig blass und schwächlich. Ist mit dir alles in Ordnung? So eine bleichsüchtige Erscheinung ist mir lange nicht mehr untergekommen. Rote Beete und rote Johannisbeere sollten da wohl Abhilfe schaffen«, sprach Gesche weiter zu Grete, die erschrocken stehen geblieben war. Sie musterte die schmale Erscheinung des Mädchens durchdringend. »Ich werde dir in den nächsten Tagen etwas zusammenmischen, was die Lebensgeister in deinem Körper wecken wird.« Damit wandte sie sich wieder an den Bauern. »Deine Schmerzen müssten nun eigentlich gebannt sein und du kannst mir meinen Lohn geben.«

Der Alte nickte voller Erleichterung, denn die Heilmittel taten bereits ihre Wirkung. »Ich werde dir etwas Torf zum Heizen schicken. Der Rupert wird ihn dir morgen zu deiner Kate bringen.«

»Damit will ich fürs Erste zufrieden sein. Doch wenn der Schmerz zu neuer Kraft findet, scheut Euch nicht, mich erneut zu rufen. Mir stehen noch andere Mittel zur Verfügung. Vielleicht müssen wir den Schmerz auch mit getrockneten Wachholderbeeren und -blättern sowie Huflattich ausräuchern«, sprach Gesche und wandte sich zum Gehen.

Gemeinsam mit Grete und Maria verließ sie das Behrendsche Haus. Zusammen eilten sie die vom Mond gespenstisch erleuchtete Dorfstraße in Richtung Eversen entlang.

»Du solltest mich in den nächsten Tagen wirklich einmal besuchen«, versuchte Gesche Grete erneut ins Gewissen zu reden. »Ich habe Kenntnisse über hilfreiche Kräutersäfte, die deiner blassen Gestalt wieder mehr Leben in die Wangen treiben. Also, wann kommst du?«.

Grete zuckte nur die schmalen Schultern. »Ich weiß nicht, wann die Arbeit es zulässt. Und in der Dämmerung, da fehlt es mir an Mut, dich aufzusuchen.«

»Nun, dann ist es an mir, dich zu treffen«, sprach Gesche. Sie gingen noch zweihundert Meter gemeinsam die Dorfstraße entlang, bis das Gebäude des Timpenhofs zu ihrer Linken aus der Dunkelheit auftauchte. Die beiden jungen Mädchen verabschiedeten sich und betraten das Wohnhaus zügig durch den Seiteneingang.

Gesche schritt weiter durch die Nacht, stemmte sich tapfer gegen die Kälte. Der Wind nahm zu und drehte gänzlich auf Osten. Es würde eisig werden. Gesche beeilte sich, die restliche Strecke bis zu ihrem Heim hinter sich zu bringen. Morgen würde Vollmond sein und dies bedeutete, dass die Wetterlage beständig und der Frost mit seinem eisigen Biss dauerhaft sein würde. Gut, dass sie morgen etwas Brennmaterial gebracht bekommen würde. Hoffentlich hielt der Bauer sein Versprechen. Gerne vergaßen die Gepeinigten, Gesches Dienste angemessen zu entlohnen, wenn das Leiden sich verflüchtigt hatte. Statt zahlloser versprochener Würste und Schinken hingen in ihrem Rauchfang viel zu viele leere Versprechungen.

Maria folgte Grete wenige Minuten später zu Bett. Nachdem sie das Öllämpchen gelöscht hatten, witzelten sie noch über die anderen Mägde und Knechte, mit denen sie heute gemeinsam die Handarbeiten gemacht hatten. Inzwischen fühlte sich Grete wohl auf dem Timpenhof, es war ihr ein Zuhause geworden. Die Bäuerin war zwar streng, aber immer gerecht und bemühte sich redlich um die Erziehung und Ausbildung von Grete. Viele Dinge ähnelten denen zu Hause, aber besonders in der Küchenarbeit und der Kinderpflege konnte Grete viel von ihrer Dienstherrin lernen. Diese hatte bereits sechs Kinder geboren, das siebte trug sie gerade unter dem Herzen. Trotzdem schonte sich die Landfrau nicht. Sie behandelte alle sechs liebevoll und versuchte oft, die Zornesausbrüche ihres Mannes gegen die Kinder in milde Nachsicht zu verwandeln. Dabei war sie leise und geschickt, aber furchtlos in ihrem Tun. Im Laufe der Ehejahre hatte ihr Mann einsehen müssen, dass es klug war, auf ihr Urteil zu hören, und dass die Kinder- und Gesindeerziehung bei der Bäuerin in besten Händen war. Selbst als der kleine Jakob mit geröteten Wangen und verrotzter Nase nächtelang weinte und alle um den Schlaf brachte, verlor sie nicht die Geduld. Schnell erkannte die erfahrene Mutter die Ursache. Der Kleine zahnte, das konnte für ein Kind sehr schmerzhaft sein. Und die kluge Frau kannte auch ein Heilmittel, das sie von Gesche gezeigt bekommen hatte. Beim Zahnen konnte es helfen, wenn ein Stück Apfel in einen kalten Waschlappen gesteckt wurde und man das Kind darauf beißen ließ. Die Kälte linderte den Schmerz und der Saft schmeckte obendrein noch süß. Grete war von diesem so simplen, aber beruhigenden Mittel fasziniert. Es schien ihr, als könne sie in dieser Hinsicht von der alten Gesche vieles lernen.

Mit diesen Gedanken fiel Grete in einen unruhigen Schlaf. Maria war diese nächtliche Unruhe ihrer Bettgenossin inzwischen gewöhnt und störte sich nicht mehr daran. Sie kam gut aus mit diesem zarten, aber eigensinnigen Geschöpf. Die mangelnde Körperkraft glich Grete durch ihr ungeheures Geschick beim Handarbeiten wieder aus. So ergänzten sich die beiden Mägde in ihren Fähigkeiten.

Doch Maria hatte kaum zwei Stunden geschlafen, als sie durch ein anhaltendes, lautes Geräusch erwachte. Ein mächtiger Schatten befand sich über dem Bett und erschreckte sie fast zu Tode. Gretes schmale Gestalt stand gerade aufgerichtet im Licht des Mondes, der durch das geschlossene Fenster in den Raum hineinschien. Ihr Gesicht war starr, ihre langen rotblonden Haare ringelten sich den Rücken herunter, schimmerten wie erlöschende Glut im Mondlicht. Sie bewegte heftig die Lippen und sprach eindringlich auf den Mond ein. »Der Brautwagen der Nachbarstochter wird nicht auf direktem Weg den Hof des Bräutigams erreichen. Die Pferde scheuen diese Arbeit und wollen die Brautsteuer nicht auf den Hof bringen. Sie müssen umdrehen ...« Den Rest verstand die verwirrte Maria nicht. Erschrocken über den ungewöhnlichen Anblick Gretes verharrte sie regungslos unter der Bettdecke. Steif wie ein Stock stand die zarte Gestalt in dem Bett, als Maria die kalten Beine von Grete berührte. Einen kurzen Augenblick später legte sich Grete wieder auf die Matratze nieder, als sei nichts geschehen, und schlief weiter. Ihr Atem ging ganz regelmäßig, wie er es immer tat, wenn Grete schlief.

Am nächsten Morgen konnte sie sich an das nächtliche Ereignis nicht erinnern. Auch Maria vergaß dieses Geschehen schnell, obwohl ihr Grete recht unheimlich erschienen war und ihr Herz in der Aufregung noch lange gepocht hatte. Doch sie schob Gretes merkwürdiges Verhalten auf die Mondsucht und nahm sich vor, um den Vollmond herum künftig stets das Fenster zu verhängen, damit das kühle Mondlicht sie beide im Schlaf nicht erreichen konnte.

Trotzdem wiederholte sich das nächtliche Schauspiel schon bald in ähnlicher Weise. Nur trat Grete diesmal neben das Bett und öffnete das Fenster, sodass die klare kalte Nachtluft hineindrang. Dabei sprach sie dieselben Worte wie zuvor. Maria fasste sie harsch am Arm und forderte sie energisch auf, sofort wieder ins Bett zu kommen. Am nächsten Morgen hatten beide schließlich viel Arbeit, da mussten sie schon ausgeruht sein. Für solche nächtlichen Eskapaden war da keine Zeit.

Am kommenden Tag lag eine leichte Schneedecke auf der Wiesenlandschaft. Aus dem Auebach stieg dampfender Nebel empor und überzog die Pflanzen am Ufer mit glitzerndem Raureif. Zahllose Eiskristalle funkelten im Sonnenlicht auf gefrorenen Grashalmen, Ästen und Bäumen. Trotz der Kälte wurde das Backhaus angeheizt. Dies geschah regelmäßig alle drei Wochen. Heute war es Gretes Aufgabe und zwei der Timpenhofkinder sollten ihr dabei zur Hand gehen.

»Los, ihr zwei, schleppt so viel trockenes Reisig heran, wie eure kurzen Arme tragen können«, forderte Grete die Kinder lächelnd auf und gab beiden einen freundschaftlichen Klaps auf die Hinterteile. Dann legte Grete das herbeigeschaffte Reisig der Länge nach sorgfältig in den halbrund gemauerten Ofen. Darauf packte sie größere Holzscheite. Sie zerknüllte ein kleines Stück Zeitungspapier, schob es dicht unter den Reisighaufen. Ein weiteres Papier drehte sie zu einer Lunte, entzündete diese mit einem Streichholz und schob sie ganz dicht an das andere Anmachpapier heran. Das Brennmaterial war sehr trocken und fing sofort unter lautem Knistern Feuer. Sorgfältig verschloss Grete die Backöffnung mit der metallenen Ofentür und kümmerte sich um den Brotteig. Am Abend zuvor hatte Maria gut 150 Pfund Roggenschrot in den Backtrog geschüttet. Davon hatte sie einen Teil mit warmem Wasser vermengt. Über Nacht hatte die Teigmasse abgedeckt unter einem Leinentuch geruht, bis der entstandene Sauerteig weiterverarbeitet wurde. Grete schob die Ärmel ihres Kleides bis zum Ellbogen hinauf und wusch ihre Hände gründlich in dem kalten Brunnenwasser im Hof. Dann knetete sie das restliche Roggenmehl in den angesetzten Sauerteig ein und gab noch ein wenig Salz hinzu. Sie formte dreißig etwa gleichgroße, runde Brotlaibe und zwei kleine Brotstangen. Zum Schluss bestäubte sie alles leicht mit Mehl. Die kleinen Stangen waren für die Kinder, die oftmals vergeblich um eine ofenfrische Scheibe Brot bettelten, da sie in der Regel auf die Mahlzeiten verwiesen wurden.

Der Backofen war jetzt heiß genug, die Steine glühten. Mit dem Ofenkratzer entfernte Grete vorsichtig die Asche- und Holzreste im vorderen Teil des Ofens aus dem Backfach. Die rot glimmende Glut schob sie zu den Seitenwänden und weit nach hinten in den Ofen hinein, bis sie in der Ofenmitte ausreichend Platz für die Brotlaibe hatte. Anschließend befestigte sie ein nasses, grobes Leinentuch an einer langen Stange und wischte damit kreuz und quer durch den Backofen, bis dieser gründlich gereinigt war. Zischende Geräusche drangen aus dem Ofen, wenn sie den feuchten Lappen zu langsam bewegte. Mit dem Brotschieber schob Grete schließlich geschickt Brotlaib für Brotlaib in den heißen Ofenschlund und platzierte sie so, dass sie nicht unmittelbar mit der Glut in Berührung kamen. In zwei Stunden würden die ersten köstlich duftenden Brote fertig sein, Zeit genug, um die Backstube gründlich zu reinigen.

Nach dem Backen steckte Grete den Kindern heimlich die beiden kleinen Brotstangen zu, ohne dass es jemandem auffiel. Keins der anderen Brote war angeschnitten. Sie schlug die Mehlreste aus ihrer Schürze und stand in einer hellen Staubwolke, die um sie herumwirbelte. Gedankenversunken wollte sich Grete auf den Weg in die Küche machen, als sie über den Wassereimer stolperte und mit der rechten Hand gegen die Ofentür fiel. Sie fing ihren Sturz mit der Handfläche ab und verbrannte sich heftig an der heißen metallenen Ofentür. Die schmerzende Hand vor den Bauch gepresst, lief sie zur Bäuerin auf die Diele. Diese schaute erschrocken auf die Brandwunde, handelte dann aber schnell. Sie holte frischen Quark aus dem Milchschrank und strich ihn auf ein sauberes Leinentuch. Diesen Quarkwickel legte sie behutsam um die verbrannte Hand. Grete zuckte unter dem heftigen Schmerz zusammen.

Als sie sich von ihrem Schreck und den Schmerzen erholt hatte, schickte die Bäuerin Grete auf direktem Wege zur alten Gesche. Grete sträubte sich zunächst und wollte nach einer kurzen Ruhepause weiterarbeiten. Erst als die Bäuerin sie beauftragte, den Weg in den Wolfsgrund mit kleinen Botengängen zu verbinden, erklärte Grete sich bereit, den Weg anzutreten. Sie spürte selbst, dass sie mit der verbrannten Hand heute nicht mehr sehr viel im Haushalt beschicken konnte. Sie wird in den nächsten Tagen als Arbeitskraft ausfallen. Hoffentlich kann Gesche die Heilung der Hand beschleunigen, dachte die Bäuerin besorgt. Grete wird hier dringend gebraucht.

Zuerst trug Grete also entrahmte Milch zum Schmied und richtete ihm aus, dass er am späten Nachmittag die Hufe der beiden Ackergäule beschneiden und beschlagen solle. Anschließend brachte sie zwei Leinenhandtücher zur Nachbarin zurück, in denen diese frischen Butterkuchen zum Timpenhof gebracht hatte, als der Bauer seinen Geburtstag feierte. Nun blieb ihr nur noch der letzte Auftrag und sie machte sich mit einem mulmigen Gefühl auf den Weg nach Eversen. Den anderen Mägden und Knechten hatte es gefallen, die gruselige Geschichte vom Richthügel für Grete in den schaurigsten Facetten auszumalen. Aber neben der Angst vor den Geistern spürte sie auch eine gehörige Portion Neugier. Grete war zwar zart an Gestalt, aber von immenser innerer Stärke. Und wenn sie von der Kräuterfrau gesund zurückkam, konnte sie eigene gruselige Geschichtsfäden beim abendlichen Handarbeiten spinnen. Den anderen Erzählern würde sie bestimmt in nichts nachstehen, das hatte sie sich fest vorgenommen.

Staub tanzte im dämmrigen Gegenlicht auf der Diele. »Gesche?«, fragte Grete leise, als sie die Rauchkate durch die windschiefe Eingangstür betrat. Nochmals rief sie zögerlich den Namen, als sie unvermittelt eine Bewegung am Ende der halbdunklen Diele wahrnahm und leicht zusammenschrak. Gesche kam freundlich auf sie zu und musterte ihre zarte Erscheinung.

»Was treibt dich denn zu mir?«, fragte sie schließlich.

»Ich soll Euch dieses Glasgefäß bringen und Ihr wüsstet dann schon, was meine Dienstherrin von Euch will«, erwiderte Grete mit unsicherer Stimme und hielt der Alten das Glas mit der gesunden Hand entgegen.

»Ach so, die Wulfsche schickt dich zu mir. Und ich dachte schon, du kommst aus freien Stücken, um mich zu besuchen. Blass und bleich bist du ja immer noch, doch darum kümmern wir uns später. Komm mit, ich muss in die kleine Kammer, um das Glas mit dem Gewünschten zu füllen!«, sprach die Kräuterfrau und schritt voran in den kleinen Raum zur Linken der Diele.

Unsicher folgte Grete und betrat das Kräuterzimmer mit all seinen Geheimnissen. Aus einem großen Gefäß füllte Gesche eine gelbliche Creme in das mitgebrachte Glas. Die Creme gab einen angenehmen Geruch von sich, bevor Gesche das Glas sorgfältig mit einem Leinenlappen abdeckte. Danach wickelte sie ein helles Band darum und knotete es fest zusammen.

»So, das wäre erledigt! Ringelblumensalbe für die Haut, heilt und pflegt, besonders, wenn die Hände vom Waschen rissig geworden sind. Das solltest du wissen, wenn deine Hände auch von der ständigen Arbeit rau und spröde werden. Was aber kann ich für dich tun?«, fragte Gesche weiter, beugte sich leicht vor und durchbohrte Grete mit ihren dunklen Augen.

»Für mich könnt Ihr nichts tun!«, erklärte Grete schnell und hoffte darauf, das Glas wieder ausgehändigt zu bekommen.

»Was ist mit deiner Hand geschehen?«, drang Gesche weiter auf Grete ein und griff nach ihrem Arm, an dessen Hand sich noch immer der Quarkwickel befand. Die Alte hatte so schnell zugegriffen, dass Grete nicht flink genug die verletzte Hand zurückziehen konnte.

»Lass mich das mal anschauen.« Mit diesen Worten wickelte sie bereits den Stofffetzen ab, entfernte die Quarkreste und betrachtete die heftige Brandwunde. Grete zuckte vor Schmerz und wollte sich aus Gesches festem Griff herauswinden, doch diese ließ den Arm nicht los und sprach ruhig auf Grete ein. »Warte einen Moment, dann will ich deine Wunde mit Theresienöl bestreichen, das fördert die Heilung und nimmt den Schmerz. Mit Quark alleine ist es hier nicht getan!«

Schon drehte sich die alte Frau um und wühlte in einem Regalfach an der Wand. Kurze Zeit später hatte sie eine große Flasche mit einem uralten Etikett darauf zum Vorschein gebracht. Gesche zog den Korken vom Flaschenhals, roch mit ihrer langen Nase an der Öffnung, nickte zufrieden und tränkte ein weiches Tuch reichlich mit dem Öl. Sorgsam und äußerst vorsichtig rieb sie damit über die Wunde. In Erwartung des Schmerzes hatte Grete zunächst die Luft angehalten, doch schnell spürte sie die wohltuende und schmerzlindernde Wirkung des Heilöles und entspannte sich. Dankbar lächelte sie in Gesches Richtung. Diese studierte bereits wieder die Gesichtszüge des jungen Mädchens.

»Was ich sehe, gefällt mir, du bist ein besonderes Menschenkind«, sagte sie schließlich. »Du musst nur noch lernen, Vertrauen zu fassen, zu anderen Menschen, aber besonders auch zu dir selbst. Vertraue den Dingen, die du siehst, auch wenn du die Einzige sein solltest, die sie sehen kann. Und quäle dich nicht damit. Du bist nicht verantwortlich!«

Erstaunt betrachtete Grete die Alte. Wie konnte sie von ihren Trugbildern und Tagträumen wissen? Maria hatte es ihr bestimmt nicht verraten, denn Grete hatte ihr ein Versprechen abgenommen, über die seltsamen Vorkommnisse zu schweigen.

»Du bist nicht alleine mit der Gabe des Zweiten Gesichts, meine Liebe!«, erklärte Gesche sanft und schob die verwunderte junge Frau zur Tür hinaus. Zum Abschied hielt sie ihr noch ein kleines Fläschchen mit Theresienöl hin. »Dreimal am Tage musst du die Brandwunde damit einreiben, dann heilt sie geschwind. Und richte der Bäuerin aus, dass sie mir die Ringelblumensalbe bei Gelegenheit mit einer schmackhaften Marmelade entgelten kann. Komm gut heim und bestell einen Gruß. Ich bin in Eile. Ich hätte schon längst auf dem Weg zu einer Geburt sein sollen, nun muss ich wirklich meinen Koffer befüllen und mich sputen.« Mit diesen Worten verschloss sie die Tür von innen.

Es dämmerte bereits, als Grete den Rückweg antrat. Sie beobachtete aus den Augenwinkeln misstrauisch den Richthügel. War da nicht eben eine nebulöse Gestalt ohne Kopf zu sehen gewesen? Bewegt hatte sich etwas, da war sie sicher. Den Korb mit Salbe und Öl fest in der gesunden Hand haltend, beeilte sie sich, möglichst schnell fortzukommen, bevor ihre Fantasie noch weitere Geister zum Leben erweckte. Sie drehte sich kein einziges Mal zum Richthügel um. Schlimmer noch, dachte Grete, wären lebendige Wesen, die hier ihr Unwesen trieben und ihr unauffällig folgen könnten. Die Geister vom Richthügel taten dies nicht.

Auf dem Timpenhof angekommen händigte Grete die Salbe der Bäuerin aus und ging früh zu Bett. Handarbeiten konnte sie mit der verbrannten Hand ohnehin nicht und ihre Dienstherren hatten ein Einsehen.

»Erhol du dich ruhig«, sprach die Bäuerin fürsorglich, »dann kannst du bald wieder frisch ans Tagewerk gehen.«

In Eversen drängte unterdes das zwölfte Kind der Intemanns auf die Welt. Gesche eilte sich mit ihrer großen Tasche in der Hand, damit sie nicht zu spät kam. Die gute Frau Intemann hatte sie nach der Entbindung des elften Kindes vor dreizehn Monaten heimlich beiseite genommen, als ihr Mann und die übrigen Hofbewohner auf der Diele mit Korn auf das Neugeborene anstießen.

»Keine weiteren Kinder!«, hatte sie Gesche flehentlich zugeflüstert. Der armen Frau reichten elf Bälger, was Gesche gut nachvollziehen konnte. Nach eingängiger Überlegung war Gesche tätig geworden und hatte der Frau heimlich einen Scheidenpulverbläser überlassen.

Dieses weitverbreitete Hilfsmittel zur Schwangerschaftsverhütung war Gesche bislang als recht sicher erschienen. Ein Röhrchen wurde kurz vor dem Beischlaf in die Scheide eingeführt. Mithilfe eines daran befestigten Ballonteils wurde ein Pulver gegen den Muttermund geschleudert, wo es sich wie eine Wand davor legte und den männlichen Spermien den Eintritt verwehrte. Das verwendete Pulver hatte Gesche nach einer überlieferten Rezeptur aus dem Heilkundebuch hergestellt. Üblicherweise mischte sie es aus 50 Teilen Borsäure, 2,5 Teilen Zitronensäure, 2,5 Teilen Gerbsäure, 10 Teilen Gummiarabicum und 35 Teilen handelsüblichen Puders.

»Der Genuss des ehelichen Beischlafs wird durch das Pulver nicht beeinträchtigt«, hatte Gesche der Wöchnerin zugeflüstert. »Es gewährt dreißig Minuten lang Schutz gegen Schwängerung, danach ist die Manipulation zu wiederholen.

Auch wird dein Mann davon nichts mitbekommen, wenn du es geschickt anstellst«, hatte Gesche weiter ausgeführt.

Gerät und Pulver hatte die erleichterte Frau in ein Leinenhandtuch gewickelt und es unter der Matratze in einer Ecke des Bettes versteckt. So lag es an einem sicheren, aber schnell erreichbaren Ort. Ihr Mann durfte davon keine Kenntnis erhalten, denn er hatte noch nie Rücksicht auf ihre Befindlichkeiten genommen. Ob nun elf oder zwölf Kinder, für ihn spielte es kaum eine Rolle. Satt wurden sie alle. Und der Rest? Es war ihr alleiniges Problem, wenn die Kräfte nachließen. Nun könne sie ihn vielleicht glauben machen, dass er aus dem zeugungsfähigen Alter heraus sei oder sie selbst keine Kinder mehr empfangen könne, hatte die Intemannsche Bäuerin ihre Hoffnung kundgetan.

Doch trotz dieser heimlich getroffenen Maßnahme war Gesche nun zu einer weiteren Entbindung ins Hause Intemann gerufen worden. Was war bloß schiefgelaufen, dass die arme Frau ein weiteres Mal niederkam? Vielleicht sollte sie der Bäuerin die Handhabung des Pulvers noch einmal erklären, wenn sie die zwölfte Geburt gut überstanden hatte. Vielleicht musste Gesche auch die Rezeptur noch einmal überdenken, denn es war nicht das erste Mal, dass es trotz sorgfältiger Anwendung zu einer Schwangerschaft gekommen war.

April 1933

Es war einen Versuch wert, vielleicht konnte ich eine Anstellung beim Müller bekommen. Der Müller stand immer etwas außerhalb des dörflichen Geschehens und scherte sich nicht um das übliche Gerede. Er verfügte über die Staurechte des Auebachs, er besaß die einzige Wassermühle in der näheren Umgebung. Hierher kamen sie alle zum Getreidemahlen, also hatte er ein gewisses Ansehen und damit auch Einfluss. Ich kannte ihn und er mich. Wir wussten, was wir voneinander zu halten hatten. Vielleicht glaubte er an meine Unschuld.

Voller Hoffnung eilte ich vom Wolfsgrund in Richtung Ahausen, vorbei an Johann Sündermanns Gemischtwarenladen. Dieser lag an der breiten Verbindungsstraße zwischen Verden und Rotenburg gegenüber der Gaststätte Meyer. Beide hatten zu so früher Stunde noch geschlossen. In der Vergangenheit war ich hier des Öfteren eingekehrt, hatte mein Feierabendbier genossen. Nun hatte man mir in beiden Häusern zu verstehen gegeben, dass ich nicht erwünscht sei. Nur die Tochter des alten Sündermanns, ein nettes, aber unansehnliches Mädchen, hatte mich einmal abgepasst und mir etwas zu Essen zugesteckt. Sie glaube fest an meine Unschuld, hatte sie mir in ihrer rührend naiven Art mitgeteilt. Leider stand sie mit dieser Auffassung offensichtlich alleine da. Und so mied ich ihre Nähe, schließlich hatte ich kein Recht, sie auf irgendeine Art und Weise ins Unglück zu stürzen. Obwohl ich mich des Gefühls nicht erwehren konnte, dass ihr nichts lieber gewesen wäre als das.

Auf meinem Weg entlang der Hauptstraße begegnete ich meinem ehemaligen Dienstherrn, der mit drei anderen Hofbesitzern eine lautstarke Unterhaltung führte. So konnte ich selbst aus der Ferne verstehen, dass es um die neuesten politischen Entwicklungen ging. Im Dorf würde sich nun einiges ändern, hörte ich sie lamentieren, denn alle wichtigen Positionen würden nach und nach mit Parteimitgliedern der NSDAP besetzt.

»Dann geht das nicht mehr darum, ob du was kannst, sondern nur noch darum, ob du in der Partei bist«, schimpfte mein alter Dienstherr laut. Mich würdigten sie keines Blickes. So folgte ich grußlos der Straße weiter in Richtung Ahauser Mühle.

Die wütende Stimme, die plötzlich von der Seite an mein Ohr drang, ließ mich ängstlich erstarren. Dass man mich ignorierte, war ich inzwischen gewohnt. Dass man mich jedoch auf offener Straße anfeindete, war für mich neu. Im festen Glauben, gemeint zu sein, drehte ich mich um meine eigene Achse, bemerkte aber schnell, dass es sich lediglich um das laute Schimpfen des Dorflehrers handelte, das aus dem Schulgebäude herausdröhnte.

Die Fenster des Klassenraumes standen angesichts des heute erstaunlich frühlingshaften Wetters weit offen. Hier draußen waren die Temperaturen angenehmer als in dem ausgekühlten Ziegelgebäude. Rund dreißig Kinder unterschiedlichen Alters wurden dort gemeinsam in einer einzigen Klasse unterrichtet und offenbar gerade ausgeschimpft. Ich blieb stehen und horchte auf die donnernde Stimme des Lehrers. Er war neu im Ort und hieß, so erinnerte ich mich nun, Rosenschön.

»Einen Schweineschwanz mit einer Nadel an die Lehrerjacke zu stecken, das bringt Stockhiebe! Nicht unter zwanzig an der Zahl. Welcher aufrichtige Charakter zeichnet sich für diese Schandtat verantwortlich?«, hörte ich die bohrende Frage und die anschließende angespannte Stille. Ich konnte mir die eingeschüchterten Schüler lebhaft vorstellen. Dann drohte die Stimme noch eindringlicher: »Da es sich um ein noch frisches Stück handelt, wird es nicht von großer Schwierigkeit sein, herauszufinden, wo in den letzten Tagen der Schlachter seinen Schlachtbock aufgebaut hatte. Also erwarte ich umgehend, dass der Schuldige sich erhebt und zu dieser unmöglichen Tat steht«, forderte der Geschädigte weiter.

Ich schmunzelte, als ich mir den Lehrer vorstellte, wie er mit sauberen Hosen und ordentlich ausgebürsteter Jacke würdevoll vor der Klasse stand und sich fragte, worüber seine Schüler sich so amüsierten. Mühevoll hatte er in den ersten Wochen des Schuljahres seine Autorität bewiesen, die Erziehung der Kinder mit gebührender Strenge betrieben. Doch die Jugend war heute nicht anders als zu meiner Zeit. Kleine Streiche und Mutproben waren das Salz in der sonst so schwer bekömmlichen Schulsuppe. Ein Mutiger hatte das Undenkbare gewagt und Rosenschöns Jacke einen geringelten Schweineschwanz verpasst. Das angesteckte Schwänzchen hatte vermutlich bei jedem Schritt des Lehrers fröhlich hin- und hergewackelt.

Was für ein Spaß! Ich musste nun endgültig lachen, als ich mir das wütende Gesicht von Herrn Rosenschön vorstellte. Dann zerriss ein schneidendes Geräusch meine Gedanken. Der Stock sauste durch die Luft und traf klatschend auf einen blanken Kinderpo. Leises Wimmern folgte auf jeden Schlag. Der Schuldige war offensichtlich gefunden. Schnell setzte ich meinen Weg fort.

Gut eine Stunde später passierte ich das Schulgebäude erneut. Mit schroffen Worten war ich abgewiesen worden und fühlte mich nun auch wie gescholten. Zwar hatte ich keine Stockschläge einstecken müssen, aber die ablehnenden Worte hatten mich ähnlich hart getroffen. Der Müller wollte mich nicht beschäftigen, da er befürchtete, dass dies ihm finanziellen Schaden zufügen könnte. Es war meine letzte Hoffnung gewesen. Nun fühlte ich mich leer und kraftlos.

»Einmal verurteilt, immer verurteilt!«, sprach ich frustriert zu mir selbst. Auf meinem Rückweg zum Wolfsgrund traf ich Hannes, den Sohn vom Clüverhof. Mit gesenktem Haupt und auffällig vorsichtigen Bewegungen schlich er leise weinend die Dorfstraße entlang. In der kleinen Kinderhand hielt er einen Schweineschwanz.

Der kleine Übeltäter hatte vom Lehrer offensichtlich reichlich Stockhiebe auf den Allerwertesten bekommen. Ich konnte gut mit ihm fühlen, beneidete ihn fast um seine Tränen, die ich nicht weinen konnte. Nicht einmal diese Erleichterung war mir vergönnt.

»Na«, sprach ich ihn an, »schleppst du heute auch eine unangenehme Last von der Schule mit nach Hause?«

Wortloses Nicken war die Antwort, begleitet von einem herzhaften Schniefen.

Gretes Visionen

Grete verspürte kein Heimweh mehr. Das Weihnachtsfest hatte sie daheim mit ihren Eltern und Geschwistern verbracht und die vertraute Umgebung genossen. Zu solch besonderen Anlässen buk ihre Mutter immer köstliche Butterkuchen und briet einen schmackhaften Schweinebraten. Als Beilagen servierte sie Kartoffeln und Rotkohl. Dies war der besondere Duft und Geschmack von Gretes Kindheit, der ansonsten aus Buchweizen-Milchsuppe und Stippbrot sowie Bratkartoffeln am Abend, gebraten in Schweineschmalz, bestand. Für sie schmeckte das Weihnachtsfest wunderbar nach längst vergangenen Kindertagen.

Die erneute Trennung und die Rückkehr zum Timpenhof waren Grete aber nicht mehr schwer gefallen. Auch dort fühlte sie sich inzwischen heimisch.

Der folgende Winter wurde extrem kalt und dunkel. Väterchen Frost hielt die Natur mit eisiger Hand fest im Griff. Kräftige Eispanzer überzogen die Gewässer. Auch das Wasser im Ziehbrunnen gefror in den tiefkalten Nächten, was das Wasserschöpfen noch mühseliger machte. Immer wieder fiel Schnee und deckte die Felder mit einem weißen Mantel zu. In den glitzernden Flächen verschwanden die Konturen der Landschaft. Alles schien endlos weit und weiß zu sein.

Damit die Wege passierbar blieben, spannte Bauer Wulf den Ackergaul täglich vor den einfachen Schneepflug. Es war ein selbstgebautes dreieckiges Brettergestell, das der Bauer dem kräftigen Zugtier an den Bauchgurt band. Die Spitze des Dreiecks schob die Schneemassen auf einer Breite von 70 Zentimetern auseinander, sodass eine Gasse entstand. Weiße Dampfwolken stiegen von den Nüstern des braunen Kaltblüters in die eisige Winterluft, später dampfte der gesamte

Pferdekörper von der anstrengenden Arbeit. Und auch der Bauer schnaufte in die kalte Luft hinein, bis sein Bart mit weißem Raureif überzogen war. Aber die Bewegung tat dem treuen Tier gut, verbrachte es doch die Winterzeit ansonsten fast nur im Stall stehend.

Anfang Februar hatten sie auf dem Timpenhof begonnen, das eigenhändig gesponnene Garn zu verweben. Kräftige Männerarme wuchteten zu diesem Zweck die mächtigen Webstühle von den Balken der Diele herunter. Staub, Spinnweben und allerlei tierische Rückstände mussten zunächst entfernt werden, bevor die drei Webstühle in der großen Stube aufgebaut wurden. Anschließend spannten die Frauen die Kettfäden. Insbesondere Grete stellte sich prächtig an, befand die kritische Bäuerin, die sie mit der stets grobschlächtig wirkenden Maria verglich.

Bis in den April würden die Webstühle hier nun stehen bleiben, obwohl sie die gesamte Stube ausfüllten. Abend für Abend saßen die Frauen auf den harten Holzbänken vor ihren Webarbeiten. Mit den Füßen bedienten sie die Pedale unterhalb des Webrahmens, welche die Kettfäden hoben oder senkten, während sie mit flinker Hand das Schiffchen mit dem Schussfaden hin- und hergleiten ließen. Dann zogen sie die Schussfäden ordentlich fest, damit der Stoff schön gleichmäßig und strapazierfähig wurde.

Grete liebte diese Arbeit mehr als alle andere Hausarbeit. Beim Weben konnte man deutlich erkennen, wie aus Fleiß und Geschick schnell guter Leinenstoff wurde.

Hält man das Haus mit dem Besen sauber, mag es auch noch so gut und gründlich sein, so bleibt diese Arbeit nur für einen kurzen Moment von Erfolg gekrönt, dachte Grete. Der erste schmutzige Schuh macht die ganze Reinigung wieder zunichte. Der Stoff aber bleibt als sichtbares Zeichen meiner Arbeit für lange Zeit bestehen.

Meist gesellten sich die Männer ebenfalls dazu und drechselten oder schnitzten ohne Unterlass Löffel, Tröge, Klammern oder Spulen. Am Ende jedes Monats zogen die Männer vom Timpenhof und den benachbarten Höfen wenn die Witterung es zuließ über das Land, um Geschäfte zu tätigen. Auf ihren Schultern trugen sie die geflochtenen Weidenkörbe, in denen sie ihre Waren transportierten. Manchmal blieben sie tagelang von zu Hause fort, bis sie den Inhalt ihrer Kiepen veräußert hatten.

Von den erzielten Einnahmen erwarben sie ihrerseits wieder dringend benötigte Dinge für den Hof. Liefen die Geschäfte gut, befand sich auch manchmal die eine oder andere Überraschung für die Daheimgebliebenen darunter. Gespannte Erwartung füllte die Tage, bis die Händler wieder heimkehrten. Aufgeregte Kinderstimmen kündigten die Ankunft der Männer in der Regel an.

Grete verfügte über eine gehörige Portion Ehrgeiz und darauf war sie stolz. »Wo ein Wille ist, ist auch ein Weg!«, hatte ihre Großmutter stets zu sagen gepflegt, wenn Grete bereit war, zu schnell aufzugeben. Selbst auf dem Sterbebett hatte die beharrliche alte Frau Grete und den übrigen Familienmitgliedern allerlei Versprechen abgerungen und erst dann die Augen für immer geschlossen.

Grete zeigte gerne ihr Können und entwarf immer wieder neue Webmuster. Insbesondere für ihre eigene Aussteuer wagte sie Experimente. »Da brat mir einer 'nen Storch!«, frotzelte Maria und zerrte ihre Dienstherrin an Gretes Webstuhl. »Da hat das Mädchen die wunderbarsten Pflanzenmotive mittels Webstuhl auf ihren Stoff gezaubert. Habt Ihr so etwas schon einmal gesehen?«

Die Bäuerin trat mit Maria näher an Gretes Webarbeiten heran und beäugte das neue Muster zunächst kritisch. Dann gestand sie ein, dass sie so etwas Feines und Wunderbares bislang nicht zu Gesicht bekommen hatte.

Gretes Wangen röteten sich unter so viel Anerkennung. »Ich will Euch gerne zeigen, wie man das zustande bringt. Es ist sicherlich keine Hexerei!«

»Da bin ich mir nicht so sicher«, erklärte Maria nachdenklich. »Wenn ich mir vor Augen führe, was du in manchen Nächten treibst.«

Grete blickte erschrocken auf und brachte Maria mit einem eisigen Blick zum Schweigen. Glücklicherweise stellte die Bäuerin keine weiteren Fragen, sondern bewunderte das sorgsam gewebte Leinentuch mit regem Interesse.

Die Kunde von Gretes Geschick machte schnell die Runde im Dorf, dafür sorgte die schwatzhafte Maria zuverlässig. Ständig kamen Besucherinnen vorbei, die sich auch in der Kunst des Musterwebens schulen lassen wollten. Schließlich wurde es der Timpenbäuerin jedoch zu viel und sie gewährte den neugierigen Frauen nur noch an einem Abend in der Woche Einlass. Es kostete Grete einfach viel zu viel Zeit, den Dörflerinnen andauernd ihre Musterweberei zu erklären. Auch konnte es nicht schaden, das eine oder andere Geheimnis diesbezüglich zu bewahren, überlegte die schlaue Bäuerin. Sollten die anderen Frauen doch ihre Münzen gegen einige Meter Stoff eintauschen, wenn sie etwas davon haben wollten. Das wäre für die Haushaltskasse des Timpenhofs mehr als dienlich.

Die Winterzeit flog dahin. Immer sehnsüchtiger hielten die Hofbewohner in der noch kargen Natur Ausschau nach den ersten Anzeichen des Frühlings.

Alle atmeten auf, als endlich der schmelzende Schnee und die nachlassende Kälte das beginnende Frühjahr ankündigten. Hunderte von Gänsen und Kranichen zogen in großen Schwärmen laut rufend über den Ort hinweg. Graugänse landeten unter großem Geschrei in den Wümmewiesen, um sich nach kurzer Rast und Nahrungssuche mit ebensolchem Getöse wieder in den Himmel zu erheben. Es war die Zeit der Pooljagd.

Mit dem einsetzenden Tauwetter begann auch die Feld- und Gartenarbeit. Den ganzen Winter über hatte der Knecht den Mist aus den Kuhställen und Schweinepferchen mit der hölzernen Schubkarre auf den Misthaufen hinter dem Gebäude gefahren. Nun wurde der dampfende Haufen auf den alten Leiterwagen aufgeladen und gleichmäßig auf den Feldern verteilt. Pflügen, pflanzen, säen, hacken, die Arbeit auf dem Feld war vielseitig und anstrengend. Grete und Maria liefen mit ihren rutschigen Holzschuhen am Tage viele Stunden umher, bis ihnen die Füße schmerzten.

Mitunter hielt Maria inne und beobachtete ihre Freundin bei der Arbeit. Mit wachsendem Unbehagen hatte sie bemerkt, dass die nächtlichen Vorfälle sich häuften. Grete tat sich zusehends schwerer, in einen erholsamen Schlaf zu finden. Besonders bei Vollmond stand Grete in der Kammer und sprach in Rätseln. Die Anfälle steigerten sich und Grete sprach inzwischen laut und deutlich, beschrieb Dinge, die Maria nicht sehen konnte. Grete erinnerte sich nun stets genauestens an ihre Visionen. Das ging nicht mit rechten Dingen zu, gestand sich Maria allmählich ein. Die schmächtige Grete, die ihr an Körperkraft eindeutig unterlegen war, gebärdete sich immer eigenartiger und wilder.

Eines Tages, während eines besonders heftigen Anfalls, überwand Grete mit Leichtigkeit ihre kräftige Bettgenossin und schob sie beiseite, als diese sie beruhigen wollte. Nichts konnte Grete aufhalten. Im Nachtgewand, mit nackten Füßen und wehenden Haaren wurde sie von den unbekannten Geistern durch die Nacht gejagt. Das Gesicht, so pflegte Maria die Anfälle ihrer Zimmergenossin zu bezeichnen, war wieder über Grete gekommen. Über Hecken, Zäune und Brennnesselgestrüpp trieb sie die unheimliche Macht. Sie sah Bilder, viele Bilder, deren Bedeutung sie noch nicht einordnen konnte, obwohl sie die Orte des Geschehens eindeutig erkannte.

Es waren Ereignisse, die nicht in der Vergangenheit lagen. Sie würden noch stattfinden. Soviel hatte Grete Maria schon erklären können. Allerdings konnte sie nicht begründen, warum sie dessen so sicher war. Fiebernd und schweißgebadet kehrte die gehetzte Grete anschließend heim, um in ihrem Bett erschöpft in einen totenähnlichen Tiefschlaf zu fallen.

Lange hatte Maria geschwiegen. Sie hatte es Grete ein ums andere Mal in die Hand versprochen. Doch als Grete an einem der Abende wieder wie von Furien gehetzt die gemeinsame Schlafkammer verließ, wurde sie von ihrer Dienstherrschaft beobachtet. Erstaunt sprach die Bäuerin Maria auf Gretes seltsames Verhalten an und drängte auf eine anständige Erklärung. Anfänglich zögerte Maria, Gretes Geheimnis Preis zu geben, doch dann berichtete sie von den merkwürdigen Vorfällen, die sich in letzter Zeit häuften.

Ungläubig schüttelte die Bäuerin angesichts der abenteuerlichen Erzählungen Marias den Kopf. Das Mädchen war wirklich einfältig und nun schien auch noch die Fantasie mit ihr durchzugehen, daher tadelte sie Maria scharf und wies sie an: »Untersteh dich, solche ungeheuren Gerüchte in Umlauf zu bringen. Das bringt unsere ganze Familie in einen schlechten Ruf.«

Maria schwieg zu dem Tadel. Gemeinsam warteten sie auf Gretes Rückkehr, die heute nicht lange auf sich warten ließ. Auf die Ansprache der Bäuerin bezüglich ihres merkwürdigen Verhaltens reagierte Grete erschrocken, doch redete sie sich mit einem schlechten Traum heraus, den sie in der Nacht gehabt habe, da der Mond mit seiner ganzen Kraft am Himmel leuchtete. Grete hoffte inständig, dass ihre Dienstherrschaft ihr Glauben schenkte, denn sie fürchtete, wenn sie ihr Geheimnis preisgäbe, ihre Anstellung zu verlieren. Die Bäuerin fühlte sich in ihrer Einschätzung bestätigt, was die Erzählungen Marias anging. Das unglückselige Geschöpf verfügte wirklich über zu viel Fantasie.

Eines Tages aber erzählte Maria in der Spinnstube vom Timpenhof doch davon. Sie hatte sich mit Grete heftig gestritten und war so verärgert, dass sie ihr eins auswischen wollte. Die Mägde und Knechte der Nachbarhöfe taten die Geschichte von Gretes merkwürdigen Auftritten und den damit verbundenen Visionen zunächst als Blödsinn ab und machten sich lustig über die einfältige Maria, die trotz ihrer kräftigen Gestalt ein furchtsames Herz zu haben schien.

»Das ist ja eine feine Geschichte, die du da zum Besten gibst«, schimpfte die Timpenbäuerin, die befürchtete, zum Dorfgespräch zu werden. »Nicht dass ihr anderen auf die Idee kommt, mit diesem Blödsinn im Dorf hausieren zu gehen. Dass es immer mal wieder Menschen gibt, die unter der Mondsucht leiden, wenn dieser in voller Kraft am Himmel steht, ist ja hinlänglich bekannt.«

»Nein, so ist es nicht«, widersprach Maria ihrer Dienstherrin gekränkt und vergaß dabei, wie streng die Bäuerin sie zuvor getadelt hatte: »Grete sieht in die Zukunft und sie erinnert sich nach einem solchen Anfall genau an alle Vorkommnisse, auch an Personen und Orte.«

Die Ernsthaftigkeit, mit der Maria widersprach, brachte alle Anwesenden betroffen zum Schweigen. »Glaubt mir«, sprach sie weiter, »die Grete ist ein ganz besonderes Menschenkind, sie hat die Gabe des Zweiten Gesichts!« Mit dieser Aussage war Maria die vollständige Aufmerksamkeit sämtlicher Anwesender gewiss.

Maria konnte ihr Wissen nicht länger zurückhalten, allerdings nicht so sehr, weil sie Grete schaden wollte. Ihren Streit mit der Freundin hatte sie bei dem regen Interesse an ihrer Geschichte schon fast wieder vergessen. Ein konfuser Redeschwall brach aus ihr heraus, der erst im Laufe ihrer Erzählung einen Sinn ergab. Sie berichtete den neugierigen Männern und Frauen in allen Einzelheiten von Gretes Anfällen und ihren Visionen. An diesem Abend beendete die ansonsten so fröhliche Runde ihre Handarbeiten nachdenklich und viel später als gewöhnlich.

Es kann einem schon unheimlich werden, dachte die Bäuerin, wenn man darüber nachdenkt, was die Maria da erzählt. Ich werde ein Auge auf das Mädchen haben und noch einmal ernsthaft mit ihr sprechen müssen. Grete, die von Marias Verrat nichts ahnte, kehrte in dem Moment auf den Timpenhof zurück, als sich die anderen Mägde und Knechte verabschiedeten.

Nach dem Streit mit Maria hatte sie den Abend mit Gesche verbracht. Nun hatte sie gehofft, noch einige Neuigkeiten von den anderen zu hören. Doch niemand schien noch Lust auf ein kleines Schwätzchen mit ihr zu haben, alle wollten sich nur eilig auf den Heimweg machen. Enttäuscht verschwand Grete in der Mägdekammer und begab sich zu Bett. »Ihr könnt mir alle den Buckel runterrutschen!«, murmelte sie ärgerlich, während sie sich ihr Leinennachthemd über den Kopf zog.

Es geschah einige Wochen später an einem Donnerstagvormittag. Milde Temperaturen und strahlender Sonnenschein versprachen einen angenehmen Tag. Die Tiere waren bereits versorgt, die erste Hausarbeit erledigt. Alle anwesenden Hofbewohner versammelten sich zum Frühstück rund um den großen Eichentisch, der nun wieder auf der Diele stand. Über dem offenen Feuer köchelte der Gerstenbrei in einem großen gusseisernen Topf.

Aus den Augenwinkeln betrachtete die Bäuerin heimlich die schmale Gestalt Gretes. Das bleichsüchtige Mädchen erschien ihr noch blasser als gewöhnlich, wie aus Wachs, fast durchsichtig wirkte es. Seit dem Abend, an dem Maria über Gretes Anwandlungen berichtet hatte, hatte die Bäuerin nichts Auffälliges bemerkt. Grete zeigte keine weiteren Anzeichen der seltsamen Mondsucht und so hatte die Bäuerin Grete nicht weiter darauf angesprochen. Erleichtert hatte sie das Gerede abgetan, schließlich hatte man solche Frauen in früheren Zeiten schnell der Hexerei bezichtigt. Aber dieser Wahnsinn war glücklicherweise vorbei.

Die Bäuerin war noch in ihre Gedanken vertieft, als Grete unvermittelt aufsprang, ihren Stuhl umwarf und stocksteif am Tisch stehen blieb. Die Augen blickten starr, erweckten den Eindruck, als ob sie durch die gegenüberliegende Wand hindurchschauten. Die Blicke aller Anwesenden wandten sich ruckartig Grete zu.

Plötzlich löste sich ihre Starre und Grete rannte die Diele entlang, hinaus auf den Hof. Die Rufe der erschrockenen Bäuerin, die Grete zurückhalten wollte, verhallten ungehört im Raum. Gretes Holzschuhe flogen in weitem Bogen von ihren Füßen. Auf wollenen Socken eilte sie die Dorfstraße hinunter, lief bis zu der Stelle, wo das von ihr vorausgesehene Ereignis stattfinden würde. Hier stand sie nun, am Anfang der Mühlenstraße, sah die scheuenden Pferde vor einem Gespann, das erst in der Zukunft hierher kommen würde.

»Der Brautwagen, der Brautwagen, welch schlechtes Omen«, flüsterte sie immer wieder. Passanten blieben stehen, einige näherten sich unsicher der jungen Frau, die konzentriert auf die Dorfstraße stierte. Doch Grete reagierte nicht, als sie von einem Passanten angesprochen und nach ihrem Befinden gefragt wurde.

Endlich legte sich die kräftige Hand Pastor Visbecks auf Gretes Schulter. Einige aufgeregte Dörfler hatten ihn aus dem nahe gelegenen Pfarrhaus herbeigerufen, damit der Gottesmann dem verwirrten Mädchen beistehen und es besänftigen würde.

»Beruhige dich, mein Kind«, sprach er mit leiser, aber eindringlicher Stimme. Doch Grete zeigte keinerlei Reaktion auf seine Ansprache. Geduldig redete er weiter auf die erstarrt wirkende junge Frau ein, als die Bäuerin vom Timpenhof hinzugeeilt kam. Nach einer atemlosen Schrecksekunde war sie sofort hinter Grete hergesprungen, wollte sie doch mit eigenen Augen sehen, wohin es ihre Magd trieb.

Die Bauersfrau grüßte den Gottesmann kurz, entschuldigte sich an Gretes Stelle für den merkwürdigen Auftritt und führte diese mit der Bemerkung, dass Grete wohl an hohem Fieber leide und nicht Herr über ihre Sinne sei, energisch wieder zur Hofstelle zurück.

Schnell verbreitete sich die Kunde von Gretes seltsamem Auftritt im gesamten Ort. Die Blässe, die rötlichen Haare, ihr Gebaren, so munkelten einige, würden gut zu einer Hexe passen, auch wenn man selbst natürlich nicht an solchen Hokuspokus glaube.

Als die Aufregung verflogen war, sprach die Bäuerin Grete auf ihr merkwürdiges Benehmen an jenem Tag an. Es sei nicht gut für sie als junges Mädchen, so verrückte Dinge zu tun, meinte sie. Doch Grete ließ sich nicht beirren. Sie könne nichts dafür. Es würde sie einfach überkommen und ihre Visionen würden eintreffen, daran gäbe es keinen Zweifel, beharrte sie. »Wenn das Zweite Gesicht über mich kommt, dann reißt es mich davon, da gibt's kein Halten!«, beteuerte Grete ernst.

Hatten die Ahauser Dorfbewohner Grete zunächst als eine versponnene Frau betrachtet, änderte sich ihre Einstellung mit der Zeit grundlegend. Die von Grete vorausgesehenen und beschriebenen Ereignisse trafen ein ums andere Mal ein. Ihre Visionen wurden stärker und sprachen sich wie Lauffeuer herum. Manche hofften, sich Gretes Fähigkeit zu Nutze machen zu können. Sie bedrängten Grete, ihre Meinung kundzutun, um bei zukünftig anstehenden Entscheidungen eventuell einen Vorteil zu erzielen. Doch gegen derartige Ansinnen verweigerte Grete sich stets. Maria versuchte, ihre Freundin so gut es ihr möglich war vor diesen Menschen zu schützen. Ihr Gewissen plagte sie, seitdem sie Gretes Geheimnis in der Spinnstube preisgegeben hatte. Aber Grete fühlte sich immer weiter in die Enge getrieben. Mit jeder weiteren Vision mehrten sich die Versuche, von ihr Einblicke in zukünftige Ereignisse zu erlangen. Bald mochte sie kaum noch alleine durch den Ort laufen.

Und so sah sich schließlich der Pastor genötigt, diesem Spuk ein Ende zu setzen. In was für eine Gemeinde war er nur geraten? Bei der Übernahme der Pfarrstelle im Jahre 1890 hatte er geglaubt, an einen friedlichen Ort ohne besondere Probleme zu gelangen. Zu Beginn seiner Tätigkeit hatte dies auch zugetroffen, aber dann … Pastor Visbeck verdrängte die negativen Gedanken und konzentrierte sich auf sein Vorhaben. Dieser jungen Magd galt es gründlich die Leviten zu lesen. Für Wunder und Weissagungen war nun mal einzig und allein die Kirche zuständig.

So machte sich Pastor Visbeck im Frühjahr 1902 auf, um ein sehr ernstes Gespräch mit Grete zu führen. »Du solltest mit deinem konfusen Gerede ein Ende finden, da es die Dorfbewohner nur beunruhigt«, sprach der Geistliche streng auf die junge Frau ein. »Das ist gotteslästerlich und unentschuldbar! Willst du wirklich eine solche Sünde auf deine Seele bürden?«

Grete schaute ihm fest in die Augen und erwiderte kühl: »So wahr, wie in sieben Tagen vom Vorwerk ein Leichenzug mit sieben Kutschen zum Ahauser Friedhof kommt, so wahr ist das, was ich gesagt habe!«

»Was für ein Unfug!«, fuhr der Pastor Grete an. »Erdreiste dich nicht, in deiner Einfalt solche dummen Gerüchte in die Welt zu setzen. Es ist gotteslästerlich, wenn ein Menschenkind glaubt, Gottes vorbestimmten Weg voraussagen zu können. Zu viel Einfalt oder Fantasie hat noch immer geschadet. Du bist eine einfache Magd, die gerade eben des Lesens, Schreibens und Rechnens mächtig ist«, zürnte er weiter. »Dir steht es nicht zu, deinen Mitmenschen vorzugaukeln, dass du etwas von der Zukunft verstündest!«

»Ich will nicht Gott herausfordern mit meinen Geschichten! Ich fasse lediglich meine Visionen in Worte, das ist alles«, sprach Grete mit erhobenen Kopf und blickte unerschrocken in die zornigen Augen des Geistlichen. »Es wird so kommen, glaubt mir! Ich wollte es lange selbst nicht wahrhaben, aber Gott hat mir die Gabe des Zweiten Gesichts auferlegt. Es ist kein Geschenk, sondern es ist eine Last, die ich zu tragen habe. Ob es mir gefällt oder nicht, ich wurde nicht gefragt.«

Verärgert und ohne einen Abschiedsgruß verließ Pastor Visbeck den Timpenhof. Im Hinausgehen rief er dem erschrockenen Bauern zu, das missratene Menschenkind gut unter Kontrolle zu halten, da ansonsten ihr Fehlverhalten auf den gesamten Hof zurückfallen würde. Er hoffte darauf, dass Grete aus Respekt vor seinem Zorn von nun an Schweigen würde. Doch es kam anders.

Obgleich vorher niemand krank gewesen war, rollte sieben Tage nach dem Gespräch ein Leichenzug zum Friedhof. Es hatte einen überraschenden Todesfall gegeben, mit dem niemand hatte rechnen können, und Pastor Visbeck betete im Anschluss an den Erhalt der ungeheuerlichen Nachricht ein inständiges Gebet.

»Mach, Herr, dass ich mich nicht irre und das Zweite Gesicht der Grete nicht dein Wille ist!«

Ungeduldig wartete er auf das Eintreffen der Trauergesellschaft. Die Dorfkinder und ihr Lehrer waren der Sitte entsprechend dem Trauerzug entgegengelaufen, um das übliche Leichensingen durchzuführen. Am Dorfrand erwarteten die Sänger die Hinterbliebenen, um sie feierlich zum Friedhof zu begleiten. Dabei sangen sie lauthals sämtliche Trauerlieder, die sie mit dem Lehrer zu diesem Zweck einstudiert hatten. Für das Leichensingen erhielt der Lehrer einige Pfennige, die er zur Aufbesserung seines schmalen Lehrergehaltes gut gebrauchen konnte.

Eines der Kinder wurde jedoch vorausgeschickt, damit Pastor Visbeck noch ein wenig mit dem Beginn der Trauerzeremonie wartete. Auf dem Vorwerk waren acht Kutschen für die Trauergäste angespannt worden, doch es erreichten nur sieben Kutschen den Ahauser Friedhof. Ein Gefährt erlitt unterwegs einen Achsbruch. Die fehlenden Trauergäste kamen daher verspätet zu Fuß in die Kirche.

Tief beunruhigt konnte der Pastor nicht umhin, die Wahrheit in Gretes Visionen zu erkennen.

»Wie, oh Herr, soll ich damit umgehen?«, sendete er ein kurzes Stoßgebet in Richtung Himmel. Es stand zu befürchten, dass die Gabe der Grete nicht nur im gesamten Dorf bekannt werden würde, sondern auch darüber hinaus. Das Mädchen hatte auf ihn nicht den Eindruck gemacht, als ob es sich durch gutes Zureden oder Drohungen zur Vernunft bringen oder wenigstens einschüchtern lassen würde. Auch musste er zumindest in Erwägung ziehen, dass die junge Frau ihre seltsamen Auftritte vielleicht in der Tat nicht kontrollieren konnte. Immerhin konnte er hoffen. Trat sie regelmäßig mit ihrer wirren Gestalt öffentlich in Erscheinung, würde man sie vielleicht für geistig verwirrt halten. Doch sollten sich ihre Visionen erneut bestätigen, wäre dem Aberglauben in Ahausen Tür und Tor geöffnet. Gerade die einfachen Gemüter glaubten schnell an übersinnliche Begabungen.

Für sie war die Kirche ein unersetzbarer, sicherer Hafen. Ich muss noch einmal Kontakt zu Kaspar Wulf aufnehmen, beschloss Pastor Visbeck. Gretes Dienstherr war ein gottesfürchtiger und vernünftiger Mann. Es musste auch in seinem Sinne sein, dass der Timpenhof nicht mit solchen merkwürdigen Vorfällen in Verbindung gebracht wurde. Der Timpenbauer muss der Grete Einhalt gebieten, überlegte Visbeck und beschloss, sich selbst nach der nächsten Messe auf dem Timpenhof zum Sonntagsmahl einzuladen.

Erntefest 1903

Seit drei Jahren war der Timpenhof bereits Gretes Heim.
Zweimal hatte sie ihren Arbeitsvertrag an Michaelis verlän-
gert und jedes Mal besseren Lohn verlangt und auch bekommen. Die Bedenken des Pastors, die dieser im Jahr zuvor
geäußert hatte, konnten die Bauersleute sehr gut verstehen.
So hatten sie versprochen, die Grete mit strenger Hand zu
führen. Trotzdem konnten sie Gretes seltsame Auftritte nicht
verhindern. Mit der Zeit gewöhnten sich die Menschen im
Dorf jedoch an ihre Gabe und auch ihre Dienstherrschaft
erkannte einen gewissen Nutzen für sich selbst in Gretes Fähigkeiten. Sollte ein Unglück über den Timpenhof hereinbrechen, so würde Grete dies vielleicht voraussehen.

Ihre Kammer und Schlafstatt teilte Grete nach wie vor mit
Maria, allerdings beanspruchte diese nur noch die Hälfte des
Bettes für sich und nicht mehr zwei Drittel wie zu Beginn von
Gretes Dienstzeit.

An diesem Tag hatten sie die letzten Kartoffeln geerntet.
Die ganze Woche waren sie nebeneinander auf den Knien
über den Acker gekrochen und hatten die Erdäpfel aufge-
lesen. Mit bloßen Händen hatten sie die aufgelockerte Erde
durchwühlt und Korb für Korb mit den schmackhaften Knol-
len gefüllt. Die Ernte fiel in diesem Herbst besonders reich
aus und der Bauer vom Timpenhof hoffte auf ein gutes Ein-
kommen, wenn er mit seinen Kartoffeln den Wochenmarkt
beschickte.

Nach der Feldarbeit hockten die beiden Mägde an diesem
Abend müde auf ihrer Bettkante und schauten einander skep-
tisch an. Körper und Kleidung mussten dringend einer gründ-
lichen Reinigung unterzogen werden. Die abgebrochenen
Fingernägel zeigten tiefschwarze Ränder.

Zum Glück war am nächsten Tag der Badetag. Üblicherweise wuschen sich die Hofbewohner mit kaltem Wasser und Seife über der Waschschüssel oder am Brunnen. Am Badetag jedoch wurde die große Zinkwanne auf die Diele getragen und mit herrlich heißem Wasser gefüllt. Zuerst nahmen die Männer ein Bad und wurden anschließend auf ein Bier in die Schankstube der Gastwirtschaft geschickt, damit die Frauen unbeobachtet blieben. Die Hofbewohner stiegen nacheinander in die Wanne. Zwischendurch schöpfte die Bäuerin einen Eimer des schmutzigen und erkalteten Wassers aus der Zinkwanne heraus und füllte dafür heißes und sauberes Wasser nach. Der ganze Körper wurde gründlich geschrubbt und auch die Haare wurden mit duftender Seife eingeschäumt. Auf den Kamm gab die Bäuerin stets einen winzigen Tropfen feinen Calendulaöls. Dadurch glitt er leicht durch die feuchten Haare und sorgte zudem für einen seidigen Glanz. Marias hellbraune Haare bereiteten die meisten Mühen, da sie ihr bis in die Kniekehlen reichten.

An diesem Tag bat sie jedoch um einen zweiten Tropfen Öl, da sie ihr prächtiges Haar besonders glänzend erscheinen lassen wollte. Sehr zu ihrem Leidwesen konnte Marie noch immer keinen ernsthaften Verehrer vorweisen. Da abends das Erntefest stattfand, hoffte sie inständig, einen ehewilligen jungen Mann kennenzulernen. Immerhin hatte sie das zwanzigste Jahr bereits seit einiger Zeit hinter sich gelassen.

Das traditionelle Erntefest bot stets die Möglichkeit, neue Kontakte zu knüpfen. Nach dem Dankgottesdienst in der herbstlich geschmückten Kirche versammelten sich die Bewohner Ahausens, aber auch der umliegenden Dörfer im Saal der Gastwirtschaft. Zwischen orangefarbenen Kürbissen, Herbstastern und Girlanden aus bunt gefärbtem Eichenlaub standen die herausgeputzten Gäste aufgeregt herum. Die Dorfkapelle stimmte soeben ihre Instrumente und in wenigen Augenblicken würde zum Tanz aufgespielt werden.

In diesem Jahr war es ein besonders rauschendes Fest, das die ganze Nacht dauerte. Es war zudem die erste Nacht, in der Maria erst im Morgengrauen in ihre Kammer zurückkam. Auch Grete lag noch wach, erschöpft, aber glücklich. Ein junger Bursche aus Rahnhorst hatte ihr den ganzen Abend über schöne Augen gemacht, hatte unaufhörlich mit ihr getanzt und war ebenso unaufhörlich auf ihre Füße getreten.

Heinrich Dietrich hat wirklich ganze Arbeit geleistet, dachte Grete lächelnd, während sie ihre schmerzenden Füße vorsichtig mit den Fingern massierte.

Mitten hinein in Gretes Träumereien flog laut die Zimmertür auf. Maria schwankte munter in die Schlafkammer hinein. Für die fortgeschrittene Stunde ließ ihre Zimmergenossin es arg an Rücksicht mangeln, befand Grete und musste doch schmunzeln, als sie Maria näher betrachtete. Gerötete Wangen und Strohreste im gelösten Haar ließen keinen Zweifel daran, wo sie so lange gewesen war. Anfangs hatte sie mit unterschiedlichen Burschen getanzt, doch irgendwann hatte Grete Maria aus den Augen verloren.

»Ja, das nenn ich solide«, nuschelte Maria angetrunken und tätschelte Gretes Wange mit ihrer riesigen Hand. »Da liegst du im Bett herum und ich erlebe die große Liebe.«

Mit einem etwas einfältig wirkenden Lächeln schlüpfte Maria, so wie sie das Zimmer betreten hatte, unter die Bettdecke und verbat sich jede weitere Störung. Einen kurzen Augenblick später vernahm Grete ein leises Poltern und kurz darauf das gleiche Geräusch noch einmal. Maria hatte sich dann doch noch ihrer Schuhe entledigt, indem sie sie einfach mit den Füßen abgestreift hatte. Jetzt lag sie regungslos auf dem Rücken und kaum eine halbe Minute später setzte sie zu einem lauten Schnarchkonzert an, das Grete die Nachtruhe rauben sollte.

Darüber sprechen, wer der Glückliche war, wollte Maria auch am folgenden Tage nicht. Das Ganze wäre im Augenblick noch zu brisant, ließ sie Grete lediglich wissen und lächelte glücklich in sich hinein, während sie das völlig zerknitterte Kleid mühsam wieder zu richteten versuchte. So etwas ist mir noch nie passiert, dachte Maria. Ein Tanzkleid als Nachtgewand, wie unangebracht!

Einige Wochen später blieb Maria jedoch keine andere Wahl. Sie musste sich Grete anvertrauen. Diese hatte zu ihrer Verwunderung bemerkt, dass sich Maria am Morgen oft unwohl fühlte. In den Nächten vernahm Grete ein leises, unterdrücktes Weinen unter der Bettdecke.

»Was geht's dich an?«, blaffte Maria Grete unfreundlich an, als diese sich nach dem Grund der Traurigkeit erkundigte, und wandte sich ab. Dies entsprach überhaupt nicht dem Verhalten, das Maria normalerweise zeigte. Doch Grete ließ sich nicht so schnell abwimmeln und drang weiter auf Maria ein, auch wenn diese sie immer wieder mit unfreundlichen Bemerkungen vor den Kopf stieß.

Dabei war Grete sehr besorgt. Sie hatte wiederholt beobachtet, wie Maria aus großer Höhe von der Leiter auf den harten Scheunenboden gesprungen war, und fürchtete, dass sie sich irgendwann ernsthaft verletzen würde.

Endlich, inzwischen lag das Erntefest fast drei Monate zurück, brach Maria unter Tränen ihr Schweigen und vertraute sich Grete in der gemeinsamen Kammer an.

»Ich bin in anderen Umständen und niemand darf davon erfahren. Verstehst du?«, sprach sie eindringlich auf Grete ein.

»Ansonsten verliere ich meine Arbeit und mein Heim gleich mit dazu.« Dann endlich erleichterte Maria ihr schweres Herz und erzählte Grete die ganze Geschichte.

»Der Vater des Kindes, ein Bauernsohn aus Eversen, ist schon mit einer anderen verlobt und will von mir und unserem Bastard nichts wissen. In jener Nacht, du weißt schon, die Nacht des Erntefests, hat der Mistkerl ganz anders gesprochen. Liebesschwüre hat er mir die halbe Nacht ins Ohr gesäuselt, sodass mir ganz schwindelig wurde. Jetzt streitet er alles ab. Ich muss dieses Kind aus meinem Leibe treiben, verstehst du, Grete? Deshalb springe ich aus großer Höhe, damit es ordentlich rumst im Körper und das Kind sich nicht mehr halten kann. So ist es mir schon einmal gelungen. Aber diesmal hängt das Balg wie eine festgebissene Zecke in meinem Körper.«

Erneut füllten Tränen Marias Augen und die ansonsten so robuste Magd wirkte ganz zerbrechlich. Zu Gretes Erschrecken zog sie eine lange, gerade Stricknadel zwischen Strohsack und Bettpfosten hervor.

»Grete, du musst mir helfen«, flüsterte sie leise und hielt Grete die metallene Nadel hin. »Du musst das Kind wegstechen, dass es rauskommt. Ich habe das schon einmal bei meiner alten Dienststelle gesehen. Dort wollte die Bäuerin das vierzehnte Kind nicht auch noch austragen. Deshalb hat sie eine Engelmacherin kommen lassen, die das Kind dann mit der Nadel weggestochen hat. Du musst nur die Nadel gerade zwischen meinen Beinen in meinen Leib stoßen, bis das Kind herausgeschwemmt wird. Hilfst du mir, bitte?«, flehte Maria und fasste Grete eindringlich bei den Händen, in die sie die lange Stricknadel legte.

Grete fühlte sich starr vor Angst, streichelte aber Marias Arm und überlegte, wie sie helfen könnte. »Ich werde dir helfen, zuvor aber mit Gesche sprechen und ihr deine Lage schildern. Du brauchst nicht zu fürchten, dass es von ihr jemand erfährt. Ich zweifle nicht daran, dass sie ein Geheimnis bewahren kann. Sie wird ein Mittel kennen, das dir helfen kann, da bin ich mir sicher. Ich selbst habe überhaupt keine Erfahrung mit diesen Dingen und fürchte, dass ich dich dabei um dein Leben bringe. Mit dieser Schuld könnte ich nicht leben. Also gedulde dich noch ein paar Tage, darauf kommt es jetzt auch nicht mehr an!«, redete Grete der verzweifelten Maria zu und legte sanft einen Arm um die immer noch schluchzende Freundin.

In der folgenden Nacht schlich sich Grete leise aus dem Haus und vom Hof herunter. Selbst der zottige Hofhund bemerkte ihr Gehen nicht, sodass sie ohne dessen verräterisches Kläffen in die Dunkelheit hinausschleichen konnte. Kopf und Schultern in ihren wollenen Umhang gehüllt, lief sie schnellen Schrittes die Dorfstraße entlang in Richtung Eversen.

Kurz vor dem Ortsausgang kamen ihr zwei Gestalten entgegen. Eilig duckte sich die junge Frau in den Schatten einer großen Eiche am Wegesrand. Niemand sollte sie zu dieser Stunde auf der Straße erblicken. Die Leute redeten schon genug über sie und ein Mädchen konnte nie wissen, auf welch unglückliche Ideen zwei einsame Männerherzen in einem unbeobachteten Moment verfielen. Die beiden Männer bemerkten sie jedoch nicht. Es waren die Knechte vom Allermannschen Hof, die ihr lachend und rauchend entgegenkamen.

Gut, dachte Grete, dass die beiden schwatzhaften Strolche sich mit ihren zotigen Geschichten gegenseitig abgelenkt und mich nicht entdeckt haben.

Schließlich lag der Allermannsche Hof direkt gegenüber vom Timpenhof und die Nachricht von ihrem nächtlichen

Ausflug wäre schneller als ein Windstoß bei ihren Dienstherren ins Haus geweht.

Die Nacht war sehr finster, da der Mond immer wieder von dicken Wolken verdeckt wurde, und Grete versuchte, ihrem zunehmenden Unbehagen davonzueilen. Zwanzig Minuten später folgte sie der Abzweigung an der Zwillingsbirke.

Noch einhundert Schritte, dachte sie, dann bin ich endlich am Ziel.

Die Wolken rissen für einen kurzen Moment auf und der Mond erhellte die nächtliche Landschaft. Erschrocken bemerkte sie, dass sie fast vom Weg abgekommen wäre. Konzentriert schaute sie nach vorne. Da lag der Richthügel finster und bedrohlich vor ihr. Er versperrte den Blick auf das kleine, windschiefe Häuschen dahinter.

Grete zog sich den Umhang fester um die Schultern und schritt eilig um den Hügel herum. Zu ihrer großen Erleichterung brannte im Innern der Kate noch Licht. Es kam aus einer der Kammern und ein Schatten bewegte sich in dem Raum hin und her.

Zögernd ging Grete auf die Hütte zu, als plötzlich die Gänse hinter dem Laufgatter laut Alarm gaben. Sie schrak zusammen, lief hastig zur Haustür und rief Gesches Namen in die Dunkelheit hinein.

Augenblicklich öffnete sich die Tür und Gesche fragte misstrauisch in die Nacht: »Wer stört mich zu so später Stunde?«

»Ich bin es, Grete«, gab sich Grete umgehend zu erkennen.

»Grete? Komm herein!«, sprach die Alte überrascht, packte das Mädchen am Arm und zog es rasch hinein.

»Gut, dass ich Euch antreffe«, begann Grete froh das Gespräch. In dem kleinen Häuschen fühlte sie sich sicher. »Ich bin zu dieser späten Stunde für eine in Not geratene Freundin hier, die dringend Eurer Hilfe und Diskretion bedarf.« Verlegen rieb Grete ihre Hände aneinander.

»Aha!«, bemerkte Gesche und blickte Grete forschend und zugleich auffordernd an.

»Jemand, der schon so vielen Kindern den Weg aus dem dunklen Mutterleib ins Licht der Welt gezeigt hat, kann doch sicherlich auch etwas dagegen tun, dass die Kinder das Licht der Welt erblicken, wenn Ihr versteht, was ich meine?«, fragte Grete nervös und errötete dabei leicht.

Gesche war erstaunt über die direkten und offenen Worte.

»Du weißt, mein Kind, dass dies verboten ist und unter Strafe steht?«, fragte die alte Frau ernst. Grete nickt und sah zu Boden. »Wer ist die Unglückliche, die dich zu mir schickt? Du brauchst keine Angst vor Verrat zu haben. Ich werde zu niemandem darüber sprechen. Das Gleiche musst du mir allerdings auch versprechen!«

»Es ist meine Freundin Maria, die seit dem Erntefest in anderen Umständen ist. Sie war wohl mit einem jungen Burschen im Stroh, der sie auf dem Fest umschwärmt hat. Erst hat er ihr viele Biere und Schnäpse spendiert und sie den ganzen Abend frei gehalten. Dann hat er ihr wohl noch nette Worte ins Ohr geflüstert und von ihrer Schönheit und ihrem Fleiß gesprochen. Da hat sie schon denken können, dass es etwas Ernstes ist. Außerdem sucht sie doch auch ganz dringend einen passenden Ehemann, weil sie schon bald 24 Jahre alt ist und keine alte Jungfer werden will.« Ihre Jungfräulichkeit hat die Maria ja bereits eingebüßt, nun können wir nur noch ihre Ehre retten, schoss Grete ein kurzer Gedanke in den Kopf, bevor sie weiter sprach.

»Das Kind kann sie jedenfalls nicht behalten, sonst verliert sie ihre Arbeit, und der verfluchte Kindsvater wird sie auch nicht ehelichen. Der hat schon eine andere Braut.« Aus Grete sprudelten die Worte nur so heraus und die alte Kräuterfrau nickte verständnisvoll.

»Wer weiß von der Schwangerschaft? Je bekannter die anderen Umstände sind, desto vorsichtiger müssen wir bei der Beseitigung selbiger vorgehen. Verstehst du, was ich meine?«, fragte Gesche und Grete nickte.

»Ich glaube, außer zu dem Bauernburschen und mir hat Maria zu niemandem ein Wort gesprochen. Sie wollte sogar, dass ich ihr das Kind mit einer langen Stricknadel aus dem Leibe steche. Aber ich kann so etwas nicht«, erklärte Grete und schaute bittend zu der Kräuterfrau hinüber.

Diese wackelte mit dem Kopf auf und ab, um dann unvermittelt in der hinteren Kammer zu verschwinden.

»Das Erntedankfest ist ja schon einige Wochen her, so hat sich das Kind bereits vortrefflich im Körper eingenistet. Je fester es sich im Körper festgesetzt hat, umso energischer müssen die Mittel sein, um es aus dem Körper herauszubekommen. Deshalb werde ich dir nun verschiedene Arzneien mitgeben. Du musst dir alles genau merken, damit es zur richtigen Anwendung kommt.«

Kurze Zeit später trat Gesche aus ihrer Kräuterkammer und hielt zwei Leinensäckchen in Händen.

»In diesem Säckchen findet ihr Mutterkorn«, erklärte sie. »Es ist ein Pilz, der den Roggen befällt und dafür sorgt, dass sich große braune Körner bilden. Diese sind in höherer Konzentration sehr giftig und führen zu einem qualvollen Tod. In der richtigen Dosierung sorgen sie für ein starkes Zusammenziehen der Gebärmutter, die so das Kind austreibt. Ich habe bereits des Öfteren mit Mutterkorn gearbeitet und immer eine gute Wirkung erzielt. Maria ist eine kräftige, gesunde Frau deshalb empfehle ich euch folgendes Vorgehen: Mengt die Körner in die Suppe, aber nicht mehr als fünf Stück pro

Mahlzeit an drei aufeinanderfolgenden Tagen. Und achtet darauf, dass niemand sonst davon isst! Sollte das keinen Erfolg zeigen, greift auf dieses Säckchen zurück.« Gesche zeigt Grete den zweiten kleinen Leinenbeutel. »Es enthält eine Mischung aus getrockneter Petersilie, Arnika, Rosmarin und Salbei. Die einzelnen Bestandteile sind sorgfältig abgewogen und durchmischt. Zwei kleine Löffel des Gemischs auf eine Tasse kochendes Wasser, acht Minuten ziehen lassen und den Sud nach dem Abkühlen zügig zur Nacht trinken. Wiederholt dies alle zwei Stunden, die ganze Nacht hindurch, und sorgt dafür, dass ein Nachttopf und sauberes Leinen für die Blutaufnahme bereitstehen. Wenn der Körper das Kind abgestoßen hat, muss die Maria sich ein wenig schonen. Hast du das alles verstanden?«

Grete nickte beklommen und wiederholte Gesches Anweisungen.

»Die Stricknadel ist das letzte Mittel, das wir einsetzen können. Aber es ist die Methode mit dem größten Risiko, da die Frauen oftmals Infektionen bekommen. Auch kann ein falscher Stich zu unstillbaren Blutungen führen, die dann den Tod von Maria zur Folge haben könnten. Und selbst wenn sie diesen Eingriff gut überstehen sollte, ist es nicht gesagt, dass sie später wieder ein Kind empfangen kann. Also lasst die Finger davon! Wir versuchen erst einmal, das Kind mit schonenderen Mitteln herauszutreiben«, erklärte Gesche eindringlich. »Sollten die Kräuter nicht stark genug sein, weil das Kind sich so fest eingenistet hat, dass der Körper es nicht mehr hergibt, bringst du Maria zu mir. Hier kann ich ihr vielleicht noch mit einem Senfbad helfen.«

»Ein Senfbad?«, unterbrach Grete neugierig. Auch wenn ihr die ganze Angelegenheit eigentlich sehr unangenehm war, das Wissen der alten Frau faszinierte sie.

Gesche sah das junge Mädchen schmunzelnd an. Sie wäre sicher eine fleißige und wache Schülerin, dachte die Kräuterfrau bei sich. »Bei einem Senfbad bestreicht man die Beine der Schwangeren mit einer dicken Senfschicht und steckt sie anschließend bis zu den Knien in einen Holzbottich mit heißem Wasser«, antwortete sie. »Das Wasser muss so heiß sein, dass es nur eben gerade noch zu ertragen ist. Dies öffnet die Adern, raubt zugleich dem Körper die Kraft und nimmt unter Umständen die Sinne, weil der Kreislauf abfällt. Es führt aber auch dazu, dass der Körper alles abstößt und loslässt, was ihm zusätzliche Kraft abverlangt. Man muss bei dieser Anwendung gut auf die Frau achtgeben, damit sie nicht in einer Ohnmacht vom Hocker kippt. Mit dieser Methode habe ich schon schwierigste Fälle zu einem glücklichen Ende geführt. Aber hoffen wir, dass diese Anwendung nicht nötig wird. Nun beruhige das arme Mädchen erst einmal.«

Brav bedankte sich Grete, nahm die beiden Leinensäckchen und steckte sie tief in die Taschen ihres Kleides.

»Nun wäre noch die Sache mit der Entlohnung für Eure Dienste zu klären«, sprach Grete und reichte der alten Frau zwei Gläser mit selbstgekochter Marmelade, die sie bei ihrem letzten Besuch von ihren Eltern mitbekommen hatte. »Ich hoffe, dass dies ausreicht, ansonsten müsst Ihr Eure Forderungen stellen.«

Die alte Frau nickte lächelnd und dankte für die gute Gabe. Doch ihr Lächeln erstarb, als Grete plötzlich eine gänzlich andere Haltung einnahm. Sie stand stocksteif im Raum, den Kopf wie ein Huhn nach vorne gereckt, und schaute aus dem Fenster in die Nacht hinaus.

Zuerst glaubte Gesche, Grete hätte dort etwas Bedrohliches bemerkt, doch dann verstand sie. Das Zweite Gesicht suchte die junge Frau heim.

Schweiß trat auf Gretes Stirn, dann fing sie an zu flüstern: »Von Verden wird sie kommen und geradewegs nach Rotenburg führen. Unglücke werden sie begleiten, auch der Freitod findet in ihr einen dankbaren Helfer. Eile wird die Menschen in ihre Arme treiben. Auch in Unterstedt wird sie Halt machen. Lautes Schnaufen und lange Rauchfahnen erfüllen dann die Stille der Heide, künden den eisernen Koloss an.«

Es folgte ein tiefer Seufzer und Gretes Körper entspannte sich. Leicht verwirrt schaute sie Gesche in die Augen.

»Die Eisenbahn wird gebaut und bald bei uns die Heide teilen. In Unterstedt wird sie Station machen und viele Unfälle werden ihren Bau überschatten!«, erklärte sie.

»Quält dich dein Zweites Gesicht zu bestimmten Zeiten?«, fragte Gesche. »Weißt du, ob es vielleicht einen Zusammenhang mit dem Mond, der Tages- oder Jahreszeit gibt?«

Grete schüttelte den Kopf und wich dem forschenden Blick der Alten aus. Ihr war die Fragerei unangenehm. Sie zog nicht gerne die Aufmerksamkeit auf sich und ihre Gabe. Und obwohl Gesche ihr merkwürdig vertraut schien und sie bereits ein Geheimnis teilten, wollte sie nicht darüber sprechen. So antwortete sie knapp: »Die Bahn wird ganz in der Nähe deiner Kate vorbeiführen, deshalb ist das Gesicht an diesem Ort über mich gekommen.«

Der Hof lag noch immer in völliger Ruhe und Dunkelheit, als Grete zurückkehrte. Und auch dieses Mal rührte sich der Hund nicht. Als Wachhund erschien er Grete völlig ungeeignet, wofür sie in dieser Nacht sehr dankbar war.

Auf dem Rückweg hatte sie sich geschworen, niemals mit Stroh und einem Burschen gleichzeitig in Berührung zu kommen. Auf keinen Fall sollte auch in ihren Leib ein Kind gehext werden. Sie wusste nicht genau, wie das geschah.

Ihre Mutter hatte Grete auf ihre Fragen hin immer nur mit den Worten vertröstet: »Wenn es an der Zeit ist, wirst du es schon erfahren.« Bislang hatte sie nicht viel erfahren und reimte sich vieles in ihrer Fantasie zusammen. Sie hatte nicht verstanden, welche Rolle das Stroh dabei spielte und ob es noch andere Pflanzen gab, die ein ähnliches Unglück begünstigten. Sie musste Maria dazu genauestens befragen, wenn alles überstanden war. Vielleicht konnte ihr auch Gesche Klarheit verschaffen, sie wusste offenbar viel mehr über Kräuter als sonst jemand.

In der gemeinsamen Kammer wartete Maria voller Unruhe auf Gretes Rückkehr. Diese händigte Maria die beiden kleinen Leinensäckchen aus. Anschließend erklärte sie das genaue Vorgehen für die folgenden Tage. Niemand durfte etwas davon bemerken, wenn die beiden Verschwörerinnen der Schwangerschaft ein heimliches Ende bereiteten.

Zwei Tage mussten sie sich gedulden, bis Gesches Rezeptur endlich ihre Wirkung entfalteten und Marias Körper mithilfe des Mutterkorns das ungewollte Kind abstieß. Zunächst fühlte sie ein heftiges Ziehen im Unterleib und meinte dann, von einem nicht aufzuhaltenden Durchfall heimgesucht zu werden. Unauffällig zog sie sich in die mit Brettern abgetrennte Ecke neben dem Schweinestall zurück. Hier befand sich der Abort, ein querliegendes, drei Zentimeter starkes Brett mit mittigem Loch und Klappdeckel darüber. Die menschlichen Ausscheidungen gesellten sich in den Niederungen der Jauchegrube zu den tierischen Exkrementen der Schweine und Rinder und wurden mit ihnen entsorgt.

Maria hoffte, dass das Blut in der Jauchegrube nicht entdeckt werden würde. Gerne tummelten sich hier unten Ratten und Maria fürchtete sich ein wenig vor diesen flinken Tieren. Mit einem brennenden Feuerspan vertrieb sie die ungeliebten Geschöpfe, bevor sie sich unter starken Krämpfen auf das Brett setzte.

Ihr Unterleib zog sich immer heftiger zusammen, bis plötzlich mit einem Schwall Blut etwas Unförmiges, Klumpiges in die Jauchegrube gespült wurde. Der Schmerz durchzuckte ihren Körper so heftig, dass sie mit ihren Zähnen in den Stoff ihres Kleides beißen musste, um nicht laut aufzuschreien.

Nach einer ihr endlos erscheinenden Zeit endeten die Krämpfe und Maria kam erschöpft und schweißnass wieder zu Atem. Sie legte sich mehrere Lagen saubere Leinentücher zwischen ihre Schenkel und setzte sich dann vorsichtig an den Tisch auf der Diele. Niemand befand sich im Haus und bemerkte etwas von den Vorgängen dort.

Die Fehlgeburt hatte Maria gänzlich erschöpft und so rückte sie möglichst nahe an die Feuerstelle heran, damit diese sie wärmte. In ihrem Körper spürte sie ein inneres Gefühl eisiger Kälte aufsteigen. Auch kämpfte sie mit den Tränen, was sie nicht verstand, denn eigentlich war sie froh und erleichtert, dass der Bastard nun nicht geboren werden würde. Mit dem Ärmel wischte sie über die feuchten Augen und konzentrierte sich auf den Tisch. Hier hatte sie sich einiges an Stopfwäsche bereitgelegt, die sie jetzt flicken wollte. So würde es nicht weiter auffallen, dass sie zu erschöpft zum Stehen war. Mehrfach hatte die Bäuerin Maria aufgefordert, endlich die Wäsche wieder in Ordnung zu bringen. Heute bekam sie ihren Willen und Maria vielleicht sogar noch ein Lob.

Am Abend bat Maria darum, frühzeitig ihre Bettstatt aufsuchen zu dürfen, da sie sich unwohl fühle. Weil dies so gut wie nie vorkam, erlaubte die Bäuerin es ihr gerne und wärmte ihr Bett zuvor noch fürsorglich mit einem heißen Stein, den sie unter der Bettdecke platzierte und mehrere Male verschob, bis das gesamte Bett behaglich warm war.

Später in der Schlafkammer bestätigte Maria Gretes Vermutungen. Der Bastard hatte sich, gepriesen seien Gesches Heilkräuter, auf und davon gemacht.

»Der kleine Zeck ist hinausgespült«, flüsterte Maria leise. »Er kann mir keinen steinigen Weg mehr bereiten.«

In dieser Nacht schlief Maria vor Erschöpfung so tief, dass sie nicht bemerkte, wie Grete im hellen Mondlicht das Bett verließ und durch die nasskalte Nacht davonjagte, getrieben von einer neuerlichen Vision. Das Gesicht war wieder über sie gekommen und scheuchte sie durch die regnerische Nacht bis zur Abzweigung nach Hellwege. Hier stoppte sie abrupt ihren irren Lauf, stand mit blutig zerschundenen Beinen am Wegesrand. Das Nachthemd klebte an ihrem Körper und bildete die Rundungen ihres schmalen Körpers ab.

Seelenruhig gesellte sich Grete zu einer Gruppe erstaunter Menschen, die gerade in diesem Augenblick aus dem Ahauser Hof herausgetreten waren. Durchnässt, mit eingerissenem und schmutzigem Nachtgewand und wehenden Haaren stand sie da. Neue Bilder drangen auf Grete ein, sodass sie die Menschen um sich herum nicht wahrnahm, während diese sie mit neugierigen Blicken musterten.

Grete sah, wie ein Brautzug die lange Ahauser Dorfstraße daherkam. Aber anstatt auf den Hof des Bräutigams einzubiegen, wo sich bereits die Familie versammelt hatte, scheuten die Pferde an der Kreuzung und bogen in die falsche Richtung ab. Erst durch geschicktes Manövrieren gelang es dem Kutscher, Schlimmeres zu verhindern, denn der Brautwagen schwankte heftig und drohte unter den ungewollten Lenkmanövern des Kutschers umzustürzen. Über Umwege erreichte der Pferdewagen mit der Aussteuer den Hof des Bräutigams.

Den erstaunten Anwesenden beschrieb Grete das Gesehene, ohne sie anzublicken. Vielmehr schaute sie durch die Zuhörer hindurch. So plötzlich, wie die Bilder vor ihrem inneren Auge entstanden waren, verschwanden sie auch wieder.

Grete wandte sich abrupt ab, rannte erneut los. Sie zerteilte das Brombeergestrüpp und die Weißdornhecke mit bloßem Körper und kehrte zerkratzt, fiebernd und schweißgebadet heim.

Wortlos legte sie sich in ihre Bettstatt neben die schlafenden Maria. Diese würde am nächsten Morgen anhand Gretes geschundener Erscheinung wissen, was vorgefallen war. Wieder war das Gesicht ohne Vorwarnung über Grete gekommen, die seltsame Gabe des Vorausschauens. Es war für sie ein schweres Los, denn sie sah, was geschehen und über die Menschen hereinbrechen würde. Doch sie konnte den Lauf der Dinge nicht ändern.

April 1933

Ich kletterte auf den Richthügel hinauf und setzte mich in der friedlichen Frühjahrssonne auf einen der großen Findlinge dort oben. Hier konnte ich mir wenigsten einbilden, Gesellschaft zu haben. Wenn mich die Lebenden aus ihrer Gemeinschaft ausschlossen, würde ich vielleicht Trost bei den Toten finden. Natürlich wusste ich, was an diesem so friedlich wirkenden Ort geschehen war. Schon als Kinder hatten meine Spielkameraden und ich die schaurigen Geschichten gehört und in unserer Fantasie immer weiter ausgemalt. Manchmal drohten uns die Erwachsenen sogar damit, uns in der Dämmerung dorthin zu bringen, wenn wir nicht brav waren. Nie hätte ich gedacht, dass mir ausgerechnet dieser Platz Zuflucht bieten, ich das Schicksal der Ehebrecher auf gewisse Weise teilen würde. Sicher, mich hatte man nicht hingerichtet. Doch nach der herben Abfuhr an der Mühle fühlte ich mich kaum noch lebendig. Auf gewisse Weise hatte man auch mich meines Lebens beraubt.

Ausgestoßen und ohne Perspektive hockte ich auf der alten Richtstelle und fühlte mich hilflos. Verzweiflung überkam mich, ich sah keine Zukunft mehr für mich, nicht hier, nicht mit meiner Geschichte. Ich fühlte mich, als würde ich nie wieder Frieden finden können. Die Qual hörte nicht auf. Ich hatte alles versucht, was mir möglich war. Lange würde ich diesen Zustand nicht mehr aushalten können. Ich sehnte mich nach Gesellschaft, vermisste die geselligen Abendstunden. Ich trauerte um meine Liebe. Wenn ich es recht bedachte, bestand ich nur noch aus Schmerz und Verzweiflung.

Zudem waren meine Lebensmittelvorräte und das Brennholz inzwischen fast aufgebraucht und auch meine Finanzen wurden knapp. Zwar verfügte ich nach wie vor über größere Geldwerte, doch niemand wollte mit mir Geschäfte machen. Ich fand kaum noch Abnehmer für meine Tauschgüter. Und all meine Versuche, in den umliegenden Dörfern Arbeit zu finden, waren so erfolglos verlaufen wie heute beim Müller. Denn auch dort hatte sich meine Geschichte bereits herumgesprochen. Sie war sogar noch prächtig ausgeschmückt worden. Niemand wollte mit mir zu tun haben. Die Ahauser Dorfbewohner hatten mir ihren Stempel aufgedrückt: »Gewaltverbrecher ohne Ehre«, denn ich stritt die Vorwürfe ja auch noch ab!

Mein einziger Gesprächspartner in den letzten Wochen war der Ahauser Pastor gewesen. Besuch hatte ich in meiner einsamen Kate in der ganzen Zeit überhaupt nicht bekommen. Selbst der übereifrige Dorfvorsteher, der als Parteimitglied der NSDAP dafür Sorge zu tragen hatte, dass möglichst viele Bürger in die Partei eintraten, mied mich. Als potentieller Verbrecher passte ich nicht zu den Idealen seiner Partei. Mehrfach hatte ich bei meiner Arbeitssuche beobachtet, wie er in seiner Uniform eifrig von Hof zu Hof lief und jeden Hofbewohner zu sprechen verlangte.

Erst gestern hatte ich ihn zusammen mit dem Schmied gesehen und heimlich beobachtet. In einem lang anhaltenden, lauten Staccato waren die Worte des Ortsgruppenleiters auf den armen Schmied niedergeprasselt, sodass ich trotz der Entfernung zwischen uns fast jedes Wort verstanden hatte. Dabei hatte der Uniformierte die Vorzüge der neuen Politik, die viele neue Arbeitsplätz geschaffen hätte, und den Weitblick sowie die vertrauensvolle Ausstrahlung unseres Führers Adolf Hitler gelobt. Jeder anständige Deutsche müsse sich verpflichtet fühlen, zum Wohle des Volkes seinen Anteil beizutragen. »Deutsche Arbeit für deutsche Männer« hatte ich ihn mehrfach sagen gehört, wobei er dem Schmied freundschaftlich auf die Schulter geklopft hatte. »Mal ganz im Vertrauen«, hatte der Uniformierte weitergesprochen und dabei seine tiefe Stimme minimal gesenkt, »in Deutschland müssen die Geschäfte auch von Deutschen getätigt werden, damit sie ehrliches Geld für ihre Familien verdienen. Bei den Juden kann man sich weder auf die Qualität der Waren noch auf ihre Ehrlichkeit verlassen. Das muss doch endlich mal ein Ende haben. Diese Geschäfte solltest auch du auf jeden Fall meiden. Erwirb deine Waren lieber bei ehrlichen, deutschen Anbietern.«

Der Schmied hatte zu den Ausführungen geschwiegen. Er schien sich bedrängt gefühlt zu haben. Mit dem Hinweis, dass er seiner Arbeit nachkommen müsse und sich später wegen des Parteieintritts bei dem Dorfvorsteher melden würde, hatte er sich dem Gespräch entzogen und war davongeeilt. Auch ich hatte mich hinter einer Hausecke versteckt, damit ich nicht entdeckt wurde.

Die Aufforderung des Dorfvorstehers, jüdische Geschäfte zu boykottieren, besorgte mich. Bislang hatte ich keinerlei Probleme mit jüdischen Ladenbesitzern gehabt. Im Gegenteil! Kolonialwarenhändler Goldbach aus Rotenburg handelte immer noch mit mir und gewährte mir ohne Probleme das Anschreiben. Damit unterschied er sich recht deutlich von meinen christlichen Mitmenschen, die seit der leidigen Anklage keinerlei Handel mit mir treiben wollten. Ich hoffte, dass dem Boykottaufruf gegen jüdische Geschäfte nur wenige Menschen folgten. Meine Situation würde noch unerträglicher, wenn ich auch dort keinen Handel mehr treiben könnte, weil der Jude sein Geschäft aufgrund fehlender Kundschaft schließen müsste.

Wieso ließ sich der Schmied von so einem Wichtigtuer überhaupt einschüchtern? Ich hätte dem kräftigen Handwerker mehr Rückgrat zugetraut. Es verwunderte mich, dass sich auch gestandene Menschen von diesem uniformierten Idioten einschüchtern ließen. Auf mich wirkte er wie ein angeketteter Schäferhund, der sein Gegenüber ankläfft. Die Ausweglosigkeit und meine Einsamkeit nahmen mir jeden Lebensmut. Ich hungerte

nicht nur körperlich, sondern auch aus voller Seele nach Gesell-
schaft. Eine Lösung für meine Probleme sah ich nicht, nicht an
diesem Ort.

Und so saß ich nun hier in der Sonne und begann, zu den
Toten zu sprechen. Sie lagen seit vielen Jahren hier in der Erde
verscharrt. Ich schüttete ihnen mein Herz aus, sprach zu den
Steinen wie zu lebendigen Menschen. Ich wollte ihre Meinung
hören. Hatten sie etwas zu meiner Geschichte zu sagen? Aber
wie sollte dies vor sich gehen? Und welche Gedanken zu meinem
Zustand musste ich mir machen, wenn ich tatsächlich eine Ant-
wort erhalten sollte? Trotzdem fragte ich um Rat. Die beiden
mussten doch verstehen, wie schwer es für mich war, das gesche-
hene Unrecht zu ertragen. Wenn nicht sie, wer konnte sich dann
in meine Situation hineinfühlen?

Schweigend hockte ich vornübergebeugt auf dem Stein. Meine
Augenlider waren schwer und klappten immer öfter hinun-
ter. Endlich blieben meine Augen geschlossen. Um mich herum
summten und surrten fliegende Insekten, raschelten durch den
leichten Wind bewegte Pflanzen. Die Sonne wärmte und schlä-
ferte mich sanft ein. Ich vergaß alles um mich herum. Mir wurde
leicht ums Herz.

Erst war es nur ein undeutliches Säuseln, Geräuschfetzen,
unzusammenhängend aufeinanderfolgend. Allmählich konnte
ich jedoch einzelne Stimmen unterscheiden, die mir zuzuflüs-
tern schienen. Immer deutlicher drangen die Worte an mein
Ohr. Es waren zwei Stimmen. Die männliche provozierte mich,
forderte mich auf zu kämpfen, Rache zu nehmen, den wahren
Schuldigen zu entlarven.

»Begegne dem Unrecht mit Kraft, zeige ihnen, dass du stark
bist, dass sie dich fürchten müssen. Ziehe in den Kampf ...«

»Nein, halte ein, mein Freund«, widersprach die weibliche
Stimme. »Schau genau hin, was geschehen ist. Du kannst diesen

ungleichen Kampf nicht gewinnen. Du musst dir einen starken Verbündeten holen, sonst fügst du dir selbst eine weitere Niederlage zu.«

»Bist du nun ein Mann oder ein Waschlappen?«, donnerte die tiefe Männerstimme über die zarten Laute der Ratgeberin hinweg.

»Schüre das Feuer des Hasses in dir nicht weiter! Nutze deinen klugen Kopf und lerne wieder zu vertrauen. Du bist nicht allein, da ist jemand, der dir helfen kann, wenn du es zulässt.«

Die beiden stritten fortlaufend in meinem Kopf, veranstalteten einen Höllenlärm. Es dröhnte in meinem Schädel, die beiden Kontrahenten übertönten sich immer lauter, sodass ich schlagartig erwachte.

»Schluss jetzt!«, sprach ich energisch in die Einsamkeit hinein, denn es war nach wie vor keine Menschenseele an diesem Ort zu sehen. Oh Gott! Ich begann Stimmen zu hören, wo keine sein konnten. Wurde ich verrückt? Immerhin war ich in meinen Gedanken so weit gegangen, dass ich die Toten um Rat gefragt hatte.

Lange Zeit grübelte ich über die unterschiedlichen Botschaften der beiden Widersacher nach. Spielte mir meine Fantasie Streiche? Wessen Stimmen hatte ich so deutlich vernommen? Am Ende war doch etwas dran an den Spukgeschichten vom Richthügel. Herrje, war ich bereits in einem Zustand, in dem ich wirklich eine Antwort von den Verstorbenen erwartete?

Abschied vom Timpenhof

Dieser Morgen gehörte dem Schlachter. Bereits vor Wochen hatte Kaspar Wulf den Termin mit dem Schlachtmeister abgesprochen. Im Herbst und frühen Winter war das Auftragsbuch des Schlachters stets voll, es gab viel zu tun. Der Schlachtbock wanderte von Hofstelle zu Hofstelle, immer dorthin, wo der nächste Auftrag in Form einer fettgemästeten Sau oder eines alten Ochsen wartete.

Nachdem die Schweine im Herbst unter die Eichen getrieben worden waren, wurde auch auf dem Timpenhof ein Tier zum Schlachten ausgewählt. Das laute, panikartige Quieken der Schlachtschweine schallte durch das ganze Dorf, verriet zuverlässig, wo der Schlachter gerade seinem blutigen Handwerk nachging.

Für viele Bauern stellten die Schweine eine Art lebendige Sparkasse dar, denn die Verwertung und der Verkauf der Fleischwaren brachte auch Geld für besondere Ausgaben in die Haushaltskasse. Es machte keinen Sinn, alle Schweine durch die kalte Jahreszeit zu füttern, das war viel zu teuer. In besonders harten, langen Wintern drohten die Tiere wieder mager zu werden und brachten dann weniger Gewinn ein.

Maria schleppte gerade zwei schwere Eimer mit Wasser aus dem Brunnen zum Haus, als zur abgemachten Stunde der kräftige Schlachter Tödter auf den Hof fuhr. Er trug einen weiß-blau gestreiften Kittel, der über einer derben Manchesterhose hing, Seine mächtigen Füße steckten in ledernen Kniestiefeln, die auch dem gröbsten Dreck trotzten. Seine Arme und Hände verrieten die immense Körperkraft des Mannes.

Zuvor war der Bauer mit dem Knecht zum Nachbarn hinübergegangen. Gemeinsam hatten die drei Männer von dort den Schlachtbock auf den Timpenhof gebracht. So stand das Holzgestell bereits einsatzbereit vor der großen Dielentür des Timpenhofs.

Mit einem Strick wurde das ausgewählte Tier eingefangen. Die aufgeregte Sau versuchte vergeblich zu entkommen. Unter Schieben und Ziehen ging es zum Schlachtbock, wobei das Schwein aus Leibeskräften schrie, ahnte es doch nichts Gutes. Bauer und Knecht legten ihre Stricke um die Vorder- und Hinterklauen der aufgebrachten Sau und nach einem kurzen, ruckartigen Ziehen des Schlachters lag das Tier seitlich auf dem Schlachtbock. Mit einem mechanischen Bolzenschussapparat, der gegen den Tierschädel gedrückt und dann betätigt wurde, betäubte der Schlachter das Tier. Sofort lag das Schwein friedlich da, alle Viere von sich gestreckt. Ein sauberer Schnitt in die Kehle und das Blut kam in einem mächtigen Strahl herausgelaufen. Grete wandte sich ab. Sie mochte den Moment nicht, in dem das Leben aus einer Kreatur entwich. Die Bäuerin jedoch drückte Grete einen Holzeimer in die Hände und hieß sie, gemeinsam mit Maria das kostbare Blut aufzufangen und anschließend gut durchzurühren, damit es nicht vorzeitig gerann. Eindicken durfte es erst später, beim Einkochen von Blut- und Beutelwurst.

Für diese gelungene Aktion schenkte der zufriedene Hausherr eine Runde Schnaps an alle aus. Grete vertrug diesen scharfen selbstgebrannten Korn nicht und hustete kräftig, während Maria das hochprozentige Getränk hinunterstürzte, ohne eine Miene zu verziehen.

Im Haus wurden große Mengen kochenden Wassers von den Frauen bereitgehalten. Mit Eimern und Gießkannen trugen Maria und Grete das heiße Wasser herbei, um das Tier abzubrühen. Nach einer Weile, als sich die ersten Borsten lösten, ging es ans Abschaben. Mit geübter Hand fuhr der

Schlachter immer wieder über die Tierhaut. Die stacheligen Haare lösten sich und fielen auf den Sandboden, wo die besten sorgfältig von den Timpenhofkindern eingesammelt wurden. Sie brachten sie zum Malermeister des Ortes. Dieser fertigte daraus Borstenpinsel unterschiedlichster Art an und belohnte die Kinder stets mit einer kleinen Süßigkeit.

Für das folgende Ausnehmen der Innereien waren auf der Diele zwei stabile Haken in den Hausbalken geschlagen worden. Über diese Haken wurde ein Reepseil gezogen, an dessen Enden der Schlachter jeweils eine Schlaufe machte. Gemeinsam trugen die Männer das schwere Tier ins Haus, wo es langsam hochgezogen wurde, damit es frei und handlich für den Schlachter bereithing. Der blassrosa Tierkörper wölbte sich dabei dem Schlachter entgegen.

Ein langer und vorsichtiger Schnitt mit dem scharfen Schlachtermesser ließ die Därme und Innereien herausquellen. Der Küchentisch stand schon bereit, um sie darauf auszubreiten. Auf ihm wurden die Fleischmassen getrennt. Die Innereien kamen in eine Zinkwanne mit Wasser. Grete spülte die Därme gründlich aus und legte sie anschließend in einen sauberen Eimer. Sie wurden zum Wurstmachen gebraucht. Fleisch, das für die Wurst bestimmt war und gekocht werden musste, sortierten die Frauen direkt in eine Molle aus Lindenholz.

Nun hing das ausgenommene Schwein zum Auskühlen von den Haken herab, je kühler es war, desto leichter war es zu verarbeiten. Damit Hund und Katzen nicht an das Fleisch kamen, zog die Bäuerin ein sauberes Bettlaken von unten nach oben über das ganze Schwein. Auch die zahllosen Fliegen wurden so vom Fleisch ferngehalten.

Am nächsten Tag wurde gemeinsam die Wurst gemacht, dazu kamen zwei Frauen aus der Nachbarschaft hinzu. Grete und Maria mussten sich bereithalten und auf dem Küchentisch alles vorbereiten während die Bäuerin das Bettlaken von der geschlachteten Sau herunter nahm. Auch die Timpenhofkinder bekamen ihre Aufgaben von der Bäuerin zugewiesen, damit die Verarbeitung des verderblichen Fleisches zügig vonstattenging.

Der Schlachter trug schon ein halbes Schwein zum Küchentisch und erkundigte sich, wie er die Sau aufteilen sollte.

»Viel Mettwurst und nur die Hälfte davon an Leber- und Blutwurst. Zwanzig Beutelwürste und recht viel Sülze«, erklärte die Wulfsche dem Schlachter.

»Wie viele Karbonaden und Rückenstücke soll ich zurechtschneiden? Das ist eine mächtige Sau, die gibt ordentlich was her!«, sprach Tödter. Die Bäuerin gab an, wie sie es haben wollte, und begann die Teile einzusalzen, die geräuchert werden sollten. Lage um Lage legte Grete die frischen Fleischstücke in einen hölzernen Bottich. Die Wurstmaschine war schon am Tisch befestigt und Maria begann mit dem Durchdrehen des Fleisches für die Mettwurst. Endlose, gekräuselte Fleischfäden verließen den Fleischwolf und landeten in einer großen Emailleschüssel. Eines der jüngeren Kinder hatte die Aufgabe, die aufdringlichen Katzen und den Hund von der Schüssel fern zu halten.

Gut, dass Maria so kräftig ist, dachte Grete, als sie ebenfalls an den Tisch herantrat. Es ist eine schwere Arbeit und ich hätte vermutlich die dazu nötige Kraft gar nicht.

In das fertige Fleisch kamen nun Pfeffer und Salz, alles wurde tüchtig durchgeknetet, dann wieder zurück in den Wolf gegeben und in die Därme gedrückt. Es durften keine Luftblasen in der gestopften Wurst sein, sonst wurde sie beim Trocknen und Räuchern hohl. Der Schlachter half dem ab, indem er beim Stopfen fortwährend mit einer Gabel durch die Därme piekste. Weiter ging es mit Leber- und Blutwurst, mit Sülze und Beutelwurst. Alle Anwesenden taten ihr Bestes. Ganz zuletzt kam das Knipp an die Reihe. Knipp musste sein, unbedingt. Ein großer Kochtopf, angefüllt mit Hafergrütze, durchgedrehtem, gekochtem Fleisch und Brühe, hatte schon eine ganze Zeit auf dem Herd geköchelt. Als es gar war, wurde es von Maria auf Teller gefüllt. Knipp brauchte man eine ganze Menge, für den eigenen Haushalt, für die Nachbarschaft und für Verwandte am Ort. Es war eine gute Sitte unter Nachbarn, sich nach dem Schlachten gegenseitig Knipp zu bringen, häufig als Dank für die geleistet Hilfe beim Schlachten. Oftmals lag noch eine Leberwurst mit einem Klacks Schmalz darauf. Waren kleine Kinder im Haus, bekam jedes eine kleine Leberwurst dazu. Besonders Witwen, aber auch ärmere Familien kamen so in den Genuss deftiger Fleischwaren, die sie sich normalerweise nicht leisten konnten. Die Bäuerin vom Timpenhof ließ sich nicht lumpen. Sie war eine großzügige Person und bereitete entsprechend viele Portionen Knipp vor.

Drei Stunden später waren alle Arbeiten erledigt, die zu diesem Zeitpunkt erledigt sein konnten. Der köstliche Duft der Fleischwaren kroch in jeden Winkel des Hauses und regte so manchen hungrigen Magen zu lautstarkem Knurren an.

Auch die Kinder des Timpenhofes drückten sich nach getaner Arbeit weiter in der Nähe des Schlachters herum. Gesellschaft leistete ihnen dabei der Hofhund, der, angezogen von den köstlichen Gerüchen, auf ein wenig Beute hoffte. Doch die Bäuerin schickte ihre Kinder ohne eine Leckerei los, um alle auf dem Hof anwesenden Personen zum Essen zu rufen.

Direkt neben dem Hausherrn saß der Schlachter mit am Tisch. Er nahm wie üblich die erste Mahlzeit nach dem Schlachten mit der Familie ein. Warmer Bauchspeck und frisches Mett mit heißer Brühe aus dem Kessel bildeten die Hauptspeisen bei diesem reichhaltigen Essen. Erneut kam die Schnapsflasche zum Einsatz. Zum Abschluss wurde ein »Kurzer« für die Verdauung eingeschenkt, dann verabschiedete sich der Schlachter.

Die eingepökelten Sachen blieben noch eine Zeit lang im Salzfass liegen. Würste, die zum Räuchern bestimmt waren, mussten erst in der Zugluft trocknen, dann wurden sie über der Feuerstelle in den Rauch gehängt. Die Bäuerin war zufrieden. Das Flett des Timpenhofes hing voll mit Schinken und Würsten. Aber auch wenn es den Eindruck erweckte, als seien Fleischspeisen im Überfluss vorhanden: Nur zweimal im Jahr wurde geschlachtet. Die Vorräte mussten stets gut eingeteilt und auch besondere Feste mit bedacht werden. Es war eine feste Regel hier auf dem Hof, dass der Schinken vom Herbst nicht vor den ersten Maitagen angeschnitten werden durfte. Bis dahin mussten die alten Vorräte vom Frühjahr reichen. So mancher Winter konnte sehr hart und entbehrungsreich werden, wenn die Lebensmittel nicht klug eingeteilt, verdorben oder die Ernten nur mäßig waren.

Der herrliche Duft nach frischen Fleischwaren durchzog auch an den folgenden Tagen die große Hofdiele. Alle Würste und Schinken waren von der Bäuerin abgezählt und eigenhändig in die Vorratslager oder über den Räucherherd gehängt worden. Sie führte genau Buch über die vorhandenen Vorräte. So bemerkte sie gleich, dass sich jemand an den Brühwürstchen bedient hatte, die sie für den heutigen deftigen Erbseneintopf vorgesehen hatte. Zwei ganze Würste waren auf sonderbare Weise vom Küchentisch verschwunden. Der Bauer tobte vor Zorn, als seine Frau ihm davon berichtete. Nicht, weil er es sich nicht hätte leisten können, auf zwei Brühwürstchen zu verzichten, sondern weil er einen solch frechen Diebstahl in seinem Haus nicht duldete. Wenn er nicht auf der Stelle hart durchgriff, würde dies weiteren Dreistigkeiten Tür und Tor öffnen.

Wütend befahl er allen Hofbewohnern, sich umgehend vor der großen Dielentür einzufinden. Im Halbkreis standen sie auf der Diele nebeneinander, als der erregte Hausherr seinem Zorn Luft machte: »Wer hat es gewagt, sich ohne mein Wissen und meine Erlaubnis an den Würsten zu bedienen?«, donnerte die kräftige Stimme den Anwesenden entgegen. Betroffenes Schweigen war die Antwort.

Im gleichen Moment machte der Bauer eine auffällige Beobachtung. Der hungrige Hofhund wich nicht von der Seite seines kleinsten Sohnes. Ständig stupste das zottige Tier den kleinen Hermann Conrad mit der Nase in die Seite. Dieser versuchte verzweifelt, den anhänglichen Kameraden in die Flucht zu schlagen. Der Kleine trat mit den Füßen nach dem Hund, wedelte mit den Händen und schubste das penetrante Tier von seiner Seite. Doch es half nichts. Der Hund näherte sich immer wieder mit regem Interesse dem jüngsten Spross des Timpenhofes.

Der Bauer ließ seinen Sohn näher an sich herantreten.

»Entleere deine Hosentaschen und lege den gesamten Inhalt hier vor mich auf den Tisch!«, forderte er seinen Sohn mit gefährlich ruhiger Stimme auf. »Zeige mir, wofür sich der Hund interessiert.«

Hermann Conrad sank das Herz ganz tief in die Hose hinab. Langsam schob er seine kleine, schmutzige Hand in seine rechte Tasche, den Blick zu Boden gerichtet. Er schaute seinen Vater nicht an. Still verharrte der Knirps mit der Hand in der Hosentasche, seine Faust klammerte sich fest um das fettige Stück Wurst, das er dort versteckt hielt.

Hätte ich es bloß dem dämlichen Köter gegeben, dachte er reumütig. Vielleicht gelingt es mir, den Wurstzipfel unbemerkt direkt in die gierige Schnauze des Hundes fallen zu lassen. Ohne Beweismittel keine Strafe, hoffte Hermann Conrad und zog die geballte Faust sehr langsam aus der Hosentasche heraus. Die Gier des Hundes machte jedoch vor der Hose nicht halt. Er schnappte unerwartet zu, bevor die ersehnte Beute zu Boden fallen konnte und riss ein mächtiges Stück Stoff aus der Hose heraus. Dem reißenden Geräusch des Stoffes folgte eine angespannte Stille, in der das herausplumpsende Wurststückchen vor dem Hund auf den Boden purzelte, der es gierig verschlang.

»Da haben wir ja den Dieb!«, brüllte der wütende Bauer und schlug mit der glatten Handfläche auf die linke Wange seines Sohnes.

Augenblicklich fing der Kleine an zu schluchzen, bemühte sich aber, tapfer zu sein. Er schaute seinem Vater in die Augen und erwartete eine erneute Ohrfeige. Doch sein Vater schien plötzlich ganz ruhig. Das, da war der kleine Hermann sicher, war kein gutes Zeichen.

»Bis morgen Abend wirst du oben in der Apfelkammer eingesperrt«, durchbrach die eisige Stimme des Hausherrn endlich die bedrohliche Stille. »Aber wage es nicht, auch nur einen einzigen Apfel zu essen, solange du dort oben bist. Du bekommst einen Krug Wasser und sonst nichts. Wir wollen doch mal sehen, ob wir aus dir nicht auch noch einen standhaften und aufrichtigen Burschen machen können. Diebesgesindel kann ich jedenfalls in meiner Familie nicht gebrauchen. Du entgehst dem Weidenstock, wenn du die Äpfel nicht anrührst. Vergreifst du dich wieder an unseren Vorräten, werde ich deine diebischen Finger ordentlich mit dem Weidenstock bearbeiten.«

Dann wies er Maria an, den verängstigten Jungen in die Kammer zu bringen, sämtliche Äpfel zu zählen und die Tür abzuschließen.

Die Apfelkammer war ein winziger Raum mit Dachschräge über den Tierställen. Ein rauer Fußboden, die Innenseite der Dacheindeckung und lediglich schmale Lichtstrahlen, die durch die undichte Tür drangen, sorgten für eine dunkle und bedrückende Atmosphäre.

Maria tat, wie der Bauer gefordert hatte. Sie sperrte das jammernde Kind schweren Herzens mit einem Krug Brunnenwasser und einem Nachttopf ausgestattet in die Apfelkammer.

Dann eilte sie zu ihrem Dienstherrn, um ihm die Anzahl der Äpfel mitzuteilen.

Solange er noch von der Wurst im Bauch hatte und keinen Hunger verspürte, war es einfach, dem Vater zu gehorchen. Hermann Conrad saß nun alleine dort oben in der Kammer und versuchte, sich einen bequemen Platz zu suchen. Einige alte Getreidesäcke lagen auf dem Boden herum. Damit schuf er sich eine provisorische Schlafstätte. Er döste vor sich hin, lauschte den Geräuschen des Hofes, die durch die Wände drangen. Seine Augen hatten sich an das Halbdunkel gewöhnt und er konnte sich gut orientieren. Ihm war langweilig, also stöberte er im Raum herum, zählte die Äpfel. Es gab vier Bretterreihen mit je fünfzig Äpfeln darauf. Eigentlich lagen dort noch mehr Äpfel, aber der Junge konnte noch nicht weiter zählen, also blieben es immer fünfzig. So wurde das Zählen schnell langweilig.

Hermann sah sich weiter um. In einer dunklen Raumecke stand vergessen ein Körbchen mit hölzernen Wäscheklammern. Bei Regenwetter wurde hier oben häufig die Wäsche getrocknet. Deshalb durchzogen auch fünf grobe Hanfseile den Raum. Neben der Tür sah er noch zwei kleine Fässer mit Rübenkrautsirup stehen. Mehr gab es nicht zu entdecken.

Er langweilte sich und auch der Hunger meldete sich bereits mit aller Macht zurück. Aus der Diele drang der leckere Duft des Abendmahles hinauf in seine Kammer. Damit begann die eigentliche Strafe. Zwei weitere Stunden später, das Tageslicht war vollends erloschen, konnte er nicht nur den Duft der Äpfel im Dunkeln riechen, sondern auch das saftige Fruchtfleisch auf seiner Zunge schmecken. Die Dunkelheit und die Geräusche im Haus fürchtete er nicht, dazu war ihm alles viel zu vertraut. Aber ihm war übel vor Hunger und das bereitgestellte Wasser täuschte den Magen immer nur für wenige Augenblicke.

Erst waren seine Knie vom Hunger schwach geworden, dann sein Wille. Mit einem herzhaften Biss bohrten sich die Kinderzähne in einen der Lageräpfel und rissen ein großes Stück heraus. Erschrocken über die nicht rückgängig zu machende Handlung legte er den angebissenen Apfel mit der Bissstelle auf das hölzerne Regalbrett zurück. Der köstliche Geschmack des Apfels mischte sich mit der bitter schmeckenden Angst vor dem Zuchtstock. Er hätte den ganzen Apfel verschlingen können, so groß war sein Hunger inzwischen, doch sein Übermut war der Angst gewichen. Bis zum Morgengrauen quälte ihn der Hunger, trotzdem verfiel er in einen unruhigen Schlaf.

Am nächsten Morgen betrachtete er sehnsüchtig das mit Äpfeln überquellende Regalbrett und stellte verblüfft fest, dass man es dem Apfel gar nicht ansah, dass er ein Stück herausgebissen hatte. Während er fasziniert den besagten Apfel betrachtete, schob sich eine Idee in seine kindlichen Gedanken. Er konnte einfach so viele Äpfel anbeißen, bis er satt war. So würde kein Apfel fehlen. Niemand würde sich die Arbeit machen, alle Äpfel von ihrer Unterseite zu betrachten. Begeistert biss er sich entlang des Regalbrettes an zwanzig Äpfeln satt und legte jeden Apfel sorgfältig mit der Bissstelle nach unten zurück. So gesättigt bangte er seiner Befreiung am späten Nachmittag entgegen.

Die meiste Zeit lag er dösend auf den einigermaßen bequemen Säcken und zeichnete mit dem Zeigefinger Muster und Figuren in die dicke Staubschicht des Fußbodens. Dann fielen ihm die hölzernen Wäscheklammern wieder ein. Auch sie konnte er zählen. Einzeln nahm er sie aus dem Korb heraus und legte sie auf den Deckel eines der Rübenkrautfässer. Wieder zählte er fünfzig.

Er nahm den Deckel vom Fass herunter und versuchte, die Klammern wieder in das Weidenkörbchen zu schütten. Viele Klammern purzelten brav in den Korb zurück, einige wenige fielen auf den Holzboden, eine plumpste in das Fass hinein. Dort schwamm sie für einen kurzen Augenblick auf der klebrig braungelben Sirupmasse, drehte sich langsam im Kreis, bevor sie kopfüber versank. Fasziniert beobachtet Hermann Conrad, wie sich die Oberfläche des Rübenkrautes wieder völlig glättete, als wäre nichts geschehen. Sofort legte er eine zweite Holzklammer auf die glatte Fläche. Auch sie versank nach einem kurzen Moment in dem Fass. Hermann Conrad vertiefte sich ganz in das Zusammenspiel von Rübenkraut und Wäscheklammern. Zwei Klammern, kurz hintereinander in das Fass gelegt, erzeugten andere Spuren als Klammern, die gleichzeitig auf der Oberfläche schwammen, bevor sie versanken. Alle erzeugten wunderbare Muster und Strudel in dem Fass. Schließlich hatte er den Weidenkorb gänzlich geleert. Erst dann dachte er darüber nach, was er gerade angestellt hatte.

»Oh Gott«, stammelte er, »bitte lass es ganz lange nicht regnen, damit niemand die Klammern hier oben sucht. Und lieber Gott, sorge bitte dafür, dass dieses Fass mit Rübenkraut verkauft wird, damit niemand etwas bemerkt!«

Als Maria nach endlosen Stunden die Tür aufschloss und den Jungen hinausließ, zählte sie die Äpfel nach und konnte dem Bauern melden, dass der kleine Hermann Conrad wahrlich standhaft gewesen war. Stolz tätschelte der strenge Bauer die Schulter seines Sohnes und sprach: »So, ich hoffe, du hast jetzt aus dieser Situation etwas für dein Leben gelernt! Man darf sich nicht einfach alles nehmen, was einem vor die Nase gelangt.«

Hermann Conrad senkte jedoch nur seinen Blick zu Boden. Im Stillen dachte er sich: Ich habe ja auch nicht alles genommen. Ich habe nur schon einmal vorweg meinen Teil abgebissen, als ich ihn nötig brauchte. Und dem Sirupfass habe ich sogar etwas gegeben.

Erleichtert darüber, dass der Junge die Strafe abgewendet hatte, eilte Maria zurück zu den anderen Frauen, denn es war Waschtag.

Alle zwei Monate wurde die gesamte Wäsche aus der Dreckkammer herbeigetragen und gereinigt. Alle weiblichen Hofbewohner waren eingebunden, denn es gab dabei stets viel zu tun. Die Töchter der Bäuerin hatten bereits die zum Teil stark verschmutzte Wäsche in die Waschküche getragen und mit dem Sortierten für die unterschiedlichen Waschbottiche begonnen. Maria und die Bäuerin legten die trockene Wäsche nun auf mit Holzasche gefüllte Leinensäckchen, die unten im Waschbottich lagen. Dann übergossen sie die Schmutzwäsche mit heißem Wasser und ließen sie den restlichen Tag in der Lauge weichen. Am folgenden Tag kamen

Waschbrett und Kernseife zum Einsatz. Das große Stück Seife rieben sie fest in die fleckigen Stellen der Kleidung hinein. Kräftig scheuerten sie die Wäschestücke über das geriffelte Waschbrett, schlugen die Wäsche auf den großen Waschstein und legten sie erneut in einen der Waschzuber. Es war anstrengend und Grete war froh, dass sie nicht häufiger wuschen.

»Immer bunt sind wir gekleidet, immer bunt ist unsere Tracht. Aber Samstag sind wir chic und schneidig, wenn das Tagwerk ist vollbracht«, stimmte Maria mit ihrer tiefen und lauten Stimme ein Lied an. Dann gesellten sich die übrigen Stimmen der Frauen im Waschhaus dazu. Grete, Maria und die Bäuerin hatten es sich angewöhnt, an den Waschtagen zu singen und im Rhythmus der Melodien die Wäsche zu bearbeiten. Die schwere Arbeit ging dann leichter von der Hand und der Rhythmus der Lieder bestimmte das Waschtempo.

Früher hatten sie die Wäsche mit Soda gereinigt, aber die Hände litten immer sehr darunter und wurden rissig und spröde. Angenehmer war es, die Flecken mit Kernseife auf dem Waschbrett zu reiben und zu schlagen. Mit einer großen Menge heißen Wassers wurde die Seifenlösung später gründlich aus der Wäsche herausgespült. Ständig wurden kaltes und heißes Wasser herbeigeschafft, die Wäschestücke wieder und wieder übergossen. Dann wrangen sie die gesamte Wäsche von Hand auf dem Hof aus.

Grete hatte stets Schwierigkeiten, wenn Maria ihre Partnerin war. Sie wrang so kräftig, dass sich Grete fast mitdrehte. Die Bäuerin sparte schon eine ganze Weile auf eine Wäschepresse, bei der man mit Hilfe zweier Walzen, durch die die Wäschestücke gedreht wurden, das überschüssige Wasser mühelos herausquetschen konnte. Doch noch reichte das Ersparte nicht aus und so machten sie es vorerst wie bisher.

Wäschestücke, die trotz aller Anstrengungen auf dem Waschbrett nicht ganz sauber geworden waren und noch Flecken aufwiesen, wurden auf die Bleichwiese gebracht. Grete sortierte die noch nicht gänzlich sauberen Wäschestücke in einen geflochtenen Wäschekorb. Als dieser gefüllt war, klemmte sie sich den Korb unter den rechten Arm und ging um das Haupthaus herum auf die angrenzende Wiese. Dort legten sie die Bleichwäsche zu einem ordentlichen, glatten Viereck auf das kurzgeschnittene Gras in die pralle Sonne. Mit Wasser aus einer Gießkanne übergoss Grete die zu bleichenden Stellen so lange, bis das gleißende Sonnenlicht die Flecken endgültig ausgeblichen hatte.

So eifrig war sie damit beschäftigt, die Wäsche gleichmäßig mit der Gießkanne anzufeuchten, dass sie die drohende Gefahr nicht bemerkte. Ebenso wenig war ihr bewusst, dass sie beobachtet wurde. Auch ihr Tanzpartner vom Erntefest, der nette junge Mann aus Rahnhorst, bemerkte die sich anbahnende Gefahr nicht. Entspannt lehnte er mit seinem Rücken an der Nachbarscheune, einen Grashalm zwischen den Zähnen. Sein Blick hing gebannt an Gretes Erscheinung. Sie gefiel ihm!

Währenddessen führte der stolze Hahn seine Hühnerschar zielstrebig auf die Bleichwiese. Irgendjemand hatte die Pforte vom Hühnerhof nicht sorgsam geschlossen und die gefiederten Tiere genossen ihre unerwartete Freiheit, nutzten die Gelegenheit für einen Feinschmeckerausflug auf die saftige Wiese. Sie scharrten mal hier und mal dort nach Insekten, zupften frische Grashalme von ihren Stängeln und stolzierten seelenruhig mit ihren erdigen Füßen, ein keckes Hahntrittmuster auf der strahlend weißen Tischwäsche hinterlassend, über die ausliegende Bleichwäsche hinweg. Der Bursche lachte leise auf, als Grete ärgerlich die Hühner von der Wäsche jagte, bereute es aber sofort, als er ihr wütendes Gesicht sah.

Einige der flüchtenden Tiere ließen in der Aufregung unter lautem, aufgeregtem Gegacker auch noch Hühnerdreck auf die frische Wäsche fallen. Dieses Tagewerk war offensichtlich dahin.

Tränen der Wut stiegen in Gretes Augen, als sie laut schimpfend die Hühner zurück auf den Hühnerhof scheuchte und die Pforte sorgfältig schloss.

Dann erst sah sie ihn. Freundlich zwinkerte ihr der Bursche aus Rahnhorst zu und zog zuerst seine Mütze zum Gruß und dann die Schultern kurz nach oben. Niemand hätte das Unheil in diesem Moment abwenden können, dachte er bei sich. Doch den Zorn der hübschen, jungen Frau wollte er nicht abbekommen und so sprach er sie nicht an. Sie gefiel ihm, seit sie auf dem Ernteball so ausgiebig getanzt hatten, und er hatte beschlossen, des Öfteren ihre Nähe zu suchen. Der heutige Morgen schien ihm nach diesem Ereignis aber nicht geeignet für einen Annäherungsversuch und so beschloss Heinrich Dietrich Meyer, später noch einmal auf dem Timpenhof vorbeizuschauen.

Er wollte sich gerade abwenden, um zu seinem Pferdegespann zurückzukehren, als er stutzte.

Gretes Körper versteifte sich plötzlich vor seinen Augen, sie hob ihren Kopf und schaute mit leeren Augen ins Nichts. Die Gießkanne entglitt ihrer Hand und sank ins Gras. Das Wasser versickerte im Erdboden. Ihr Verehrer blieb erschrocken stehen und wartete ab. Würde die junge Frau vor lauter Ärger über die verdorbene Wäsche einen Schwächeanfall bekommen?

Gerade wollte er ihr zu Hilfe eilen, als sie, einer Besessenen gleich, losrannte. Überrascht schaute er ihr nach. Die

Holzschuhe flogen im hohen Bogen von ihren Füßen, aber sie rannte auf Socken weiter. Grete jagte durch den Ort und kehrte erst nach einer ganzen Weile erschöpft auf den Timpenhof zurück.

Wieder waren ihre Beine verletzt und die Haare wehten aufgelöst im Sommerwind. Zitternd blieb sie nach ihrer Rückkehr in der Waschstube stehen. Zu Maria und der Bäuerin gesellten sich auch einige neugierige Dorffrauen, die Gretes Auftritt beobachtet hatten und ihr gefolgt waren.

»Das Gesicht ist wieder über mich gekommen«, erklärte Grete der besorgten Bäuerin, die erschrocken das Waschen unterbrach. »Ein großes Unglück wird über Ahausen hereinbrechen. Niemand wird es verhindern können, glaubt mir.«

»Grete, berichte mir, was du gesehen hast. Über wen wird das Unglück hereinbrechen? Nun erzähl schon!«, forderte die Bäuerin Grete eindringlich auf und diese begann, ihre Visionen in Worte zu fassen:

»Ein Brautwagen wird vom Behrendshof zur Mühle fahren. Zehn Jahre später, wenn die Schimmel die Kutsche mit der Aussteuer der Braut zur Mühle gezogen haben, wird das Feuer kommen! Die Leute sind alle in der Kirche beim Gottesdienst versammelt und singen. Das Feuer kommt vom Hause Harms-Allermann aus, direkt gegenüber der Kirche. An drei Stellen wird es anfangen zu brennen und dann die ganze Dorfstraße hinunter bis zum Ahauser Hof. Die Leute wollen alle aus der Kirche laufen, aber vor der Kirchentür brennt schon ein Baum. Da können sie nicht mehr heraus. Sie müssen hinten herum über den Zaun beim Friedhof springen. Viele Menschen sind da, sie haben Uniformen an, lauter Uniformen, die ich nicht kenne. Ein Mann in Uniform wird vom Pferd fallen.«

Grete stand bebend vor ihren gebannten Zuhörern, zu denen sich auch der Bursche aus Rahnhorst gesellt hatte. Bestürzt starrten ihre Zuhörerinnen sie an.

»Was sprichst du da?«, fuhr die entsetzte Bäuerin Grete an. »Was hat es mit diesem Feuer auf sich?«

Also fuhr Grete fort, berichtete von dem, was sie gesehen hatte. Es werde brennen und viele Höfe im Dorf würden diesem Brand zum Opfer fallen. Sie zählte die betroffenen Höfe auf und vergaß auch nicht zu erwähnen, dass der Frickenhof nicht geräumt werden müsse, da das Feuer ihn überspringen werden.

Tiefe Betroffenheit breitete sich unter den Zuhörern aus. »Und was wird mit dem Timpenhof?«, fragte Maria ängstlich. »Wird er auch niederbrennen?« Grete schüttelte den Kopf. »Nein, der Timpenhof wird vom Feuer verschont, sorge dich nicht, Maria!«

»Was für ein Blödsinn ist denn das?«, fauchte eine der Zuhörerinnen Grete an. »Auf dem Behrendshof gibt es kein Mädchen, das als Braut in Frage kommt!«

Grete schaute die keifende Frau überrascht an. »Für die Dinge, die ich sehe, kann ich nichts«, antwortete sie ruhig. »Ich sage nur, was geschehen wird.«

»Schluss jetzt mit dem Blödsinn!«, unterbrach die Bäuerin Gretes Schilderungen barsch. »Ins Haus, Grete! Ruh dich aus und kümmere dich um deine Wunden, damit sie sich nicht entzünden. Wir werden wohl doch noch etwas gegen deine Gespinste unternehmen müssen. Und ihr anderen«, sagte sie und sah die anwesenden Frauen an, »geht wieder euren Geschäften nach. Und das mir niemand ein Wort darüber verliert, vor allem nicht gegenüber der Behrendschen. Es würde sie nur unnötig aufregen. Habt ihr verstanden?« Damit löste sie die Versammlung auf. Später würde sie mit der Grete ein ernstes Wörtchen reden müssen. Ihre Magd brachte sie noch alle ins Gerede. Trotzdem wollte sie auch genauer hören, was es mit dem vorhergesagten Unheil auf sich hatte. Auf dem Behrendshof gibt es noch keine Tochter, das stimmt, dachte die besorgte Bäuerin. Und möge Gott dafür sorgen, dass dort auch keine geboren wird!

Auch Gretes stiller Verehrer entfernte sich vom Hofgelände. Zuvor hatte er sich jedoch bei den Ahauser Frauen genau erkundigt, was es mit dieser Prophezeiung und Gretes Gabe auf sich hatte.

Trotz der strengen Worte der Timpenbäuerin verbreitete sich das Gerücht über die bevorstehende Feuersbrunst in Windeseile. Auch auf dem Behrendshof hörte man davon. Noch gab es hier keine Nachkommen, aber die Hausherrin war in anderen Umständen und erwartete in wenigen Wochen das erste Kind. Auch sie war zutiefst beunruhigt.

Die Vorstellung, die Behrendsche könne einer Tochter das Leben schenken, ängstigte die Ahauser zutiefst. Zu viele Vorhersagen der Grete waren bereits eingetroffen. Es kündigte sich eine Katastrophe an, die viele Höfe im Dorf vernichten würde. Es galt, wachsam zu sein.

Viele Wochen lang sprachen die Dorfbewohner über Gretes Prophezeiungen. Nicht alle waren davon überzeugt, dass sie eintreffen würden.

Dann gebar die Behrendsche Bäuerin einen kleinen Jungen, der auf den Namen Friedrich getauft wurde. Er machte, ohne sein Zutun, seinem Namen alle Ehre. Friede zog wieder in die Gemüter der Ahauser ein, die Gretes Voraussage gefürchtet hatten und nun Hoffnung schöpften, dass sie dieses Mal nicht eintreffen würde. Mit der Zeit beruhigten sich die Menschen wieder und gingen ihren täglichen Geschäften nach.

Am Stammtisch im Ahauser Hof diskutierten die Bauern dennoch eifrig die Lage. Viele waren davon überzeugt, dass diese einfache Magd wirklich die Gabe des Zweiten Gesichtes besaß und somit ernstzunehmen war. Während die einen mit der Geburt des Jungen die Vorhersage als Hirngespinst abgetan hatten, glaubten andere nach wie vor, dass dieses Unglück ohne Zweifel stattfinden würde, auch wenn es heute noch keine weiblichen Nachkommen auf dem Behrendshof gab.

Das Feuer sollte während des Kirchgangs über sie hereinbrechen, hatte Grete vorausgesehen. Daher erschien es allen, auch denen, die nicht an die Vision der Grete glaubten, am sinnvollsten, an den Sonntagen eine Feuerwache im Dorf patrouillieren zu lassen. Immer zwei Mann hatten während der Messe die Aufgabe, nach Brandnestern Ausschau zu halten. Für den Fall, dass sie wirklich einen Brand bemerkten, trugen die Wächter eine große Handglocke bei sich, wie sie üblicherweise die reisenden Händler verwendeten, um die mögliche Kundschaft auf ihren Verkaufswagen aufmerksam zu machen. Damit konnten sie schnell und gut hörbar Alarm schlagen.

Mit den ergriffenen Vorsichtsmaßnahmen fühlten sich die Ahauser wieder sicher. Woche für Woche marschierte die Brandwache nun die Dorfstraße entlang, während die übrigen Dorfbewohner in der Kirche dem Gottesdienst beiwohnten, beim Sonntagsmahl saßen oder ihren üblichen Verrichtungen nachgingen.

Doch da nichts auf die große Katastrophe hindeutete und man schließlich dennoch die Patrouillen eingesetzt hatte, verschwand das Gefühl der Bedrohung nach und nach.

Im Frühjahr 1904 sorgte eine weitere Neuerung für Ablenkung und für die Zerstreuung der Sorgen. Einige Männer hatten sich zusammengetan und einen Schützenverein gegründet. Der erste Schießstand war »Hinter dem Bach« auf dem Grundstück von Dieter Diercks und Curt Reinicke entstanden. Von nun an sollte es jährlich ein Schützenfest mit Schießwettbewerb sowie Musik und Tanz geben. Für das Schützenfest legte man den zweiten und dritten Pfingsttag im Jahr fest.

Um die Gründung des Vereins und dieses erste Schützenfest gebührend zu feiern, waren aus benachbarten Orten zahlreiche Bekannte und Geschäftspartner eingeladen worden.

Auch auf dem Timpenhof waren alle sehr aufgeregt, denn der Bauer war Gründungsmitglied und überzeugter Schützenbruder. Und so oblag es den Frauen des Hofes, die Gründungsfeier mit allerlei Köstlichkeiten auszustatten. Berge von Kartoffeln wurden gekocht und mit einer schmackhaften Soße aus geschlagenem Eiweiß verquirlt mit Öl, Senf, Salz und Pfeffer sowie frisch gehackten Zwiebeln, kleinen Apfelstücken und Gurkenscheiben vermengt.

Und auch bei den Getränken wollte der Bauer sich nicht lumpen lassen. Zur Feier des Tages spendierte er für das Fest zusätzlich einige Flaschen angesetzten Schlehenschnaps und Eierlikör.

Als alle Arbeit endlich erledigt war, begannen die Frauen, sich herauszuputzen. Maria und Grete waren sehr aufgeregt. Maria, weil sie voraussichtlich ihrer unglücklichen Liebschaft begegnen würde, die sie in andere Umstände gebracht hatte und gegen die sie immer noch einen großen Groll hegte. Und Grete, weil sie sich inzwischen selbst auch für alt genug hielt, um einen anständigen Mann für sich zu suchen. Eigentlich hatte sie bereits einen geeigneten Burschen im Auge, auch wenn er sich zumindest beim Tanze nicht ganz so geschickt angestellt hatte.

»Heinrich Dietrich Meyer, du gefällst mir«, sprach Grete leise zu sich selbst, bevor sie ihr Herz wieder mit ihrem Verstand verschloss.

Mich kleine Hexe nimmt so schnell doch keiner, dachte sie traurig. Natürlich hatte Grete bemerkt, dass die Burschen ihr häufig auswichen. Viele Männer fürchteten sie aufgrund ihrer Gabe.

Dabei hatte sie eine recht attraktive Erscheinung. Durch ihr Äußeres hob sie sich von vielen anderen Frauen ab. Rotblondes Haar umrahmte ihr blasses, schmales Gesicht, sie hatte feingliedrige Hände, eine schlanke, wohlproportionierte Figur und Sommersprossen auf der hellen Gesichtshaut.

Vielleicht, so hoffte sie, bekäme sie bei diesem Fest eine Gelegenheit, einen möglichen Ehemann kennenzulernen. Schließlich war sie nun bereits zwanzig Jahre alt, hatte hart gearbeitet und so viele Erfahrungen gesammelt, dass sie ohne Weiteres einem Haushalt vorstehen könnte.

Grete polierte gedankenversunken ihre schwarzen Lackschuhe auf Hochglanz. Dieses Abschiedsgeschenk ihrer Mutter bereitete ihr immer noch Freude, zumal die Schuhe perfekt passten. Die abgelaufenen Absätze hatte sie vom Schuster im Ort einmal reparieren lassen und die Schnürsenkel durch neue ersetzt.

Dazu trug sie ein leichtes Sommerkleid, eine warme Strickjacke und weiße, selbstgestrickte Strümpfe. Maria bewegte sich aufgeregt in der kleinen Schlafkammer hin und her, umrundete Grete und steckte sie mit ihrer Aufregung an. So standen sie sich ein ums andere Mal im Wege.

Endlich flochten sie sich gegenseitig die Haare zu zwei langen Zöpfen, die sie anschließend zu Schnecken drehten und an beiden Seiten mit Haarnadeln feststeckten.

Zum Abschluss trugen sie großzügig von dem kostbaren Duftwässerchen aus Rosenblättern auf, welches die alte Gesche für sie angesetzt hatte.

Dann spazierten sie die wenigen Meter vom Timpenhof in Richtung der Kirche die Dorfstraße zum Ahauser Hof hinunter. Das Fest fand in dem großen Saal statt und die Auetaler Dorfkapelle aus Eversen würde zum Tanz spielen. Doch noch drangen weniger schöne Klänge aus dem Innern der Gaststätte, da die Musiker erst dabei waren, ihre Instrumente zu stimmen.

Während sich die Männer auf der Schießbahn hinter dem Ahauser Hof mit Karabinern an den 100-Meter-Ständen maßen, erledigten die Frauen gemeinsam mit den Wirtsleuten die letzten Vorbereitungen für das Fest.

Viele Menschen waren der Einladung zum ersten Schützenfest in Ahausen gefolgt. In kleinen Gruppen standen allerlei Besucher vor der Gastwirtschaft beieinander und unterhielten sich aufgeregt. Es waren auffällig viele Auswärtige darunter, die nun in den großen Saal drängten. Auch Gretes Tanzpartner vom Erntefest hatte sich eingefunden, wie die junge Frau voller Freude bemerkte. Er grüßte die beiden Mägde höflich, lächelte aber nur Grete verschmitzt zu. Diese erwiderte sein Lächeln hoffnungsvoll, während Maria sie am Arm in die Gaststätte zerrte.

Drinnen schlug ihnen ein lautes Stimmengemurmel entgegen, denn viele der runden Tische im Saal waren inzwischen besetzt. Kaum hatten sie den großen Raum betreten, als auch schon die Musik aufspielte. Grete schaute verträumt auf die vielen Paare, die sich spontan auf die Tanzfläche begeben hatten und nun fröhlich zur Musik tanzten. Auch Maria war sofort von einem der Knechte des Clüverhofs aufgefordert worden. So blieb Grete alleine zurück und suchte sich schnell einen Platz.

Viele Augen ruhten auf ihr, das spürte sie. Aber keiner der anwesenden Männer traute sich, sie anzusprechen. Sie alle fürchteten ihre Gabe mehr, als ihre nette Erscheinung sie anlockte. Nach der anfänglichen Vorfreude und Aufregung machte sich jetzt Traurigkeit in Grete breit. Auch nach einer Dreiviertelstunde saß sie immer noch alleine am Tisch, niemand hatte sie zum Tanz aufgefordert. Zunächst hatte sie noch erfreut den Musikstücken gelauscht, doch allmählich wünschte sie sich sehnlichst einen Tanzpartner herbei.

»Grete? Das ist doch dein Name?« Gretes Herz schlug schneller, als sie Heinrich Meyer erkannte. »Magst du den nächsten Tanz mit mir tanzen?«

Grete schaute erstaunt zu ihm auf und nickte erfreut. Endlich war da mal einer, der sich traute. Und nicht nur irgendein Bursche. Immerhin war Heinrich seit dem Erntedankfest sehr häufig durch Gretes Gedanken gehuscht.

Vielleicht traut er sich aber auch nur, weil er nicht weiß, wen er da auffordert, dachte Grete schon wieder, als sie über die Tanzfläche schwebten.

Doch ihre Befürchtungen waren völlig grundlos, wie sich herausstellte. Immer wieder forderte der junge Bursche sie auf und sie tanzten, bis ihre Füße schmerzten. Das lag diesmal allerdings am Schuhwerk und nicht daran, dass er unentwegt auf ihre Füße trat.

Dann erzählte er ihr davon, wie er sie beim Hühnerscheuchen beobachtet hatte. Leider sei es ihm nicht möglich gewesen, das Unheil abzuwenden. Doch diese Aufgabe könne er sich zukünftig schon vorstellen. Die beiden tanzten und lachten, erzählten von sich und tauschten kleine Zärtlichkeiten aus. Trotzdem wollte sich Grete nicht von ihm nach

Hause bringen lassen. Es war nicht ihre Absicht, wie Maria als Häuflein Elend die Leiter hinabspringen oder abtreibende Kräutersude zu sich nehmen zu müssen. Männer und Stroh, hatte sie sich geschworen, davor würde sie sich hüten.

Am Ende des Abends vereinbarten die beiden aber, dass er von nun an regelmäßig auf dem Timpenhof vorsprechen würde, wenn er wieder in Ahausen Geschäfte tätigte. Dies kam häufig vor, da er zu Hause in Rahnhorst eine kleine Brauerei betrieb und das Hausbier an einige Gaststätten in der Umgebung lieferte.

Den ganzen Sommer sprach Heinrich Dietrich immer wieder auf dem Timpenhof vor. Gretes Zweites Gesicht schien ihn nicht zu stören, obwohl Grete selbst ihn drauf hinwies.

»Was kann günstiger sein«, sprach er, »als eine Frau zu haben, die die schädlichen Ereignisse voraussieht? Es ist eine Gabe, die von großem Nutzen sein kann.« So war Grete in ihrem Herzen schon ganz sicher, dass sie diesen Mann heiraten wollte. Dennoch verlängerte sie ihren Vertrag auf dem Timpenhof um ein weiteres Jahr um noch mehr Ersparnisse anzuhäufen. Kurz nach Weihnachten 1904 bat der junge Mann Grete endlich, seine Frau zu werden. Und so machten sie sich trotz der eisigen Kälte an einem Sonntag im Januar mit dem Pferdegespann auf den Weg nach Kirchwalsede, wo der Anbauer Heinrich Dietrich Meyer bei Gretes Eltern erfolgreich um ihre Hand anhielt.

Bis zu Michaelis im September 1905 musste Grete ihren Vertrag auf dem Timpenhof noch erfüllen. Danach wollte sie heiraten und zu ihrem Mann nach Rahnhorst ziehen.

Heinrich Dietrich verständigte sich schnell mit Gretes Eltern auf die Mitgift, die aus einem großen Schrank, sechs Stühlen und passendem Tisch, zwei Truhen gefüllt mit selbstgewebtem Tisch- und Bettleinen, zwei Ferkeln, acht Hühnern und je sechs Zinntellern und -bechern bestand. Auch wollten sie Grete die alte Wiege mitgeben, in der sie als Kind selbst gelegen hatte. Zudem brachte Grete noch die Ersparnisse ihrer Dienstzeit in die Ehe ein.

Je näher der Abschied rückte, desto bedrückter wurde Grete. Sie freute sich auf ihr neues Heim, das sie mit ihrem Mann bewohnen würde. Auch seine Eltern hatten Grete sofort ins Herz geschlossen, als sie ihnen mit Heinrich Dietrich an einem sonnigen Sonntag im August 1905 ihren ersten Besuch abstattete. Aber der bevorstehende Abschied von ihrer besten Freundin Maria füllte Gretes Herz mit Traurigkeit. Maria verblieb auf dem Hof, denn für sie hatte sich noch immer kein vernünftiger Bräutigam gefunden. Sie war froh über ihre feste Anstellung, die ihr ein Auskommen sicherte. Und sie würden sich besuchen, wenn Grete auf den Rahnhorster Hof ihres Mannes übergesiedelt war, das versprachen sich die beiden Mägde in die Hand.

28. September 1905

Die Zeit seit ihrer Verlobung mit Heinrich Dietrich war schnell vergangen. Ob es an der vielen Arbeit lag oder an ihrer Ungeduld, konnte Grete nicht mit Bestimmtheit sagen.

Heute jedoch war ihr letzter Abend in Ahausen. Morgen, an Michaelis, würde sie das Dorf verlassen. Zur Mittagszeit hatte sich ihr Vater mit dem Kutschwagen angekündigt, um sie abzuholen. Es war noch immer das gleiche Fuhrwerk wie damals, als er sie auf den Timpenhof gebracht hatte. Nur sie selbst war nicht mehr dieselbe, sie hatte sich sehr verändert. Selbstbewusst und freudig angespannt fieberte sie ihrem Vater entgegen.

Eine prächtige Mitgift und einen prall gefüllten Sparstrumpf würde Grete mitnehmen, darauf war sie stolz. Und auch sonst waren es gute und lehrreiche Jahre für sie gewesen.

Doch bevor sie Ahausen endgültig verließ, musste Grete noch etwas Dringendes erledigen. Es hieß, von einem weiteren lieb gewonnenen Menschen Abschied zu nehmen. Als die unerfahrene Grete ihren Dienst auf dem Timpenhof angetreten hatte, war es undenkbar für sie gewesen, ihr Herz an eine alte, verschrobene Kräuterfrau zu hängen. Nun, fünf Jahre später, war die Lage anders. Diese seltsame Person hatte sie zunächst geängstigt. Im Laufe der Zeit jedoch war ein zartes Band zwischen ihnen beiden entstanden.

Gesche hatte ihre Hilfe stets selbstlos angeboten, besonders als Maria das Kind unter dem Herzen getragen hatte, das dort nicht sein durfte. Dies hatte Grete der alten Frau hoch angerechnet. Beide Frauen, die junge als auch die alte, hatten etwas Geheimnisvolles an sich. Ihre ungewöhnlichen äußeren Erscheinungen machten sie zu Außenseiterinnen. Da ihre Fähigkeiten, die des Heilens und die des Vorausschauens, durchaus nützlich für dritte Personen waren, mied man sie zwar, ließ sie aber weitestgehend in Ruhe. Freundschaft wurde ihnen nur recht selten angeboten. So war Grete dankbar, dass sie in Gesche eine Freundin gefunden hatte, der sie vollkommen vertrauen konnte. Gesche hatte sie von Anfang an so angenommen, wie sie war. Maria dagegen war anfänglich sehr distanziert, manchmal sogar sehr unfreundlich zu ihr gewesen war.

»Eine solche Spinnerin wie die Grete hab ich noch niemals kennengelernt!«, hatte Maria der Bäuerin kurz nach Gretes ersten Visionen erklärt, ohne genau zu verraten, was sie damit meinte. Doch zum Glück hatte sie ihr Urteil bald revidiert und sich intensiv mit Gretes Visionen beschäftigt. Es hatte eine ganze Weile gedauert, bis Maria es gedanklich zulassen konnte, dass Grete von wirklichen Vorahnungen geplagt wurde. Im Laufe der Zeit war so eine innige Freundschaft zwischen den beiden so unterschiedlichen Mägden entstanden.

Heute war die letzte Gelegenheit, Abschied zu nehmen, auch von Gesche.

Leichten Schrittes, aber schweren Herzens lief Grete am späten Nachmittag gemeinsam mit Maria die Dorfstraße hinunter. Immer wieder grüßten die beiden Mägde andere Passanten auf ihrem Weg zum Wolfsgrund. Gesche erwartete sie bereits in ihrer Kate. Sie hatte einen herrlich duftenden Kräutertee sowie einen kleinen Kuchen vorbereitet. Beides tat sie in einen Weidenkorb und stieg dann gemeinsam mit den beiden Mägden auf den Richthügel hinauf. Hier setzten sie sich dicht beieinander auf die sonnenbeschienenen Steine. Schweigend tranken sie ihren Tee und stippten den Kuchen ein.

»Dies ist ein guter Ort«, begann Gesche die Unterhaltung, »um über die Liebe, die Ehe und viele andere Dinge zu sprechen, die damit einhergehen.«

Seit sie von der geplanten Verehelichung Gretes erfahren hatte, war Gesche fest entschlossen, das unerfahrenen Mädchen sanft, aber unmissverständlich auf einige Dinge, die mit einer Eheschließung einhergingen, vorzubereiten. Besonders über die Erfüllung der ehelichen Pflichten, die im Verlauf der Ehe für die Frau mit zahlreichen Schwangerschaften, auch ungewollter Natur, verbunden waren, wollte Gesche unbedingt sprechen. Sie hatte zu viele ausgezehrte Frauen im Kindbett sterben sehen und sah hier dringenden Handlungsbedarf, besonders, da Grete stets eine eher schwächliche Verfassung gezeigt hatte. Viele Ärzte, die ausnahmslos männlich waren, konnten das nur schwerlich nachvollziehen. Gerne entzogen sie sich in dieser Frage der Verantwortung und überließen es den Hebammen, den verzweifelten Frauen beizustehen.

Am Ende ihres wohldurchdachten Vortrages entnahm Gesche dem Weidenkorb einen länglichen Glaskolben, an dem sich ein langer Gummischlauch befand. »Dies ist mein Hochzeitsgeschenk«, erklärte die alte Frau schmunzelnd, »und ich hoffe doch sehr, dass es erst nach der kirchlichen Eheschließung zum Einsatz kommt.«

Grete betrachtete verwirrt die abenteuerliche Apparatur und schaute fragend die beiden Frauen an. »Aber was soll ich denn damit anfangen?«, fragte Grete, die dabei das Geschenk von allen Seiten betrachtete und trotz Gesches Ausführungen über keinerlei Vorstellung verfügte, wofür dieses seltsame Gerät von Nutzen sein könnte.

Gesches Schmunzeln verwandelte sich in ein wissendes Lachen. Sie hatte also Recht behalten, Grete wusste aus eigener

Erfahrung nichts von den Dingen, die zwischen Mann und Frau innerhalb einer Ehe geschahen.

»Dies ist eine Apparatur zum Ausspülen der Scheide nach dem Beischlaft« begann Gesche ihre Erklärungen und zeigte sie beiden Mädchen. »Am besten suchst du einen Platz direkt in der Nähe des ehelichen Bettes und hängst den Apparat in Reichweite an die Wand. Hier oben füllt man reines Wasser oder eine Gemisch aus Wasser und Alaun, was die Sicherheit der Spülung erhöht, hinein. Dann verschließt man die Einfüllöffnung mit einem Stopfen. Hier siehst du einen kleinen Gummiballon und am unteren Ende einen langen Schlauch mit einer kleinen Spritze, ähnlich wie bei einer Feuerspritze, nur eben viel kleiner.« Gesche drehte und wendete bei ihrer Erläuterung den Glaskolben hin und her, damit die Mädchen die Einzelheiten gut sehen konnten. »Während oder kurz nach der Vereinigung von Mann und Frau drückt man den Gummiballon zusammen, sodass durch den erhöhten Druck die Spülflüssigkeit durch den Schlauch läuft. Das Ende des Schlauchs musst du zuvor tief in deine Scheide hineinführen«, Gesche blickte bei diesen Worten Grete ernst an, »damit die Flüssigkeit überall hingelangt und den Naturerguss des Mannes vollständig hinausspült.

Der Naturerguss des Mannes wird ausgeschwemmt, bevor er die Umstände der Frau verändern kann. Dies ist eine sehr moderne Methode, den Zeitpunkt für eine Schwangerschaft selbst zu bestimmen«, erklärte Gesche stolz. »Kannst du mir folgen, mein Kind?«

Grete blickte Gesche mit puterrotem Gesicht an und wagte nicht zu antworten. Lediglich ein Kopfnicken brachte sie angesichts des für sie hochpeinlichen Vortrages zustande. Doch Gesche ließ sich davon nicht beeindrucken und fuhr fort: »Häufig greifen Frauen auch auf mit Zitronen- oder Essigsaft getränkte Schwämme zurück, die vor dem Verkehr in die Scheide eingeführt werden, in der Hoffnung, dass sie so die säureempfindlichen Spermien von dem üblichen Wege in die Frau ablenken. Dies funktioniert aber nur, wenn die Schwämme direkt vor dem Muttermund liegen. Darauf solltest du unbedingt achten! Wenn du nicht genau weißt, wo sich dein Muttermund befindet, schiebe die Schwämme einfach so tief in deine Scheide hinein, wie es dir möglich ist. Stellst du es geschickt an, wird der erregte Heißsporn, in den sich auch der trägste Ehemann gelegentlich verwandelt, sie nicht einmal bemerken«, grinste Gesche listig und drückte Grete zwei kleine, weiche Schwämme in die Hand.

Peinlich berührt über die Offenheit, mit der Gesche über solche Themen sprach, legte Grete ihre Hochzeitsgeschenke vorsichtig in das Tuch zurück, mit dem sie umwickelt gewesen waren. Doch Gesche war noch nicht am Ende ihres Vortrages. Auch für Maria hatte sie etwas bereitgelegt.

Ihr übergab sie einen transparenten, dünnen Gegenstand, der einer leeren Wurstpelle glich. Rasant wechselte auch Maria ihre Gesichtsfarbe von rosig auf tiefrot, als Gesche ihr erklärte, worum es sich handelte.

»Das Kondom ist ebenfalls ein recht sicheres Mittel, um sich vor einer Schwangerschaft zu schützen«, begann sie ernsthaft. »Es ist aus dem Blinddarm eines Schafes gewonnen. Wenn man es sorgsam behandelt, kann man es mehrmals gebrauchen. Wichtig ist dabei die vorsichtige Reinigung des Kondoms in einer milden Seifenlösung nach dessen Gebrauch. Damit es geschmeidig bleibt, empfiehlt es sich, es zum Trocknen nicht der prallen Sonne auszusetzen und es später mit leicht fettigen Fingern zu glätten.«

Maria zögerte noch etwas, doch dann traute sie sich nachzufragen: »Nur wie kommt denn dieses schlappe Stück Pelle zum Einsatz? Ich kenne bei mir keine Körperstelle, wo dieses Ding passen könnte.«

»Selbstverständlich kommt es beim Manne zum Einsatz, du einfältiges Mädchen! Wenn er so richtig in Wallung ist und sich sein Geschlecht in die Luft streckt, dann stülpt man das Kondom darüber. Vorsichtig natürlich, sonst reißt es kaputt. Und auch der Mann wird es wohl zu schätzen wissen, wenn du eine gewisse Umsicht walten lässt und nicht zu grob vorgehst«, sprach Gesche, irritiert über die Naivität Marias. Das Mädchen hatte doch schon Erfahrungen! Gesche schüttelte ihren Kopf, lächelte aber dann und beendete ihren Vortrag.

»Jetzt habe ich euch mit all meinem Wissen ausgestattet«, erklärte Gesche beim Abschied. »Wie ihr damit umgeht und was ihr davon anwendet, ist nun eure Sache.«

Grete hatte vieles erwartet bei ihrem Abschied von Gesche, aber nicht einen Vortrag, der ihr so die Schamesröte ins Gesicht trieb. Die Bedeutung der Apparatur und des neu erworbenen Wissens für ihre Zukunft erahnte sie jedoch bereits, wenngleich noch etwas vage. Sicher wären viele Frauen dankbar für ein solches Hilfsmittel. Aber Kinder gehören zu einer glücklichen Ehe doch nun einmal dazu. Wenn Heinrich Dietrich das wüsste, dachte Grete noch immer verschämt. Trotzdem bedankte sie sich herzlich bei Gesche – und plante, dies Gerät sehr gut in ihrem Wäscheschrank verborgen zu halten, bis sie es ihrem Mann bei einer günstigen Gelegenheit zeigen würde.

Der Moment des Abschieds war gekommen. Grete verstaute den neuen Teil ihrer Mitgift in ihrem Henkelkorb. Im Gegenzug nahm sie einige Meter feinstes Leinen, das sie zu einer hübschen Tischdecke genäht hatte, aus ihrem Korb heraus. Sie überreichte Gesche ihr in sauberes Papier eingeschlagenes und mit einer Kordel umwickeltes Abschiedsgeschenk.

Ihr gesamtes Können hatte Grete für die Herstellung dieses Leinentuches aufgebracht. Kunstvoll durchflochten florale Motive den eigenhändig gewebten Stoff. Sofort erkannte Gesche beim Auspacken einige der Pflanzen und freute sich: »Da hast du ein wahres Meisterwerk der Heilkunst gewebt, meine liebe Grete. Ich danke dir von ganzem Herzen! Immer wenn ich diese Decke über meinen Tisch lege, werden meine Gedanken bei dir sein. Lebe nun wohl!«

Gesche umarmte Grete und schob dann beide Mägde den Hügel hinunter. Lange Abschiede waren nicht Gesches Sache. Und Maria würde sie noch häufiger sehen, da war sich Gesche sicher.

Zurück auf dem Timpenhof wurden die beiden Mägde bereits erwartet. Die Bäuerin hatte einen schmackhaften Eintopf zubereitet und der Dienstherr spendierte dazu ein erfrischendes Bier. Natürlich stammte es von der Hofbrauerei aus Rahnhorst. Gemeinsam mit den Kindern und dem Knecht aßen sie in großer Runde auf der Diele.

Die einst so fremden Menschen waren Grete nun sehr vertraut und ans Herz gewachsen. Sie saß still mitten unter ihnen und dachte an die letzten fünf Jahre zurück. Sie hatte es gut getroffen mit ihrer Herrschaft und jedes Familienmitglied der Familie Wulf hatte einen Platz in ihrem Herzen bekommen. Noch einmal nahm sie die Gesichter und Stimmen sowie die Atmosphäre auf der Diele in sich auf. Den liebevollen Blick ihrer Dienstherrin bemerkte Grete dabei nicht.

Irgendwie ist sie etwas Besonderes, überlegte die Bäuerin still und betrachtete Grete wehmütig. Sie erledigt ihre Arbeiten gut und umsichtig, hat enormes handwerkliches Geschick und einen ehrlichen Charakter. Sie ist eine wirklich patente Person.

An Michaelis 1905 verließ Grete Ahausen, ohne dass sie weitere Visionen gehabt hatte. Die kommenden Wochen lebte sie wieder auf ihrem elterlichen Hof und half dort aus. Allerdings bekam sie eine eigene Bettstatt in einer der Kammern. Auch gehörte sie nun zu den erwachsenen Frauen und konnte in vielen Angelegenheiten eigene Entscheidungen treffen. Umfangreiche Hochzeitsvorbereitungen füllten die Herbsttage aus.

Endlich, am 1. Dezember 1905, feierten Grete und ihr Bräutigam Heinrich Dietrich Hochzeit auf dem elterlichen Hof der Braut in Westerwalsede. Grete hatte das alte Brautkleid ihrer Mutter in den letzten Wochen zunächst sorgfältig gereinigt und dann an den Nähten aufgetrennt und mit einigen Abnähern versehen. Nun saß das schwarze Leinenkleid, das am Kragen und den Ärmeln eine zarte weiße Klöppelspitze aufwies, passgenau am Körper. Den Schleier bildete ein Stück hauchzartes Spitzentuch, das Grete mit einem Haarreifen auf ihrem Kopf befestigte. Ihr langes Haar flocht Grete zu zwei dicken Zöpfen.

Die Diele ihres Elternhauses hatte sie gemeinsam mit ihren Geschwistern dekoriert und ordentlich eingeheizt, damit keiner der Gäste frieren würde. Eine lange Tischreihe vor der offenen Feuerstelle bot den zahlreichen Gästen ausreichend Platz für das Hochzeitsmahl. Der Ehrenplatz für die Brautleute befand sich mittig, an der Stirnseite der langen, u-förmigen Tafel.

Alle waren sie gekommen. Ihre einstige Herrschaft, Maria und der Knecht, Vaters und Mutters Geschwister nebst Familien und natürlich ihr neue Familie aus Rahnhorst. Schnell hatte Grete ein herzliches Verhältnis zu ihren Schwiegereltern entwickelt, was ihren zukünftigen Mann Heinrich Dietrich in seiner Brautwahl bestätigte.

Zweiundsechzig Personen feierten das junge Brautpaar und beschenkten es reichlich. Der Gabentisch füllte sich mit neuen Tellern, Tassen, Saucieren aus feinem Steingut, auch zwei gusseiserne Kochtöpfe standen dabei. Dazu gesellten sich zahlreiche Besteckteile und geschliffene Gläser, kleine Spitzendeckchen und vielerlei Nettigkeiten. Allmähliche komplettierte sich der Hausstand der Brautleute zu einer ordentlichen Aussteuer.

Die Brauteltern spendierten ein köstliches Hochzeitsmahl. Auf die Hochzeitssuppe folgte der mit Äpfeln gefüllte Schweinebraten mit Bratkartoffeln. Zum Dessert gab es Gretes liebste Süßspeise: Rote Grütze mit Waldbeeren. Dazu reichte man Vanillesoße. Immer wieder ließ die Gesellschaft die Brautleute hochleben, jedes Mal spendierte der Brautvater eine Runde Schnaps dazu. Gut gesättigt erwarteten die Gäste nun die Musik. Zwischen den Viehställen spielte eine Zweimannkapelle zum Tanz auf und alle Gäste tanzten die halbe Nacht hindurch.

Zu fortgeschrittener Stunde nahm Grete ihren Brautstrauß aus der Glasvase, bat die Kapelle um einen Tusch und stellte sich mit dem Rücken zur Hochzeitsgesellschaft. Die unverheirateten Mädchen drängten in die vorderste Reihe zu Grete hin, denn es war ein alter Brauch, dass die Braut ihren Brautstrauß über ihren Kopf in die Menge warf. Die Jungfer, die den Blumenstrauß auffing, galt als die nächste glückliche Braut. Etwas ungläubig registrierte Grete aus den Augenwinkeln, dass Maria ihrer Nachbarin, die gleichzeitig mit Maria nach dem Blumenstrauß gegriffen hatte, diesen mit einem kräftigen Ruck entriss. Keine Sekunde später hielt ihre Freundin ihre Eroberung stolz hoch über den Kopf.

»Ich bin die nächste Braut!«, jubelte Maria der Festgemeinde entgegen.

Erst in der Morgendämmerung machten sich die vergnügten Hochzeitsgäste auf den Heimweg. Nur Maria blieb zum Aufräumen über Nacht auf dem Hof.

Am Tage nach dem Fest begleitete Grete ihren frisch angetrauten Ehemann nach Rahnhorst. Auf dem mächtigen Pferdefuhrwerk saßen neben den frisch Vermählten auch die Eltern des Bräutigams. Gretes gesamte Aussteuer fand sorgfältig verstaut ausreichend Platz auf dem Gefährt. Zahlreiche Hände winkten zum Abschied, Maria weinte leise in ihr neues Taschentuch. Es war Gretes Abschiedsgeschenk an ihre treue Zimmergefährtin. Grete brachte viele hübsche und nützliche Dinge in die Ehe mit ein. Ihr Mann war zufrieden, hatte er doch eine wirklich gute Partie gemacht. Die Gabe des Zweiten Gesichtes fürchtete er nicht. Er war mehr praktischer Natur. »Wer weiß, für was das gut ist?«, pflegte er zu sagen.

Grete war eine geborene Meyer und blieb durch ihre Hochzeit eine Meyer, so wie sie es selbst in einer ihrer Visionen vorausgesehen hatte. Nur die Angst, dass sie als alte Jungfer sterben müsste, hatte sie fortan nicht mehr.

April 1933

Das Frühjahr ließ sich nicht aufhalten. Überall um mich herum blühte das Leben auf, doch in mir blieb die Starre des Winters haften. Die Tiere balzten und die Pflanzenwelt entfaltete Blü-ten und Blätter. Der liebliche Geruch des Aufbruchs zog auch durch meine Nase, doch mich erweckte er nicht zu neuem Leben. Die Temperaturen waren angenehm warm für die Jahreszeit. Dies war mein Glück. Es wäre hart gewesen, hätte sich zu dem wachsenden Hunger auch noch die Kälte gesellt. Mein Vorrat an Brennholz und Torf war bis auf den letzten Rest aufgebraucht. Selbst für die Zubereitung einer warmen Mahlzeit reichte es kaum noch. Im Schutz der Nacht schlich ich mitunter durch die Nachbarschaft und stahl Brennmaterial. Ich nahm niemals viele Holzscheite von einem Haufen. Dies war zwar mühsam, aber ich hoffte, dass der Diebstahl so gar nicht erst entdeckt wurde. Zudem erschien es mir gerecht und nicht ganz so verwerflich. Fast meine gesamte Habe hatte ich in den letzten Wochen gegen Lebensmittel und andere Notwendigkeiten eingetauscht. Ich war froh, überhaupt noch Menschen zu finden, die mit mir han-delten. Natürlich zu einem schlechten Kurs. Niemand schämte sich, einen vermeintlichen Verbrecher auszunehmen. Doch jetzt war nichts mehr übrig. Nur mein Werkzeug blieb mir und mit ihm die Hoffnung auf bessere Zeiten.

Noch immer hoffte ich eindringlich auf Gott, darauf, dass er ein Zeichen schicken würde. Die streitenden Geister in meinem Kopf waren immer lauter geworden. War die mir widerfahrene Behandlung womöglich in Gottes Sinn? Oder hatte mein alter Dienstherr aufgrund seines schändlichen Verhaltens mir gegen-über nicht eine Strafe zu erwarten?

Allmählich verlor ich jedes Gefühl für die Realität, lebte in meiner Traumwelt. Dort blieb ich Martin Frantzen, der ehrliche und fleißige Sohn rechtschaffener Eltern. Doch ich war alleine und aus Minuten wurden Stunden, aus Stunden Tage und aus den einsamen Tagen Wochen, die sich wie Jahre anfühlten. An meiner Situation änderte sich nichts, jedenfalls nicht zum Guten. Nur meine Not wurde täglich größer.

Meine Eltern waren sehr gottesfürchtige Menschen gewesen und hatten ihren Glauben fest in mir verankert. Umso härter ging ich mit mir selbst ins Gericht, wenn ich an Gott zu zweifeln begann. Schließlich hatten mich meine Eltern gelehrt, dass der Herr uns hin und wieder Prüfungen auferlegt, um die Festigkeit unseres Glaubens zu prüfen. Die Treppe ins Paradies besteht aus diesen Prüfungen und man muss jede Stufe nehmen.

Oft dachte ich in meiner einsamen Wut an ein Bibelzitat, das ich einst gelesen hatte: »Mein ist die Rache, sprach der Herr!« Ja, ich wollte Genugtuung, da ich an meiner Hilflosigkeit und angesichts der ungerechten Umstände verzweifelte.

Endlich nahm ich ein kleines Stückchen Wachspapier und wickelte es mehrfach um die kleine Streichholzschachtel herum. Seit Wochen liebäugelte ich mit diesem kleinen Schächtelchen. Es war das Werbegeschenk eines Ausflugslokals gewesen, welches nicht weit entfernt vom Wolfsgrund lag. Hier hatte ich noch im letzten Jahr mit den anderen jungen Leuten aus der Umgebung in den Mai getanzt, hatte meine Anna zum ersten Mal geküsst.

Anna ... Sie war der schmerzlichste Teil meiner Erinnerungen. Kurz bevor ich der Straftat beschuldigt worden war, hatte ich für mich den Entschluss gefasst, Anna zu ehelichen. Sie hatte eingewilligt und mich zum glücklichsten Mann in Ahausen gemacht. Doch dann war das Unfassbare passiert.

Nun hatte Anna einem anderen Mann ihr Eheversprechen gegeben. Er war ein feiner Kerl und ich hegte keinen Groll gegen ihn, trotzdem konnte ich den Gedanken daran kaum ertragen.

Bevor ich erneut in Trübsinn verfiel, wendete ich mich wieder dem kleinen Objekt in meiner Hand zu. In der Schachtel befanden sich nur noch zwei Streichhölzer. Das eine war ich, das andere Anna. Wir hatten füreinander Feuer gefangen, waren beim Tanz in diesem Gasthof für den anderen entflammt. Ich hatte zuerst ein Streichholz aus der Schachtel herausnehmen wollen, da es ja nur um eine Ungerechtigkeit mir gegenüber ging. Außerdem konnte ich es gut gebrauchen. Aber dann dachte ich, dass es vielleicht ein Zeichen Gottes war, dass ich noch im Besitz von zwei Streichhölzern war. Anna hatte schließlich auch unter den Vorwürfen und der daraus resultierenden Trennung gelitten, auch wenn sie sich inzwischen anderweitig getröstet hatte. Ihre wahre Liebe blieb ich und sie die meinige, davon war ich überzeugt.

Geschickt faltete ich die Enden des Wachspapiers und band ein sprödes Bastband fest um das winzige Päckchen. Ein Doppelknoten auf der Oberseite hielt alles zusammen. Nun verstaute ich das Päckchen in meiner linken Jackentasche. Nächsten Sonntag vor dem Kirchgang wollte ich mein Schicksal in Gottes Hände legen und wieder nach einem Hinweis Ausschau halten.

Feuer und Wasser hatten reinigende Wirkung und ich wollte endlich meine Sache bereinigen. Die Streichhölzer waren dafür ideal, daran glaubte ich fest.

Zeitig am Sonntagmorgen machte ich mich auf zum Kirchgang und bat Gott zum tausendsten Mal inständig um ein Zeichen. Aus einem stahlblauen Himmel strahlte die Sonne auf den Ort herab. Ich erreichte die Kirche so rechtzeitig, dass noch kein anderer Gottesdienstbesucher zu sehen war. Die Dorfstraße lag ruhig und einsam vor mir. Unschlüssig stand ich alleine auf der Straße, lehnte am Zaun vor der Kirche und schaute mich langsam um.

Wo blieb das ersehnte Zeichen des Herrn? Würde ich das Zeichen, sofern er mir jemals eines sandte, überhaupt als solches erkennen? Oder ließ sich Gott sowieso nicht zu solch menschlichen Spielchen herab? Immer wieder wechselte ich die Blickrichtung.

Dann sah ich es. Gegenüber der Kirche, auf dem Scheunentor eines Häuslingshauses. Dieses stand in enger Gesellschaft mit zwei weiteren einfachen und sehr kleinen Häusern. Die Traufen der reetgedeckten Dächer berührten sich fast, strahlten eine ganz eigene Intimität aus, die auch für das Verhältnis ihrer Bewohner zueinander galt. Sie hörten, sahen und spürten die unmittelbare Nachbarschaft der anderen Tag für Tag. Und auf diesem Scheunentor befand sich das von mir ersehnte Gotteszeichen. Ein großes weißes Kreuz leuchtete voller Reinheit strahlend in der Morgensonne. Ich schritt neugierig auf die Scheune zu, um das Kreuz näher zu betrachten. Es war mit Kreide aufgebracht und mehrfach kräftig nachgezogen worden.

Hier also soll ich mein Schächtelchen hinterlegen, dachte ich und trat leise durch die angelehnte Tür. Niemand sollte mich hier bemerken, sofort würde man mir böse Absichten unterstellen.

Die Tür war frisch geölt und ließ sich geräuschlos öffnen. Keine Menschenseele befand sich in der Scheune und so schaute ich mich, nachdem sich meine Augen an das Halbdunkel gewöhnt hatten, nach einer geeigneten Stelle für mein eingebundenes Päckchen um.

Auch hier drinnen waren weiße Kreidekreuze an unterschiedlichen Stellen angebracht worden. Doch konnte ich in ihrer Anordnung keinen tieferen Sinn erkennen. Wände, Gerätschaften und auch der Holzdeckel der Futtertruhe im hinteren Teil der Scheune waren mit deutlichen Kreidespuren versehen. Außerdem bemerkte ich eine Reihe von Buchstaben, die deutlich sichtbar auf den Deckel der Truhe geschrieben worden waren.

Neugierig schaute ich genauer hin und las das Wort »True«. Ich musste lächeln. Wenn dies nicht das ersehnte Zeichen für die richtige Stelle war! »True« war Englisch und hieß übersetzt »wahr«. Und um die Wahrheit ging es in meinem Fall eindeutig. Ich war erleichtert, dass ich dieses englische Wort kannte. Mein Vater hatte mir seine kleine Liste mit Vokabeln geschenkt, die er im großen Weltkrieg erstellt hatte: Help, Dead, Love, Fire, Wife, Error, Thirst, True, Friend ... Meine Erinnerungen kamen aus einer verborgenen Quelle zurück an die Oberfläche. Tiefe Zuneigung zu meinem Vater erfüllte mich. Ich war der Erbe eines kleinen Schatzes, der nur aus einem einzigen, dreimal gefalteten und mittig geteilten Blatt Papier bestand. In Zweierreihen standen sich die Worte in beiden Sprachen gegenüber. Links der deutsche und direkt gegenüber der englische Begriff.

Zwei eigenwillige Handschriften zeugten davon, dass jede Vokabelreihe von anderer Hand niedergeschrieben war. Vater hatte mir von einer Begegnung an Weihnachten 1917 berichtet, bei der dieses Blatt geschrieben worden war. Es war ein kurzer Waffenstillstand auf Zeit gewesen, ein Arrangement für den Augenblick, als Vater auf den englischen Soldaten traf. Beide suchten vor den Kampfhandlungen an gleicher Stelle Deckung, als sie sich plötzlich gegenüberstanden, erschraken, abschätzten und nach misstrauischen Minuten anlächelten. Ohne Worte kamen die beiden Feinde überein, die Waffen zu senken und sich in dieser Weihnachtsnacht Vertrauen entgegenzubringen. Statt sich gegenseitig das Leben zu nehmen, hatten sie sich Lebenszeit geschenkt, in jenem dunklen und kalten Dezember. Diese Nacht war, so sagte mein Vater mir nach seiner Heimkehr, eines der wertvollsten Geschenke seines Lebens.

Beide wollten miteinander sprechen, beherrschten aber jeweils nur ihre eigene Muttersprache. So tauschten sie zum Zeitvertreib leicht verständliche Begriffe aus, die sie in beiden Spra-

chen niederschrieben und deren Aussprache sie übten. Am nächsten Morgen tauschten sie ihre Adressen aus, schrieben diese unter ihre Vokabellisten und teilten das Blatt in zwei Hälften. Jeder steckte seinen kleinen Wortschatz sorgfältig ein. Dann gaben sie sich die Hand und suchten wieder Anschluss an ihre Kampfeinheiten.

Nur anderthalb Jahre nach Ende des Krieges erhielten wir eines Tages einen Brief aus England. Mit großen, eleganten Buchstaben stand eindeutig der Name meines Vaters auf dem blütenweißen Umschlag. In der oberen rechten Ecke des Briefkuverts klebte eine Briefmarke mit dem Antlitz des englischen Königs darauf. Ich erinnere mich noch genau daran, wie aufgeregt und ungeduldig ich der Öffnung des Briefes durch meinen Vater entgegenfieberte. Allein die englische Briefmarke stellte einen Schatz für mich dar, den niemand sonst im Dorf sein Eigen nennen konnte.

Leider enthielt der Brief traurige Nachrichten. Eine uns unbekannte Frau teilte darin mit, dass ihr Gatte Jonathan Leroy Baxter, Kriegsveteran des Weltkrieges, an den Spätfolgen einer Lungenschädigung durch Senfgas im Alter von 52 Jahren verstorben sei. Er habe sie kurz vor seinem Ableben gebeten, den beiliegenden verschlissenen Zettel an die darunter befindliche Adresse zu senden, was sie hiermit erledigt habe. Dank ihrer jüngsten Tochter sei sie in der Lage, uns diese Nachricht auf Deutsch zukommen zu lassen, da die junge Frau in einem großen Schreibbüro in Manchester arbeite, das über eine eigene Auslandskorrespondenzabteilung verfüge. Am Ende des Briefes grüßte sie uns noch unbekannterweise. Unterschrieben hatte eine Jane Anne Baxter.

Vater war sehr gerührt, als er jenen kleinen Zettel in den Händen hielt, den er damals mit dem Unbekannten ausgetauscht hatte. Aus einem kunstvoll geschnitzten Holzkästchen holte er seinen Teil des Blattes hervor und fügte beide Seiten zusammen. Dann lasen wir gemeinsam die niedergeschriebene Wörterliste.

Lächelnd legte ich das eingebundene Streichholzschächtelchen mittig auf die Truhe. Da lag es nun in der dunklen Scheunenecke. Ich war mir ziemlich sicher, dass niemand im Ort die englische Sprache beherrschte, denn oftmals hatten sie mich aufgezogen, mir unterstellt, ich würde mich mit meinen paar Brocken Englisch aufspielen. Manche hatten sogar behauptet, ich würde mir die Wörter nur ausdenken.

Warum aber Gott diesen merkwürdigen Ort ausgesucht hatte, verschloss sich meiner Vorstellung. Doch Gotteskreuze und dieses Wort konnten nur an mich gerichtet sein, Scheune hin oder her. Denn wer von den Dorfbewohnern hätte dieses Wort niederschreiben können? Eventuell der Lehrer, schoss es mir blitzartig durch den Kopf. Doch der hatte bestimmt kein Interesse daran, in und an fremdem Eigentum Kreidespuren zu hinterlassen. Das wäre völlig unsinnig, überlegte ich. Auch war der Lehrer erst kurze Zeit in Ahausen und stöberte bestimmt nicht in den Nachbarscheunen herum.

Leise trat ich wieder hinaus auf die Dorfstraße und achtete dabei darauf, das Scheunentor sorgfältig zu verschließen. Zufrieden schritt ich zur Kirche hinüber, in der bereits der Gottesdienst mit dem Orgelspiel begonnen hatte. Die Last war von meinen Schultern genommen. Mein Schicksal hatte ich nun in göttliche Hände gelegt. Mein Vertrauen war grenzenlos und allumfassend. So groß, dass ich sogar mit einem schmalen Lächeln zwischen meine Peiniger treten konnte. Noch ahnten sie nicht, wie und wen ich um Hilfe gebeten hatte. Alles Weitere lag in Gottes Hand und ich wollte heute für Gerechtigkeit beten. Nicht nur in meinem Falle, sondern überhaupt für alle Menschen, denen Unrecht angetan wurde. Und davon gab es viele, sagte mir mein Verstand.

Geduld! Tag für Tag sprach ich dieses Wort in meinen Gedanken aus. Es sollte mich mäßigen, mir helfen zu akzeptieren, dass Gott anscheinend keine Eile hatte, tätig zu werden. Vielleicht war er auch bereits in meiner Sache aktiv geworden und ich erkannte es nur nicht. Zweifel und Resignation wurden allmählich von Ungeduld und Wut abgelöst. Nichts geschah. Das Leben im Dorf und mein Leben außerhalb der Gemeinschaft verliefen genauso weiter, als hätte ich nichts unternommen.

Geduld! Oh, wie sehr hasste ich inzwischen dieses Wort! Gottes Zeitplan war nicht der meinige. Stand Gott vielleicht nicht auf meiner Seite? War es gar falsch und frevelhaft, von ihm Unterstützung zu erwarten? Ich war so erfüllt von der Hoffnung auf sein Zeichen, dass in meinen Gedanken kein Raum mehr für andere Lösungen blieb.

Doch als das Frühjahr fortschritt, packte ich schließlich meine Sachen zusammen und verließ die Kate. Dieses Haus ist es gewohnt, zurückgelassen zu werden, dachte ich. Auch die alte Kräuterfrau, die viele Jahre hier am Fuße des Richthügels zugebracht hatte, war über Nacht verschwunden. Ohne sich von irgendjemandem zu verabschieden, hatte sie die Kate eines Tages leer zurückgelassen. Es waren wohl ebenfalls die ersten Frühlingstage gewesen, als sie sich mit ihrer Habe davongemacht hatte. Wie lange sie bereits fort gewesen war, als ein Knecht vergebens für seine Herrschaft Hilfe erbitten wollte, vermochte niemand genau zu sagen.

Vielleicht würde es bei mir ähnlich sein. Sie würden sich noch ihre Mäuler über mich zerreißen, wenn ich längst nicht mehr hier in meinem Elend hockte. Meine Entscheidung stand fest. Ich wollte das Glück auf der anderen Seite von Rotenburg suchen. Ein letztes Mal schaute ich mich zu dem mir vertraut gewordenen Heim um und las die verwitterte Inschrift auf der Giebelseite: »An Gottes Segen ist alles gelegen«.

So soll es kommen, dachte ich und warf mein kleines, armseliges Bündel über die linke Schulter. Darin war alles, was mir an materiellen Dingen geblieben war. Selbst den Hof hatte ich in meiner Not verkauft. Aber ich wollte ohnehin nie wieder zurückkehren. Nichts weiter konnte ich von hier mit fortnehmen als meine Freiheit, meinen Fleiß und meine Redlichkeit. Selbst meine lieben Eltern musste ich auf dem Ahauser Friedhof zurücklassen.

Ich folgte dem schmalen Sandpfad zur Zwillingsbirke und bog dort nach rechts ab. Im Ort folgte ich der Dorfstraße nach links. Nach zehn Gehminuten kam ich auf die Verbindungsstraße nach Rotenburg. Hier wandte ich mich in Richtung Rotenburg und erreichte binnen zwanzig Minuten auf direktem Wege die kleine Bahnstation in Unterstedt. Meine letzten Pfennige reichten gerade noch für einen Fahrschein. Als die Dampflok fauchend zum Stehen kam, bestieg ich den 15-Uhr-Zug in östliche Richtung. In Rotenburg würde ich mich umhören und vielleicht zu Pfingsten bereits einen neuen Dienstherrn gefunden haben.

»Leb wohl, altes Leben«, sprach ich leise. »Ich lasse dich hier zurück, mach es gut. Verfolge mich nicht, gib mich frei. Ich für meinen Teil werde dich nicht wieder heimsuchen.«

Lange hatte ich gebraucht, um meine Vergangenheit loszulassen. Doch nun war ich bereit. Und wenigstens hatte mir mein ehemaliger Dienstherr auf Drängen Pastor Riehls trotz allem noch ein vernünftiges Zeugnis ausgestellt. Nun würde ich einen Ort finden, wo meine Tränen nicht mehr flossen, die Geschichten aus Ahausen keine Rolle spielten.

Inferno

Die wirtschaftlichen Zeiten waren nicht gut und so verzichtete man auf dem Timpenhof darauf, als Ersatz für Grete eine neue Magd einzustellen. Stattdessen kam die Witwe Clüver bei Bedarf vorbei und verdiente sich mit der Verrichtung der Hausarbeit einige Pfennige. Maria musste sich die Schlafkammer nun mit der ältesten Tochter vom Timpenhof teilen. Das Mädchen war zweifelsfrei ein nettes Geschöpf, trotzdem vermisste Maria ihre Freundin Grete. Mit wem sollte sie sich jetzt austauschen und kleine Geheimnisse teilen? Auch konnte sie mit der Tochter des Hauses nicht über ihre Probleme bezüglich ihrer Dienstherrschaft sprechen.

Gretes Brautstrauß hatte Maria nach der Hochzeitsfeier an einem Band kopfüber in der Kammer aufgehängt und getrocknet. Dort hing er immer noch, obgleich schon acht Jahre vergangen waren. Grete hatte in der Zwischenzeit mehrere Kinder geboren und stand nun einem großen Haushalt vor. Anscheinend verwendet sie das Abschiedsgeschenk zur Empfängnisverhütung von Gesche nicht, dachte Maria. Oder zumindest benutzt sie es nicht richtig. Ein wenig beneidete sie ihre Freundin, denn für Maria hatte sich immer noch kein geeigneter Ehekandidaten gefunden. Fast hatte sie sich damit abgefunden. Dennoch fieberte sie allen Festen entgegen, die neue Bekanntschaften versprachen. So auch nun.

Anfang Februar versammelten sich die ledigen jungen Männer im Dorf zum Eierlaufen. Das Bimmeln eines Glöckchens am Hals eines zottigen, alten Ziegenbocks kündigte die Eierläufer auf dem Timpenhof an und Maria eilte erwartungsfroh aus der Diele auf den Hof. Dort kamen ihr zwanzig angetrunkene Mannsbilder entgegen, musizierend und einen Ziegenbock vor einem Karren führend. Von den gedrehten

Hörnern des braven Tieres baumelte eine fette Wurst herab, die die Burschen von einem Bauern gespendet bekommen hatten. Ein Volltrunkener ruhte schlafend in dem holpernden Ziegenkarren.

Maria briet eine große Pfanne voll Spiegeleier mit etwas Speck, die von den Männern gierig verspeist wurden. Der Hausherr spendierte dazu eine Flasche selbstgebrannten Holunderschnaps. Die Flasche kreiste bis zum letzten Tropfen, wobei der Bursche den restlichen Schnaps bekommen sollte, der den Ziegenbock auf den Hintern küsste. Da die Männerrunde wohl schon einige Flaschen geleert hatte, gab es gleich mehrere Kandidaten, die sich um den letzten Schluck aus der Pulle bewarben.

Zum Dank für Speis und Trank spielte die feucht-fröhliche Runde schließlich zum Tanz auf und einer der Burschen ergriff Maria und zerrte sie ungelenken über die Diele. Ihre Holzschuhe waren zum Tanzen denkbar schlecht geeignet und so stolperte sie unglücklich mit ihrem Galan zur Musik. Immer enger presste er sich an Maria, die ihm das abhandengekommene Gleichgewicht ersetzen sollte. Als er dann noch versuchte, sie zu küssen, war der Spaß für Maria endgültig vorbei.

»In deinem Zustand kannst du auch mit dem Ziegenbock vorlieb nehmen!«, schimpfte Maria ihren schwankenden Tänzer aus. »Den hast du dir eh schon schön getrunken und das gute Tier ist geduldiger als ich.« Mit diesen Worten befreite sie sich aus der erdrückenden Umklammerung. So groß ihr Wunsch nach einem geeigneten Ehemann auch war, diese grobe Form der Annäherung liebte Maria überhaupt nicht. Auch fürchtete sie, dass sie noch ärger bedrängt würde und sich die Leute das Maul zerreißen würden. Und für ein wenig Spaß im Heu war sie nicht mehr zu haben. Ihre Schwangerschaften und die daraus entstandenen Nöte, hatte sie nicht vergessen.

Trotzdem erfreute sie sich an der guten alten Sitte im Ort, wenn die Eierläufer mit Musik, einem Karren für die Gaben und einem Schweinskopf auf einem Besenstiel ausgerüstet von Haus zu Haus zogen. Es war einer der wenigen Späße in dieser schlechten Zeit. Allerdings vergaß so manch angetrunkener Bursche dabei die einfachsten Regeln guten Benehmens. Maria war nicht gewillt, Opfer eines solchen Vorfalles zu werden, dass zeigte sie den Mannsbildern deutlich. In den nächsten Tagen würden ohnehin wieder die kuriosesten Geschichten die Runde durchs Dorf machen.

So staunte auch Maria nicht schlecht, als der Mann nun seinen Schnaps mit dem Ziegenbock teilte und behauptete, er hätte sich Marias Worte zu Herzen genommen. Der Ziegenbock wäre in der Tat die hübscheste Maid, die er seit dem Morgen zu Gesicht bekommen hätte. Frechheiten gedachte Maria sich überhaupt nicht gefallen zu lassen und so übergoss sie den dreisten Kerl mit einem Eimer kaltem Wasser, damit er wieder besser über das nachdenken könne, was aus seinem Munde herauskäme.

»Der Ziegenbock ist dir unzweifelhaft überlegen«, sprach Maria erbost auf den nassen Mann ein. »Er ist intelligenter, sieht besser aus, trinkt weniger und aus seinem Mund kommen keine Frechheiten hervor.« Doch da hatte sie sich getäuscht. Auch das Tier war offensichtlich im Trinken geübt und forderte immer wieder einen Teil des Schnapses für sich. Der Bock wurde immer übermütiger, schließlich konnte er seine vier Beine nicht mehr ordentlich koordinieren und fing an zu torkeln. Kurz entschlossen hievte man das arme Tier mit in den Karren und zog es. So wankte die lustige Gesellschaft zum nächsten Hof, um dort neue gute Gaben zu empfangen.

Niemand ahnte, dass wenige Monate später einige der fröhlichen Eierläufer zum Militärdienst einberufen würden.

Mit dem Attentat auf den österreichischen Thronfolger Franz Ferdinand am 28. Juni 1914 in Sarajevo brachen schlimme Zeiten an. Mitten in der Roggenernte erklärte Deutschland am 1. August 1914 zunächst Russland und zwei Tage darauf Frankreich den Krieg.

Konnten anfänglich die Felder rund um Ahausen noch trocken abgeerntet werden, setzte bald Regen ein. Doch schlimmer als der Regen traf die Bauern die Mobilmachung. Ein lautes Hornsignal durchdrang die mittägliche Ruhe. Der Ortsvorsteher Intemann rief so die Bevölkerung herbei und verlas mit kräftiger Stimme die neueste Verordnung. Viele gespannte Zuhörer umringten ihn, darunter auch die Menschen vom Timpenhof. Die ersten Soldaten mussten sich bereits am folgenden Tag in Bremen zum Kriegsdienst melden. Es folgte eine lange Liste mit Namen von Betroffenen. Ihnen blieb kaum Zeit, die begonnene Erntearbeit zu Ende zu bringen und Abschied zu nehmen.

An jedem Abend kamen die verbliebenen Einwohner Ahausens im Dorf zusammen und vernahmen vom Dorfvorsteher weitere Anordnungen, denn die Rotenburger Zeitung erschien nur an vier Tagen pro Woche. Der Regen blieb und die Ernte ging nicht voran. Auch fehlten die Männer. Jeden Tag traf es einen anderen Hof, manchmal mussten zeitgleich der Vater und die ältesten Söhne den Kriegsdienst antreten. Die Frauen versuchten durch immense Anstrengungen, die fehlenden Arbeitskräfte zu ersetzen. Die Ernte war wichtig, gerade in solchen Zeiten. Sonst drohte neben den Kriegsunruhen auch noch der Hunger.

Viele Soldaten marschierten mit Begeisterung in den Krieg, galt es doch, dem Vaterland zu dienen. An einem Montag im August fand schließlich die Pferdeaushebung in Rotenburg statt. Die Stadt quoll über vor Menschen und Tieren. Überall herrschte eine angespannte Erwartung. Alle geeigneten und entbehrlichen Tiere wurden für das Militär eingetrieben. Das Dorf leerte sich merklich.

Am Ende mussten fünfundachtzig Männer in den Krieg ziehen, zehn von ihnen würden nicht wieder nach Hause zurückkehren.

Stattdessen waren einige Kriegsgefangene in den Ort gekommen. An der Ahauser Mühle lebten sie in einem Lager und kamen zur Arbeit in das Dorf. Russen, Belgier und Franzosen mussten die eingezogenen Bauern ersetzen, wobei ein Aufseher sie stets im Auge behielt. Je länger der Krieg andauerte, umso mehr fehlte es an allem. Mehl, Petroleum, Reis und Zucker waren besonders knapp. Glücklicherweise war die Honigernte über die Maßen gut, sodass wenigstens damit ein Geschäft zu machen war. Den begehrten Honig tauschte man gegen Schuhe, Zucker und Petroleum. Neue Kleidung gab es ebenfalls kaum zu kaufen. Aus alten Kleidungsstücken wurden neue geschneidert, manches machte man in der Not auch aus Papier.

Maria versuchte, den Kriegsjahren mit Optimismus entgegenzutreten. Ausgerechnet in diesen schlechten Zeiten fühlte sie sich ausgezeichnet, was wohl hauptsächlich an einem russischen Kriegsgefangenen aus Smolensk lag. In den Tiefen ihrer Schürze verbarg sie stets eine kleine Aufmerksamkeit, die sie ihrem Schwarm in unbeobachteten Momenten zusteckte. Er revanchierte sich mit zärtlichen Worten in russischer Sprache, die Maria dann ihrem Gefühl folgend für sich ins Deutsche übersetzte. Er blieb noch zwei Jahre nach Kriegsende im Dorf und arbeitete überall, wo man seine Dienste nachfragte. Die freie Zeit verbrachten Maria und er gemeinsam, bis er plötzlich zurück in seine russische Heimat reiste.

Das Heimweh war stärker gewesen als die Zuneigung zu Maria. Wieder blieb sie auf dem Timpenhof zurück. Ihren Kummer behielt sie für sich. Lediglich einen befreundeten Fuhrmann aus dem Dorf bat sie, bei seiner nächsten Tour nach Kirchwalsede bei Grete vorzusprechen und ihr auszurichten, dass der Russe nach Hause zurückgekehrt und sie wieder alleine sei.

Grete hatte es die ganze Zeit nicht verstanden, dass die beiden nicht längst geheiratet hatten. Jetzt hätte Maria ihm folgen konnte. Er war zwar Russe, aber trotzdem ein anständiger Kerl. Gemeinsam hätten sie sich eine sicherere Existenz aufbauen können und auch für Kinder wäre es nicht zu spät gewesen. Allzu gerne hätte sie ihre Freundin besucht, um ihr Trost zu spenden. Doch seit der Geburt ihres neunten Kindes fühlte Grete sich oft sehr schwach. Und ihr Zustand verschlimmerte sich sogar noch. Die Kinder kamen einfach zu schnell hintereinander, ihr Körper war dafür nicht geschaffen. Gesche hatte recht behalten mit der Einschätzung ihrer körperlichen Konstitution, als sie ihr den Apparat zur Hochzeit schenkte.

Gretes Mann hatte jedoch ablehnend auf das Geschenk reagiert, als sie die Vorrichtung dann doch in der Nähe des Bettes auf hängen wollte. So hatte er den Apparat an sich genommen und seit dem war er verschwunden, ohne dass Grete ihn je hätte benutzen können. Ihr blieb nun nur die Methode mit den getränkten Schwämmchen, um Schwangerschaften zu verhindern. Doch Gesche hatte sie gewarnt: Diese Methode war nicht sonderlich sicher, wenn das Schwämmchen nicht richtig platziert war.

Aufgrund der Schwäche hatte Grete nur einen kurzen Brief geschrieben, in dem sie Maria versprach, ihr für einige Tage Gesellschaft zu leisten, sobald sie wieder genesen sei.

Am Morgen des 2. Oktober 1920 erhielt Maria die traurige Nachricht. Im Alter von nur 36 Jahren war Grete am 30. September nach tagelangem hohen Fieber an einer Blutvergiftung gestorben. Sie hatte sich Schmutz in eine Wunde am Bein gerieben. Die aufgekratzte Stelle hatte sich entzündet und unaufhaltsam hatte die Blutvergiftung schließlich zum Tode geführt. Die Beerdigung fand zwei Tage später in Westerwalsede statt.

Mit einem Taschentuch tupfte Maria sich die Tränen von ihrer Wange. Es war jenes feine Tuch, das Grete ihr 15 Jahre zuvor als Abschiedsgeschenk überreicht hatte. Diese Erinnerung trieb immer neue Rinnsale aus Marias Augenwinkeln die Wangen hinunter, bis sich die salzige Flüssigkeit auf den Lippen sammelte. Ein Landarbeiter hatte die schlechte Nachricht zum Timpenhof überbracht, bevor er sein eigentliches Ziel, die Stellmacherei, aufsuchte.

Maria konnte es nicht fassen. Obwohl Grete bereits viele Jahre bei ihrem Mann gelebt hatte, hatten die beiden Frauen ihre Freundschaft durch regelmäßige Besuche aufrechterhalten. Lieferte Gretes Mann Heinrich Dietrich sein selbstgebrautes Bier in Ahausen aus, war sie ein ums andere Mal mitgekommen, um ihrer Freundin einen Besuch abzustatten. Häufig brachte sie ihre kleineren Kinder auf diesen Ausflügen mit. Grete hatte mit ihr gescherzt, sie ermahnt und getröstet. Jetzt würde sie nicht mehr kommen.

Neben ihrer eigenen Trauer erfüllte auch Mitgefühl mit Gretes Mann und den Kindern Marias Herz. Nun mussten die Kleinen ohne die Mutter aufwachsen und was dies bedeutete, wusste Maria aus eigener leidvoller Erfahrung nur zu gut.

Maria hatte gleich zwei ihrer freien Tage genommen und war zu Fuß die 8 Kilometer nach Westerwalsede gelaufen, um an Gretes Beerdigung teilzunehmen. Gretes Beisetzung fand unter großer Anteilnahme statt. Rahnhorst verfügte weder über eine eigene Kirche noch über einen Friedhof. So fand Grete im Familiengrab neben ihrer Schwiegermutter ihre letzte Ruhestätte. Marias Tränen quollen wie kleine Sturzbäche hervor, als der schmucklose Sarg in die feuchte Erde hinabgelassen wurde. Heinrich Dietrich und die gemeinsamen Kinder standen verloren beieinander. Wie hatte Grete ihnen das antun können? Sie war eine liebevolle Mutter und auch Ehefrau gewesen. Warum hatte die Gabe des Zweiten Gesichtes sie nicht vor ihrem eigenen traurigen Schicksal bewahrt?

Doch nicht alle trauerten um Grete. Die Nachricht vom Ableben der einstigen Magd bestimmte die Gespräche in Ahausen. Viele erinnerten sich noch gut an die spinnerte junge Frau und ihre Prophezeiungen. Und manch einer spürte Erleichterung über ihren Tod. Einige gaben sogar ganz lautstark der Hoffnung Ausdruck, dass die vorausgesagte Feuersbrunst nun doch nicht eintreffen würde. Grete war gestorben und das Dorf war bis zum heutigen Tage nicht zu Schutt und Asche verbrannt. Die junge Frau würde wohl kaum über ihren eigenen Tod hinausgeschaut haben, glaubten viele der Dorfbewohner. Man kam gemeinschaftlich zu dem Schluss, dass Gretes Ende ebenfalls das Ende ihrer Visionen sei.

Die folgenden Monate schienen dies zu bestätigen. Der trockene Herbst und auch der bitterkalte Winter verliefen ohne einen einzigen Brandeinsatz. Auch das warme Frühjahr sorgte für wenig Aufregung in dieser Beziehung. Die Menschen gingen ihren Arbeiten nach.

Die Jahre gingen ins Land und das Dorf wuchs beständig weiter. Die Prophezeiungen der Grete gerieten in Vergessenheit.

Drei Jahre nach Gretes Ableben bahnten sich ihre einstigen Prophezeiungen dann doch wieder zaghaft in das Bewusstsein einzelner Personen. Zunächst tief verborgen unter den Erinnerungen vieler Jahre, gelangten sie zurück in das kollektive Gedächtnis der älteren Bevölkerung.

Die Anzeichen hatten sich schon lange gemehrt. 18 Jahre zuvor hatte die Behrendsche Bäuerin, nachdem sie mehreren Söhnen das Leben geschenkt hatte, ein kleines Mädchen geboren. Schon damals hatten sich schlimme Ahnungen in die erste Freude über die glückliche Geburt gemischt. Hinter vorgehaltener Hand hatten die älteren Frauen gemunkelt: »So wird es doch eine Braut geben, die zur Mühle heiratet!«

Aber nun war schon sehr viel Zeit vergangen, seitdem Grete das große Feuer vorhergesagt hatte. Man bezweifelte, dass alle Details von Gretes Visionen richtig überliefert waren. Die Hysterie vergangener Zeiten hatte sich gelegt und so blieb nur ein diffuses Gefühl der Bedrohung bestehen.

Dennoch ließ sich nicht leugnen, dass gewisse Teile der Vorhersage sich erfüllten. Ein dunkles Fohlen, welches der Bauer vom Behrendshof erworben hatte, wuchs sich unerwartet zu einem prächtigen Apfelschimmel aus. Also gab es neben der möglichen Braut, auch wenn sie noch nicht einmal laufen konnte, einen Schimmel auf dem Hof.

Die Jahre vergingen, das kleine Mädchen vom Behrendshof entwickelte sich zu einer hübschen jungen Frau. Dann war ein zweiter Schimmel auf den Behrendshof gelangt. Diesen Handel hatte der Bauer nicht beabsichtigt, doch das Tier war die einzige Entlohnung, die ein Schuldner anbieten konnte, und so hatte der Bauer eingewilligt.

Und nun verheiratete sich die erstgeborene Tochter des Behrendshofes in der Tat mit dem Müller der Ahauser Wassermühle und zog am Tage der Hochzeit zu ihrem frisch angetrauten Ehemann. Und so sah sich der Bauer mit heftigen Vorwürfen konfrontiert.

»Wie konntest du das zulassen?«, sprachen die Ahauser den alten Behrendsbauern in den folgenden Tagen ängstlich an. »Wie konntest du die beiden Schimmel vor der Hochzeitskutsche anspannen? Hast du nicht an die verrückte Grete gedacht, die von ihrem Zweiten Gesicht durch das Dorf gehetzt wurde und genau das voraussagte? Zehn Jahre nach dieser Hochzeit soll das Dorf in Schutt und Asche liegen und wenn es geschieht, dann hast du deinen Anteil daran.«

Die alte Angst griff wieder um sich, jetzt, da so viele vorausgesagte Dinge eingetroffen waren. Es war wieder an der Zeit, wachsam zu sein. Sie mussten sich auf das Feuer vorbereiteten und zwar so, dass es gar nicht erst zu dieser großen Katastrophe kommen konnte. Wie konnte man dies bewerkstelligen? Erneut bildeten die Dorfbewohner Feuerwachen, um dem prophezeiten Schicksal zu entgehen. Woche um Woche, Monat um Monat patrouillierten sie die Dorfstraße entlang, hielten nach Glutnestern Ausschau. In den folgenden Jahren durften sie nicht nachlassen in ihrer Aufmerksamkeit. Wer wusste schon, wie genau die Grete die Zeitspanne wirklich gewusst hatte? Sie mussten zu jeder Zeit wachsam und vorbereitet sein, dann konnten sie vielleicht das Schlimmste verhindern.

1924 war ein völlig verregnetes Jahr. Der Bach trat mehrfach über das Ufer und das Hochwasser verdarb einen Großteil des geschnittenen Grases. Für den Winter konnte nicht genug Heu auf die Dachböden gebracht werden, sodass die Anzahl der Stalltiere stark reduziert werden musste. Obst und Gemüse faulten im Garten und die Wäsche blieb klamm. In den Häusern machte sich ein modrig feuchter Geruch bemerkbar.

Im folgenden Jahr, das sehr trocken war, brannte an einem Sonntagvormittag vor Pfingsten das Haus Nr. 7 nieder. Panikartig liefen die Dorfbewohner herbei, um den Brand schnell unter Kontrolle zu bringen. Einige nässten sogar vorsichtshalber ihre eigenen Hausdächer mit Wasser ein, damit das Feuer nicht so einfach überspringen konnte. Der anscheinend ahnungslose Hausbesitzer Hoops war mit dem Fahrrad nach Rotenburg gefahren, als sich das Feuer auf dem Dachboden entzündete. Bei seiner Rückkehr fand er zu seinem Entsetzen nur noch Schutt und Asche vor.

Im Januar 1928 brannte es erneut. Am 17. Januar entstand am Haus Nr. 18 ein weiterer Totalschaden durch Brandstiftung. Gut zwei Monate später, am 14. März 1928, kam der Besitzer in Untersuchungshaft, da er selbst der vermeintliche Täter war.

Jedes Mal war die Dorfgemeinschaft in heller Aufregung. Aufgrund der guten Organisation der Löscharbeiten gelang es der Feuerwehr aber immer, ein Übergreifen der Flammen auf benachbarte Gebäude zu verhindern. Der von Grete vorausgesagte große Brand blieb weiterhin aus.

Immer wieder machte das Wetter dem Dorf zu schaffen. Im Februar 1929 zeigte sich der Winter von seiner kältesten Seite. Bei scharfem Ostwind fiel das Thermometer nachts auf minus 26 Grad. Auch in den Häusern sanken die Temperaturen in den einstelligen Bereich bis kurz vor die Frostgrenze.

Menschen und Tiere froren erbärmlich, auch auf dem Timpenhof. Maria atmete auf, als es endlich wärmer wurde. Ihre Hände schmerzten bei der Eiseskälte, sodass sie ihre Handarbeiten nur mühsam erledigen konnte. Die winterlichen Temperaturen hielten jedoch bis zum Frühjahr an und sorgten dafür, dass noch im Juni Frost im Moor war, der beim Torfstechen mit Äxten beseitigt werden musste.

Am 30. März 1933 brannte das 1799 erbaute Haus Nr. 30. Die Feuerglocke schreckte die Dorfbewohner um 3.30 Uhr aus den Federn. Aus ungeklärter Ursache fing das mit Stroh gedeckte Gebäude Feuer und brannte innerhalb weniger Stunden komplett nieder. Zwei Pferde, acht Milchkühe und zwei Kälber fanden den Tod und das Wohnhaus wurde mit sämtlichem Inventar völlig vernichtet.

Auch Maria wurde von der Feuerglocke aus dem Schlaf gerissen. Durch das kleine Fenster ihrer Schlafkammer fiel der glutrote Schein der Flammen, der den gesamten Nachthimmel erhellte. »Das ist der Brand, den Grete vorausgesagt hat«, schoss es Maria durch den Kopf. Sie wurde von Panik erfasst. Der Timpenhof stand keine 100 m von dem brennenden Gebäude entfernt. Deutlich hörte sie das Bersten der brennenden Fachwerkbalken, während sie sich schnell ankleidete. Sie hoffte inständig, dass Grete Recht behalten und der Timpenhof von der Feuersbrunst verschont bleiben würde.

Maria half wie alle Dorfbewohner so gut sie konnte beim Wasserschleppen aus dem nahe gelegenen Auebach. Dennoch waren weder Haus noch Tiere zu retten. Zwar hatten die Bewohner keinen körperlichen Schaden genommen, aber sie standen nun vor dem Nichts. Doch die Erleichterung im Dorf war groß. Die Prophezeiung wurde ein ums andere Mal gebannt, so auch diesmal. Nur der Mahnkenhof fiel den Flammen zum Opfer.

Pfingsten 1933

Das Frühjahr und der beginnende Sommer waren heiß und trocken. Die Trockenheit war so arg, dass der Ackerboden von Rissen aufgebrochen war und die gekeimte Saat des Getreides zu verdorren drohte. Der lebhafte Wind trieb feine Staubwolken durch die Gassen und Winkel des Ortes. Das sandige Gefühl in Mund, Augen und Haaren verfolgte die Menschen überall.

Mit wütenden Schritten lief die junge Frau in ihren Holzschuhen zum Brunnen und füllte einen alten Eimer mit Wasser. Sie wischte sich mit dem Handrücken über die schweißnasse Stirn. Es war noch früh am Vormittag, aber die Temperaturen kündigten bereits einen heißen Tag an. Dann überquerte die Bäuerin des Hoyerhofs mit dem vollen Eimer die Dorfstraße und ging zu den mit Heidestreu und Stroh gedeckten Häuslingshäusern. Arbeit hatte sie doch auch so weiß Gott genug.

Seitdem Franziska Paulsen vor Jahren Otto Paulsen aus Haberloh geehelicht hatte, bewirtschafteten sie den Hoyerhof in Ahausen gemeinsam. Es war Franziskas elterliche Hofstelle und ihre Eltern lebten als Altenteiler weiterhin mit ihnen hier. Zwei Söhne hatte sie geboren und den einen verfluchte sie im Augenblick, da er wieder diesen Unsinn getrieben hatte, der ihr die zusätzliche Arbeit bescherte. Normalerweise nahm das Leben seinen gewohnten Gang. Mit den Hühnern aus den Federn, die Haus- und Hofarbeit erledigen und so ganz nebenbei die Kinder großziehen. Manchmal wünschte sie sich eine freie Stunde, einen Augenblick zum Verschnaufen. Doch seitdem die Eltern keine Arbeiten mehr übernehmen konnten und stattdessen ebenfalls wie die Kinder versorgt werden mussten, blieb für sie selbst keine Minute mehr zum

Ausruhen. Tag um Tag ging das so und sie spürte ihre Kräfte schwinden. Und das, was sie hier sah, hatte ihr gerade noch gefehlt.

Wieder hatten ihr älterer Sohn Hans-Georg und sein Komplize Kreide aus der Schule stibitzt, um dann in einem unbeobachteten Augenblick erneut sämtliche Hauswände und Eingänge mit Schmierereien zu versehen. Und das am Pfingstfest! Ausgerechnet am Hause des kinderlosen Ehepaares von gegenüber, das sich immer schon durch die Streiche der Kinder gestört fühlte. Der Nachbar hatte sie bereits einmal zur Rede gestellt, als er beobachtete, wie die beiden Bengel mit großer Begeisterung Schreib- und Zeichenübungen an seinem Haus, in und an der Scheune vollführten. Dicke weiße Kreidekreuze hatten sie auf die Scheunentür gemalt und auch vor dem Inneren der Scheune nicht halt gemacht. Damals hatte ihr Gatte den beiden Jungen mit kräftiger Hand ins Gewissen geredet. Sie hatte erwartet, dass die beiden Schmierfinken sich länger an die schmerzhafte Strafe erinnern würden.

Aber da habe ich mich wohl geirrt, dachte sie ärgerlich.

Besondere Freude hatte es dem erbosten Nachbarn bereitet, den Lehrer von den stümperhaften Schreibversuchen der Jungen im Scheuneninnern zu unterrichten. Pedanterie war seine Passion. So war er zum Haus des Dorflehrers geeilt und hatte diesen mit eindringlichen Worten an den Tatort zitiert. So viele Rechtschreibfehler! War der neue Lehrer denn nicht in der Lage, die deutsche Muttersprache so zu vermitteln, dass seine Schützlinge fehlerfrei mit ihr umgingen? Er müsse doch die schulischen Maßnahmen verstärken und Faulheit und Unwissenheit bei den Pennälern mit Stumpf und Stiel ausrotten. Die Schuldigen würden Schreibübungen in ihrer intensivsten Form benötigten, wenn ihnen der korrekte Umgang mit der deutschen Sprache nicht für immer verborgen bleiben solle. So hatten die Lausbuben ihre Rechtschreibung nach der Sonntagsschule verbessern und üben müssen. Für jeden Schreibfehler ließ der Lehrer sie eine Übung auf der Schiefertafel ausführen.

Rue, Stal, Hun – die Rechtschreibung einzelner Burschen ähnelte eher einem Ratespiel denn einem vernünftigen Text. Schuhe, Truhe und Huhn schrieb man nun mal mit einem Dehnungs-h, auch wenn es nicht zu hören war. So bläute es Lehrer Rosenschön den Kindern nachdrücklich ein. Es bestand schließlich doch ein klarer Unterschied zwischen »wahr« und »war«.

»Unterschlägt der Schreibende das Dehnungs-h, entsteht ohne dessen Wissen aus der deutschen Ruhe die französische Straße: Rue. Hingegen verwandelt sich eine Truhe in das englische True, ohne dass der Schreiber dieses bemerkt! Für wahr, das ist Dilettantismus«, zischte er wütend in Richtung der Schüler.

»Ein deutscher Junge muss sich in der deutschen Sprache auskennen, dies ist so sicher wie das Amen in der Kirche!«, hatte der Nachbar dem Junglehrer eindringlich vorgehalten.

So mussten die Übeltäter nicht nur den Vortrag über sich ergehen lassen, sondern auch jedes falsch geschriebene Wort dreißig Mal in korrekter Form auf der Schiefertafel niederschreiben. Dann erst war der Lehrer zufrieden gewesen und hatte die beiden Schmierfinken entlassen.

Die Strafe und der zusätzliche Schreibunterricht waren wohl nicht hart genug, haben sie in ihrer Wirkung doch nicht sehr lange angehalten, dachte die junge Frau verzweifelt.

Die beiden Jungen waren wieder als Schmierfinken aktiv geworden. Sie würden ihre erneute Strafe bekommen, aber diesmal würde sie selbst dafür sorgen.

Nur jetzt muss ich erst einmal alles in Ordnung bringen, dachte die Bäuerin. Mit etwas Glück hat es noch niemand bemerkt. Danach greife ich mir die Übeltäter.

Zusätzliche Schulstunden brachten die beiden Jungen offensichtlich nicht auf den Pfad der Tugend. Da bedurfte es wohl weiterer handfester Argumente. Und ausgerechnet am Pfingstmontag hatten diese beiden Lauser nichts Besseres zu tun, als überall ihre Schmierereien zu hinterlassen. Dabei begann in Kürze der Gottesdienst und sie trug bereits ihr Sonntagskleid. Schnell beseitigte sie mit dem feuchten Schwamm die Kreidespuren an Haus und Scheune des Nachbarn. Diesmal hatten die beiden glücklicherweise nur die Außenwände der Harmschen Scheune bemalt. Dann suchte sie die Umgebung nach den Jungen ab.

Am Ufer des Auebaches sah sie die beiden mit der Angel stehen. Die Hosen zeigten an den Taschen noch deutliche Kreidespuren. Sicherlich befanden sich noch Kreidereste darin. Schmierten die beiden Strolche auch noch in ihrer Sonntagskluft herum!

Franziska Paulsen war stark erzürnt und so beendeten zwei schallende Ohrfeigen die Angelpartie der Jungs, als auch schon die Glocke zur Andacht rief.

»Seht zu, dass ihr euch sputet. Die Angeln bleiben hier und die Strafe holt ihr euch nach dem Gottesdienst beim Vater ab«, fauchte sie die erschrockenen Jungen an.

Wie aufgeregte Hühner scheuchte sie die beiden vor sich her zum Hof zurück. Glücklicherweise lag der Hof direkt gegenüber der Kirche. Der Weg war kurz. Nur der Sandweg nach Hellwege und der Friedhof befanden sich dazwischen. Die Angeln warf sie mit einer energischen Bewegung an den Rand des Ufers in das hohe Gras. Diese konnten sie sich später wiederholen.

Schnell reinigte sie Hände, Gesicht und Kleidung der Jungen am Ziehbrunnen. Auf dem Hofgelände war niemand zu sehen, alle schienen bereits zum Gottesdienst gegangen zu sein. Schnell folgte sie mit beiden Knaben den anderen Hofbewohnern in die Kirche.

Diese war bis zum letzten Platz gefüllt. Sie mussten sich mit einem Platz in der letzten Reihe begnügen. Fünf Reihen weiter vorne entdeckte sie ihren Mann mit dem Gesinde auf der Kirchenbank sitzend. Ihren jüngeren Spross Jakob konnte sie jedoch nirgendwo entdecken. Aber das war auch nicht verwunderlich. Die kleine Gestalt des Jungen wurde bestimmt von den Erwachsenen verdeckt, sodass sie ihn nicht sehen konnte. Sie machte sich keine weiteren Gedanken darüber.

Räuspern und Husten, leises Rascheln der Kleidung, Stimmen, die flüsternd durch den Kirchenraum hallten. Endlich betrat Pastor Riehl den Altarraum, die Orgel begann zu spielen und der Kirchengesang setzte ein.

Mit geübtem Blick überflog der Pastor die versammelte Gemeinde. Er mochte es nicht, wenn die Mitglieder der NSDAP ihre Gesinnung auch in der Kirche zeigten. Die braunen Uniformen mischten sich immer häufiger unter die ansonsten übliche Sonntagstracht.

Zufrieden stimmte die Bäuerin in den kirchlichen Choral ein. Wenige Minuten später legte sich ihr Ärger über die Kreideschmierereien und ihre Gedanken wandten sich ganz dem Gottesdienst zu. Dabei behielt sie die beiden Übeltäter aber genauestens im Blick.

Niemand hatte sie gerufen, niemand vermisste sie. In ihrem Sonntagsstaat tollten sie, die wärmende Sonne genießend, auf der Suche nach Abenteuern zwischen den Häusern herum. Das war allemal besser, als in der Kirche stillsitzen zu müssen.

Die kleinen Maikätzchen taten es ihnen gleich. Munter jagten sie durcheinander, erregten so die Aufmerksamkeit der beiden Jungen. Die kleinen drei und vier Jahre alten Knaben hatten ihre Freude daran. Als die Katzenkinder durch eine angelehnte Holztür in die Harmsche Scheune hineinschlüpften, folgten die Kinder ihnen neugierig.

Der kleine Jakob wusste, dass das Spielen in der Scheune verboten war. Erst vor einigen Wochen hatte sein älterer Bruder gehörig Schelte bekommen, weil er mit einem Freund hier gespielt hatte. Aber jetzt waren alle in der Kirche, niemand beobachtete sie. Drinnen war es dämmrig und ein bisschen unheimlich. Kleine Löcher im Dach erlaubten es hellen Lichtstreifen, in das Innere einzudringen. In dem Licht tanzten Tausende von Staubkörnchen auf und ab. Auch die Scheunenwände ließen gedämpftes Licht in die Scheune hinein.

Nach wenigen Augenblicken hatten sich die Augen der Kinder an das Halbdunkel gewöhnt. Der gesamte Boden der Scheune war mit Stroh und Heideschnitt bedeckt, welches für die neue Dacheindeckung des Harms-Allermannschen Hofes vorgesehen war. Es piekste, als sie darüberkletterten, stach durch die Sommerhosen. Die gute Kleidung war diesen Strapazen nur mäßig gewachsen, schon zeigten sich erste Flecken und Fäden, die beim Hängenbleiben im Stroh gezogen wurden.

Die kleinen Katzen versteckten sich immer wieder aufs Neue und je näher die Jungen sich heranschlichen, umso schneller entkamen die verspielten Tierkinder. So spannend erlebten die beiden die Scheune heute zum ersten Mal. Ein einziger Abenteuerspielplatz!

Dann erklommen die Katzen einen Balken und verschwanden auf dem Zwischenboden. Hierhin konnten die Kinder ihnen nicht folgen, es war keine Leiter zu sehen. Sorgfältig guckten sich die beiden Abenteurer in der unbekannten Scheune um und entdeckten in der hintersten Ecke einige Gartengeräte. Dicht daneben befand sich eine schäbige, vollgestaubte Futtertruhe, die als Ausgangspunkt für weitere Klettereien geeignet schien. Als sie sich näherten, entdeckten sie, dass die ganze Truhe voller Kreidekreuze war. Es stand auch ein Wort darauf. Und nun fiel es Jakob wieder ein: Deshalb hatte sein Bruder die Prügel bekommen. Er hatte mit seinem Freund Kreide geklaut und herumgeschmiert. Jakob hatte gebettelt, auch etwas malen zu dürfen, aber Hans-Georg hatte ihn weggeschickt. Die Mutter hatte alles säubern müssen, aber diese Ecke war wohl unbemerkt geblieben. Während er seinem Freund noch davon berichtete, entdeckten sie einen kleinen Gegenstand auf der Truhe.

Da lag ein seltsames Päckchen. Es war klein und rechteckig, in ein vergilbtes Papier eingeschlagen und mit fester Schnur umwickelt. Es musste ein wichtiges Geheimnis bergen, denn warum sollte man sich sonst die Mühe machen, so ein kleines Paket zu schnüren? Die kurz geschnittenen Fingernägel der Jungen schafften es nur mühsam, den festgezogenen Knoten des Bandes aufzupulen. Ungeduldig entfernten sie Bastband und Wachspapier. Zum Vorschein kam eine kleine blaue Schachtel. Darauf standen Zahlen und Buchstaben, die sie nicht lesen konnten. Die schmalen Schachtelseiten waren rau und schwarz, rochen merkwürdig schwefelig, wenn man die Nase daran hielt. Übte man ein wenig Druck auf die kurze weiße Seite aus, schob sich eine kleine Papierschublade aus der Ummantelung heraus. Sie erblickten zwei Holzstäbchen mit dicken roten Köpfen darin.

»Das sind Streichhölzer!«, flüsterte der Größere der Beiden aufgeregt seinem Spielkameraden zu. »Wie kommen die
denn hierher?«

»Messer, Gabel, Schere, Licht sind für kleine Kinder nicht!«,
zitierte der Kleinere und grinste.

Es war für beide kein Geheimnis, was man damit anstellen
konnte – und dass dies strengstens untersagt war. Einmal, so
erklärte der Vierjährige stolz, hatte er eine Kerze anzünden
dürfen, und er zeigte seinem Freund, wie man ein Streichholz
entzündete. Doch das Hölzchen zündete nicht richtig, brach
an der Reibefläche entzwei und erlosch sofort.

Nun bettelte der Jüngere, dass er auch Feuer machen
wolle. Großzügig überließ sein Freund ihm das zweite Zünd-
holz und die Schachtel, indem er ihm beides in die Hände
drückte.

Ungeschickt und mit viel Druck rieb der Kleine den dun-
kelroten Streichholzkopf an der Reibefläche entlang. Es roch
schwefelig, als das Hölzchen sich entzündete. Gebannt be-
obachteten die Knaben, wie das Feuer das dünne Stäbchen
verzehrte und in schwarze Asche verwandelte.

Mit einem Ausruf des Schreckens ließ der Junge das brennende Streichholz fallen, als die Hitze seinen Finger erreichte. Sanft landete es im Streu. Für einen Moment schien
es zu erlöschen. Doch dann fraßen die hungrigen Flammen
sich gierig in die trockene Nahrung hinein. Augenblicklich
fing eine Ecke des Strohs Feuer. Es breitete sich rasend schnell
aus. Hektisch traten die Jungen mit ihren Sandalen auf die
Brandstelle, versuchten ängstlich, sie auszutreten. Aber die
Flammen verschlangen das so leicht brennbare Material un-
beeindruckt weiter. Lodernd begann es zu brennen, die Glut
fegte wie ein Sturm in die aufgetürmten Haufen. Schreiend
rannten die Brandstifter aus der Scheune hinaus, gefolgt von

den aufgeschreckten Kätzchen. Hitze und Rauch vertrieben alle Lebewesen aus der Scheune.

Die Jungen liefen in Panik zu Jakob nach Hause zurück, doch dort trafen sie niemanden an. Endlich erblickte sie am Ende der Dorfstraße einen Knecht, der in seinem Sonntagsstaat die Straße entlang zur Kirche schritt. Doch die beiden Jungen zog es vor, sich schnell zu verstecken. Zu groß war ihre Angst vor Bestrafung, war es doch streng verboten, in der Scheune zu spielen. Und vom Feuermachen hatten die Eltern noch nie etwas wissen wollen.

Aber im selben Augenblick nahm der Knecht auch schon den Brandgeruch wahr. Entsetzt sah er die Feuerzungen, die bereits am Dach der Allermannschen Scheune zehrten und dunkle Rauchwolken in Richtung Himmel schickten.

»Feuer, Feuer, läutet die Feuerglocke!« Der Knecht stürzte zur Brandstelle und rief nach der Feuerwache. Laut schreiend rannte er die Dorfstraße entlang, doch niemand schien auf sein Rufen zu reagieren. Wo zum Teufel sind bloß die nichtsnutzigen Kerle von der Brandwache?, dachte er verzweifelt. Doch dann fiel es ihm ein: An jedem Sonntag wurden Männer für die Patrouillen abgestellt. Doch heute war Pfingstmontag. Es war ein kirchlicher Feiertag, alle waren in der Kirche versammelt, so wie zum sonntäglichen Gottesdienst. Doch laut Kalender war es eben ein Montag. Niemand ging heute Brandwache.

Begünstigt durch die ungewöhnliche Trockenheit und den lebhaften Südwind breiteten sich die Flammen rasend schnell immer weiter aus.

Der Gottesdienst hatte gerade erst begonnen und man sang das Ende des zweiten Verses des Pfingstchorals, als plötzlich die Feuerhörner in die Kirche drangen und die festliche Stimmung zerrissen.

»Endlich!«, stöhnte der Knecht. »Irgendjemand hat den Alarm ausgelöst.«

Pastor Riehl horchte auf und hielt beunruhigt inne: »Liebe Gemeinde, es scheint mir angebracht, draußen nach dem Rechten zu sehen. Deshalb unterbreche ich den Gottesdienst für einen Moment, damit wir die Ursache für den Alarm ergründen können.«

Mit diesen Worten eilte Pastor Riehl entschlossenen Schrittes durch die Kirchenreihen auf die Ausgangstür zu. Die Gemeinde erstarrte für einen kurzen Moment, dann kam hektische Bewegung in die Gläubigen. Die gesamte Kirchengemeinde versuchte nun gleichzeitig, das Gotteshaus durch die große Kirchentür zu verlassen. Doch hier brannte es schon. Der brennende Ast einer Linde hatte sich quer vor den Ausgang gelegt und versperrte den Weg nach draußen. Menschen schoben von hinten, vorne drehten sich die ersten in die entgegengesetzte Richtung, um nach einer anderen Möglichkeit Ausschau zu halten, aus dem Kirchengebäude ins Freie zu kommen. Brandgeruch drang in die Kirche und das Wort »Feuer« machte schnell die Runde. Hektisch bewegte sich die in der Kirche gefangene Menschenmasse, bis die Seitentür des Kirchenschiffes geöffnet wurde.

Als sie hinaus drängten, erblickten sie das Unfassbare.

»Es brennt! Feuer!«, schrien aufgeregte Stimmen. »Bringt Wasser, wir müssen löschen!«

Andere bekreuzigten sich und flüsterten leise: »Denkt an die Grete, sie hat es uns prophezeit. Wir entkommen der Katastrophe nicht!«

An drei Stellen brannte es bereits, die elenden Schreie der verängstigten Schweine, Pferde, Hühner und Rinder wurden von den heulenden Feuerhörnern übertönt. Die Feuerwehren wurden alarmiert, auch in den angrenzenden Orten tönte der Alarm durch die Straßen. Mit Hand- und Motorspritzen auf Pferdewagen oder Lkw kamen die Wehren aus Hellwege, Kirchwalsede, Unterstedt, Sottrum und Eversen eilig herbei. Sie hatten den aufsteigenden schwarzen Rauch am Himmel längst bemerkt und sich sofort auf den Weg gemacht.

Glühende Funkenwolken wirbelten durch die Luft, wurden durch den Wind vom Scheunendach zu den umliegenden Häusern, Ställen und Scheunen getragen. Dort gingen sie als Feuerregen nieder und entflammten Dachstuhl für Dachstuhl. Als unglücklicherweise auch die gut gefüllte Räucherkammer des Allermannschen Hofes Feuer fing, nahmen die Flammen unfassbare Ausmaße an. Brennende Rauchwaren wurden durch die Gewalt des Brandes durch die Luft geschleudert. Der Feuersturm trug diese glimmenden Fackeln aus Wurst und Schinken zu weiter entfernten Höfen links und rechts der Dorfstraße. Bald standen auch diese in Flammen.

Die entsetzten Menschen rannten zu ihren Häusern. Verzweifelt trieben sie die schreienden Tiere ins Freie und versuchten, ihr Hab und Gut aus den brennenden Gebäuden zu retten. Jeder fasste mit an, versuchte zu helfen.

Maria dachte an Gretes Worte, bemühte sich, sich an den genauen Wortlaut zu erinnern.

»Den Timpenhof, den müsst ihr nicht räumen. Das Feuer wird ihn verschonen. Aber dem Nachbarn zur Linken müsst ihr beistehen. Hier sieht es zunächst auch gut aus, aber das Dach wird von unten vom Feuer zerfressen werden, sodass es keiner bemerkt, und dann plötzlich wie eine riesige Fackel in den Himmel brennen.«

Trotzdem kümmerte Maria sich als Erstes um die Tiere vom Timpenhof, indem sie sie auf die an den Bach angrenzende Weide brachte. Nach kurzer Rücksprache mit ihrer Herrschaft, die bereits die wichtigsten Haushaltsgegenstände in

Sicherheit gebracht hatte, eilte sie auf die Nachbarschaft und forderte die Hofbesitzer auf, das Haus zu räumen. Doch diese wollten davon nichts wissen, da das Dach ja völlig intakt sei. Maria verzweifelte, ahnte sie doch, was geschehen würde. Zumindest dem Viehzeug wollte sie den Feuertod ersparen und öffnete die Ställe. Dies brachte ihr eine saftige Ohrfeige des Bauern ein, die er jedoch schon wenige Minuten später zutiefst bereute. Mit einem dramatischen Knacken und Knistern verwandelte sich das Dach wie aus dem Nichts in eine meterhohe Fackel. Sie hatten kaum fünf Minuten Zeit, Inventar zu retten, da war es bereits so heiß im Gebäude, dass sich niemand mehr hinein wagte.

Die Männer der Feuerwehr gerieten in einen fürchterlichen Konflikt, wurden sie doch von allen Seiten bedrängt. Wo sollten sie anfangen zu löschen? Erst als Hilfe aus umliegenden Orten eintraf, konnte an vielen Stellen effektiv gegen das Feuer vorgegangen werden. Eine Löscheinheit der Bremer SA eilte vom Bullensee herbei. Mitten in einer Löschübung hatten sie Kenntnis von dem Großbrand in Ahausen erhalten. Mit modernsten Löschfahrzeugen erreichten sie den brennenden Ort innerhalb weniger Minuten. Es war ihre vaterländische Pflicht zu retten, was zu retten war. Die leistungsstarken Feuerspritzen kamen im Zentrum des Brandes zum Einsatz. Mit großem Druck spritzten sie enorme Wassermassen auf die brennenden Gebäude.

Doch das Feuer war heimtückisch. Nicht immer zeigte es sich an der Außenseite der Dächer. Oftmals fraß es sich von unten tief in die weiche Dacheindeckung hinein, um dann in einem unerwarteten Moment mit voller Gewalt hervorzubrechen. Die Dächer puff+ ten geradezu auseinander. Schon stürzten die ersten Dachstühle in das Innere der brennenden Gebäude und zertrümmerten sie vollends. Verstörte Tiere liefen am Rand des Ortes auf den Weiden durcheinander. Entlang der Dorfstraße türmten sich Berge von geretteten Einrichtungsgegenständen: Wäsche, Haushaltswaren, Kleidungsstücke, schlichtweg alles, was den panischen Helfern in die Hände fiel und sich nach draußen schleppen ließ.

Qualm und Hitze breiteten sich entlang der Dorfstraße aus, machten das Atmen schwierig, bissen den Ahausern und den Helfern in Augen und Lunge. Die Menschen mussten ohnmächtig mit anschauen, wie Häuser zerfielen, Inventar verbannte und hilflose Tiere in dem Inferno den Tod fanden. Brennende Schweine rannten erbärmlich schreiend mitten durch das Chaos, versuchten zu entkommen.

Das Flammenmeer wogte unaufhaltsam durch die Dorfstraße und hinterließ eine Spur der Zerstörung. Der Wind trug die aufwirbelnde Asche davon. Die Hitze bildete eine undurchdringliche Barriere, die ein Herankommen an die brennenden Gebäude fast unmöglich machte. Für zwei Pferde, fünfzig Schweine, zwei Kälber und diverses Federvieh kam jede Hilfe zu spät. Sie starben qualvoll in ihren Pferchen den Feuertod.

Innerhalb kürzester Zeit, es vergingen nicht einmal zwei Stunden, lagen elf der dreißig Hofstellen komplett in Schutt und Asche. In den Nachbardörfern ging ein Ascheregen nieder, der die Orte zentimeterdick mit einer grauen Schicht überzog.

Die betroffenen Bauern verloren alles. Hausrat, Werkzeuge, Maschinen, Tiere, Lebensmittel, aber auch lieb gewonnene Erinnerungsstücke, Briefe, Fotografien, Dokumente oder Erbstücke waren unwiederbringlich verbrannt. Vielen Familien wurde durch das Feuer ein Stück ihrer Tradition und Identität geraubt.

Immer wieder blieb Maria fassungslos stehen. Grete hatte es gesagt, dennoch konnte sie nicht glauben, was sich da vor ihren Augen abspielte. Manchmal verlor sie in der Hektik sogar die Orientierung. Verkohlte Mauerreste, schwarze Balken und zerstörte Gebäude wohin Maria auch schaute. Noch furchtbarer aber war es, die Menschen anzuschauen. Zu blankem Entsetzen und hilfloser Verzweiflung gesellte sich zusehends körperliche Erschöpfung.

Das Schicksal hatte Ahausen nicht verschont.

Mai & Juni 1933

*Der Zufall führte mich nach Osten, genauer gesagt in das Dörf-
chen Lauenbrück. Hier war ich schon auf halbem Weg nach
Hamburg. Viele Menschen stachen von dort in See, bepackt mit
Zuversicht und Hoffnung auf eine bessere Zukunft. Sie fanden
sich in der neuen Ordnung des Deutschen Reiches nicht zurecht
und ließen so ihre Heimat zurück. Auch ich war heimatlos und
auf der Suche, aber ich war hier verwurzelt und ich liebte die
Heidelandschaft.*

*Das Tor zur Welt steht mir immer noch offen, wenn für mich
in der Heide kein Platz mehr zu finden ist, dachte ich still. Aber
ein Heideknecht auf einem Schiff? Das war für mich eigentlich
undenkbar. Und tatsächlich kam es anders für mich. Der Tag
hielt eine positive Überraschung bereit!*

*Kaum zwei Stunden hatte ich auf dem Marktplatz in Roten-
burg zugebracht, bis ich mit meinem neuen Dienstherrn einig
wurde. Conrad Holtinghus kam aus Lauenbrück und hatte mit
Erfolg sowohl den Honig als auch seine beiden Heidschnucken
für gutes Geld an den Mann gebracht. Seine große, aufrechte
Statur war imposant und die stahlblauen Augen ließen hinter
dem wettergegerbten Gesicht eine gewisse Bauernschläue vermuten. Er war mit seinen knapp vierzig Jahren ein hervorra-
gender Beobachter, einem Greifvogel gleich, der zunächst das
Revier großflächig sondierte, um dann im passenden Moment
zuzustoßen. Auch mich hatte er wohl eine Weile beobachtet, wie
ich verloren dastand, hin und wieder bei verschiedenen Bauern
erfolglos nach Arbeit fragte. Ich war spät in Rotenburg angekommen und so ging der Markttag schon dem Ende entgegen.
Ich fragte mich, wo ich dann unterkommen sollte? Immer unru-
higer schlich ich um den Markt herum, fragte bei jeder Gelegenheit nach Arbeit und erntete ein Nein nach dem anderen. Gerade*

hatte ich den Entschluss gefasst, mein Glück an einem anderen Ort zu versuchen, da sprach Conrad Holtinghus mich an. Ohne Umschweife bot er mir auf seinem Hof eine Stelle als Knecht an, wobei der Lohn nicht gerade üppig ausfiel. Aber dies war wohl der Nachlass, den ich in meiner Situation gewähren musste.

Per Handschlag hatten wir unsere Abmachung besiegelt und nun saß ich neben diesem verschlossen wirkenden Bauern auf dem Kutschbock und fuhr schweigend zum Immenhoff. Der Vollhof lag links der Lauenbrücker Dorfstraße und machte einen ordentlichen und gepflegten Eindruck. Wohnhaus und Nebengebäude bildeten einen großen Halbkreis. Gemüsegarten und Viehweiden schlossen sich zu allen Seiten an. Üppig blühende Blumen zeigten stolz ihre Farbpracht und makellos weiße Wäsche bewegte sich an der schier endlos erscheinenden Wäscheleine sanft im Luftzug. Der Bauer hatte gute Geschäfte gemacht und allerlei Nettigkeiten für Frau und Kinder erworben.

So ganz verkehrt kann er dann doch nicht sein, dachte ich, und ein ernsthafter Schweiger ist mir allemal lieber als ein dummer Schwätzer. Wer von sich nichts erzählt, wird wohl auch nicht so viel von mir wissen wollen. Im Moment ist dies genau das, was ich gebrauchen kann.

Auch erstaunte er mich direkt nach unserer Ankunft, da er einige Zeitungen mitgebracht hatte. Sollte ich auf eine verwandte Seele getroffen sein, was das Lesen anging?

Sofort wurde ich der Familie vorgestellt und saß kaum eine Stunde später mit allen Hofbewohnern an einem großen, prachtvollen Eichentisch auf der Tenne. Mir gegenüber reihten sich die fünf Kinder dicht gedrängt entlang der Tischplatte. Der Hofherr saß am Kopfende, ihm gegenüber, nahe der Kochstelle, hatte die Bäuerin ihren Platz. Zwei Mägde und ein weiterer Knecht teilten mit uns die deftige Mahlzeit, bei der nur wenig gesprochen wurde. Ich löffelte meine Portion Bratkartoffeln mit

Speck von einem Holzteller. Dazu gab es für alle ein Glas wunderbar gekühltes Bier. Es war ein guter Anfang und ich war fest entschlossen, hier eine neue Heimat zu finden.

Meine ersten Arbeitstage vergingen wie im Traum. Sie waren ausgefüllt mit allerlei Pflichten. Viele Dinge davon waren mir vertraut und meine Arbeit erledigte ich gut und zuverlässig. Schnell hatte der Bauer erkannt, dass ich selbstständiges Arbeiten gewohnt war. Nach zwei Wochen teilte ich nicht nur mir, sondern auch dem anderen Knecht die Arbeiten ein. Dieser war etwas einfältig und froh darüber, den eigenen Kopf schonen zu können.

Die Magd Hannah schien Gefallen an mir gefunden zu haben. Sie suchte meine Nähe, was ich kaum zulassen konnte, da mein Herz noch schwer war von meiner alten Liebe. Innige Vertrautheit scheute ich noch, wollte ich doch die Geschehnisse in Ahausen hinter mir lassen und niemandem davon erzählen. Und ich kannte mich nur allzu gut. Ich hatte ein ehrliches Herz und war ungeübt im Lügen. So vermied ich Gespräche, die mit meinem Vorleben zu tun hatten. Doch Hannah war schon eine nette, attraktive Person ohne leichtfertigen Charakter, vermutete ich. Solange ich keine ernsthaften Absichten ihr gegenüber zeigte, würde sie den Abstand wahren, den ich zu meinem Schutz benötigte. Später, so dachte ich, mag sich dies vielleicht einmal ändern.

An das elektrische Licht musste ich mich zunächst gewöhnen, doch dies geschah erstaunlich schnell. Zu wunderbar waren seine Vorzüge. Die Lampen verströmten weder Geruch noch Qualm, lediglich ein blassgelbes Licht. Warum die Glühbirne Licht spendete, obwohl ich nicht sehen konnte, was aus diesen merkwürdigen Löchern in der Wand herauskam, verstand ich noch nicht ganz. Aber ich würde es mir beizeiten erklären lassen. Außerdem funktionierte die Elektrizität nicht immer einwandfrei. Häufig begann das Licht zu flackern und erlosch so manches Mal. Dann mussten wir wieder mit den alten Tran-lampen vorlieb nehmen. Da dies besonders bei Gewittern häu-fig geschah, empfand ich schon bald ein beklemmendes Gefühl, wenn wir in ihrem Schein beisammen saßen. Ein merkwürdiger Gedanke, war es doch noch vor kurzer Zeit stets so gewesen und mir sehr gemütlich erschienen.

Die Abende waren auch auf dem Immenhoff mit gemein-schaftlicher Arbeit gefüllt. Am Samstag versammelten wir uns stets pünktlich um sechs Uhr am Abend, um bei der Handarbeit gemeinsam Radio zu hören. Der Bürgermeister war der erste Einwohner, der sich diese neue Technik leisten konnte. Dass mein neuer Dienstherr Bürgermeister in Lauenbrück war, hatte er selbst nicht erwähnt. So erfuhr ich dies erst nach einigen Tagen in seinen Diensten durch einen Zufall. Diese Bescheiden-heit mochte ich an ihm, genau wie viele andere Dinge, die ich nach und nach kennenlernen durfte.

In einem Halbkreis mit zwei Stuhlreihen saßen wir dann dicht gedrängt in der Wohnstube vor dem Radio und lauschten der blechernen Stimme des Radiosprechers oder dem neuen Liedgut. Auch die schönen Worte der NSDAP drangen so in die Stube, mit ihrem gewaltigen Hall füllten sie den Raum. Die Stimme Adolf Hitlers wurde uns innerhalb kürzester Zeit sehr vertraut, zumal er doch einen sehr eigenen Redestil pflegte. Misstrauisch nahm ich die Reden auf und beobachtete ihre Wirkung auf meine Mit-menschen. Einige sogen die vermeintlichen Wahrheiten auf wie trockene Erde das Wasser. Meinen neuen Dienstherrn konnte ich diesbezüglich noch nicht einschätzen. Als Bürgermeister wird er sich mit den Parteigenossen der NSDAP aber sicher gut stellen müssen, dachte ich.

Besonders genoss ich jedoch die Mittwochabende. Dann trafen sich alle Hofbewohner unter der elektrischen Lampe in der großen Stube. Beim gemeinsamen Handarbeiten bekamen wir dabei aus der Rotenburger Zeitung vorgelesen. »Man muss wissen, was um einen herum geschieht!«, vertrat der Hofherr bestimmt seine Meinung. »Außerdem schult das Vorlesen den Geist.«

Jede Woche wurde ein Vorleser bestimmt, an die Reihe kam jeder einmal. Entsprechend nervös war so mancher, dem das Lesen nicht gut gelang. Ausgelacht wurde jedoch keiner. Im schlimmsten Fall musste ein Zeitungsartikel eben zweimal gelesen werden, bis er für alle verständlich vorgetragen war. Danach folgten unsere Kommentare zu dem Gehörten, manchmal entstand sogar Streit daraus. Niemals hätte ich vermutet, dass es beim Handarbeiten so gesprächig zugehen konnte wie im Hause meines neuen Dienstherrn. Auf diese Weise waren wir alle gut informiert über die Ereignisse rund um Rotenburg und manchmal auch aus anderen Landesteilen.

Es waren bewegte Zeiten. Die Währungsreform, die Arbeitslosigkeit und nicht zuletzt die kalten Winter hatten großes Elend über die deutsche Bevölkerung gebracht. Oftmals war die Zeitung schneller als die Gerüchteküche, die Neuigkeiten zudem nicht immer wahrheitsgemäß in die umliegenden Dörfer brachte. Deutsche Politik und Adolf Hitler selbst bestimmten häufig die Zeitungsberichte.

In der Woche nach Pfingsten war es erstmals an mir, aus dem Rotenburger Anzeiger vorzulesen. Ich freute mich schon darauf, konnte ich doch so zeigen, dass ich ein geübter Leser war. Ein flüssig gelesener Text erfreute die Zuhörer mehr als ein holprig vorgetragener und erleichterte die Auffassung des vorgetragenen Inhalts.

»Zeitung vom 9. Juni 1933«, begann ich stolz. Ich las gut und auch das richtige Betonen der einzelnen Worte und Satzteile lag mir wirklich am Herzen. Die Abbildung der deutschen Delegation zur Weltwirtschaftskonferenz in der linken oberen Ecke der Seite zog als Erstes meine Aufmerksamkeit auf sich. »An der Weltwirtschaftskonferenz, die am 12. Juni in London zusammentreten wird, werden folgende Persönlichkeiten als Vertreter Deutschlands teilnehmen: Reichwirtschaftsminister Dr. Hugenberg, Reichsaußenminister von Neurath, Reichsfinanzminister Graf Schwerin von Krosigk, Reichsbankpräsident Dr. Schacht«, las ich meinen ersten Artikel vor. Dann zeigte ich den Anwesenden die vier abgebildeten Fotos. Ein größeres Bild unterhalb des Hauptartikels weckte dabei bei meinen Zuhörer mehr Interesse. Eingefallene Teile eines Hofes, aus dem noch der Rauch aufstieg, vom Brand schwarz verkohlte Balken, entsetzte Menschen, die davorstanden, und einige SA-Männer mit Feuerspritzen waren auf dem Foto abgebildet. Ich zeigte die erschreckende Szene allen Anwesenden und las die Bildunterschrift laut vor: »Anwohner stehen vor den Resten der Feuerkatastrophe«. In großen Lettern wurde der halbseitige Zeitungsartikel angekündigt: »Großfeuer in Ahausen. Elf Gehöfte mit Nebengebäuden niedergebrannt. 2 Pferde, 50 Schweine, zahlreiches Federvieh verbrannt. Der Schaden beträgt ca. 250.000 Reichsmark.«

Angesichts der beschriebenen Ereignisse hingen alle Zuhörer an meinen Lippen, begierig, von dem Geschehenen zu hören. Auch ich war gespannt, was sich am Pfingstmontag Furchtbares zugetragen hatte. Aber ich war so auf das Lesen konzentriert, dass ich im ersten Moment nicht realisierte, dass es sich um mein altes Heimatdorf handelte.

Doch während ich fort fuhr wurde es mir allmählich bewusst: »Nachdem erst im Monat März ein Großfeuer in unserem Ort gewütet hatte, wurde am gestrigen Pfingsttag unser kleines Heidedorf von einer Brandkatastrophe heimgesucht, wie sie im Kreise Rotenburg bisher nicht ihresgleichen hat. Am 2. Pfingsttag, dem 5. Juni 1933, vormittags um 9 ¾ Uhr entstand wieder ein Schadenfeuer. Während ein großer Teil der Einwohner …«, an dieser Stelle durchfuhr mich ein Schock, das Blut wich aus meinem Kopf, mein Mund wurde trocken. Ich täuschte einen Hustenanfall vor, um Zeit zu gewinnen, einen kleinen Moment, in dem ich meine Gedanken ordnen konnte. Es gelang mir nur zögernd und stockend weiterzulesen, sodass die Anwesenden mir ungeduldige Blicke zuwarfen und ernsthaft an meinen Qualitäten als Vorleser zweifelten.

»... der Einwohner Ahausens in der Kirche versammelt war, ertönten plötzlich die Feuerhörner durch die Stille des vereinsamten Dorfes.«

Das war zu viel für mich. Hatte Gott am Pfingstmontag sein Urteil über meine alte Heimat gesprochen? Hatte ich Anteil an einer Katastrophe? Ich zwang mich zur Ruhe, atmete einige Male tief ein und aus, dann las ich den Zeitungsartikel weiter vor: »Herr Pastor Riehl brach sofort den Gottesdienst, der soeben begonnen hatte, ab und forderte sämtliche männliche Kirchenbesucher auf, die Löscharbeiten in Angriff zu nehmen. Das Feuer nahm seinen Ausgang vom Gehöft des Pächters Allermann, auf dem ein vierjähriges und ein dreijähriges Kind mit Streichhölzern gespielt hatten.«

Die Streichhölzer! Konnten sie wirklich so viele Wochen unbemerkt in der alten Scheune gelegen haben, bis zwei unglückselige Kleinkinder sie dort fanden? Und war dies mein Ziel gewesen? Konnte Gott mein Bitten und Flehen so sehr missverstanden haben?

Die anderen drängten mich. Ich solle nicht so aufgeregt sein, nicht ständig Pausen beim Lesen einlegen, nicht so stottern bei diesem spannenden Text. Mein Dienstherr wandte sich fragend an mich: »Geht dir das Schicksal der armen Menschen so sehr ans Gemüt, Martin? Einige Jahre hast du ja mit ihnen zugebracht, da kann eine solch schlimme Nachricht schon betroffen machen. Aber ändern tut das jetzt auch nichts mehr!«

Er bot mir an, einen anderen Vorleser zu bestimmen, damit ich mich sammeln könne. Aber ich lehnte ab. Ich wollte die schlimmen Nachrichten selbst verkünden, auch wenn es meine äußerste Disziplin erforderte und ich mich schuldig fühlte. Also riss ich mich so gut zusammen, wie ich es in diesem Augenblick vermochte, und las weiter.

»Da unglücklicherweise auch die gefüllte Räucherkammer des Gehöfts Feuer fing, nahmen die Flammen furchtbare Ausdehnung durch einen überaus starken Funkenflug. Die brennenden Würste und Schinken wurden weithin geschleudert, sodass selbst vom Brandherde weiter abgelegene Höfe in Flammen standen. Da viele Häuser und Nebengebäude noch mit Strohdächern versehen waren, breiteten sich die Flammen mit größter Geschwindigkeit aus und äscherten in kurzer Zeit 11 von 30 Gehöften, die das Dorf umfasst, ein. Neben den Gebäuden sind 2 Pferde, 50 Schweine, anderes Vieh und große Mengen von Mobiliar vernichtet. Der Schaden beträgt nach vorläufiger Schätzung annähernd 250.000 Mark. Die meisten der von der Katastrophe Betroffenen stehen, da ihnen das Feuer alle Habe vernichtet hat, vor dem Nichts. An der Brandstelle trafen nach und nach außer den Motorspritzen aus Rotenburg Visselhövede, Scheeßel und Sottrum folgende Wehren ein: Kirchwalsede, Hellwege, Waffensen, Unterstedt, Westerwalsede, Süderwalsede, Eversen und Hassendorf, die mit der Ortsfeuerwehr in aufopferungsvoller Arbeit im Laufe des Vormittags dem Flammenmeer Einhalt geboten. Der Bremer Sturm 1, der gerade beim Baden am Bullensee war, wurde auf die Nachricht von dem furchtbaren Brandunglück zum Feuerlöschen alarmiert und mit einem Bremer Lastkraftwagen an den Brandherd befördert und konnte dort wertvolle Unterstützung leisten. Um 16 Uhr war das Feuer soweit eingedämmt, dass die Ortsfeuerwehr das Löschen alleine übernehmen konnte. Leider sind auch zwei Verletzte zu beklagen, ein Feuerwehrmann, der von der eigenen Spritze überfahren wurde, und ein zweiter Mann, dem die Hüfte ausgesetzt war, die aber wieder eingerenkt werden konnte. Die Gehöfte sind nur teilweise durch Versicherung gedeckt. Unser stilles Heidedorf, das bisher mit seinen Bauernhäusern und niedersächsischen Strohdächern verträumt in der Heide lag, bietet nach dem Brandunglück einen erschütternden Anblick. Überall in der Landschaft stehen die Trümmer, rauchen Balken, eingestürzte Mauern und ratlos vor vernichtetem Eigentum stehende Bewohner besprechen mit hilfsbereiten Nachbarn die notwendigen Schritte für die erste Hilfe. Völlig abgebrannt bez. beschädigt sind die Besitzungen folgender Einwohner: …«

An dieser Stelle unterbrach ich das Vorlesen. Die Namen der Geschädigten zu verkünden, ging dann doch über meine Kraft.

Langes Schweigen schloss sich meinem Vortrag an. Eine solche Katastrophe war unvorstellbar. Betroffen sahen sich die Anwesenden an. Der Bauer legte seine Hand schwer auf meine Schulter. Sie sollte Trost spenden, spürte ich und dachte zugleich: Gleich werden sie mir Löcher in den Bauch fragen, in ihren Augen bin ich auch ein Ahauser. Aber was soll ich ihnen sagen? Wer will schon einen Brandstifter in seinen Reihen haben? Ich werde wieder ausgestoßen. Ich muss hier raus, ich muss dieser Situation entkommen.

Also sagte ich, dass ich jetzt unmöglich darüber reden könne. In den nächsten Tagen vielleicht, deutete ich an, um mir Zeit zum Nachdenken und meinen Zuhörern die Aussicht auf weitere Informationen zu verschaffen. Angstschweiß trieb aus meinen Poren, ließ mich frösteln. Niemand bemerkte dies. Mit gesenktem Kopf verließ ich die Stube, nachdem ich schweigend die Zeitung auf den Tisch niedergelegt hatte. Von außen lehnte ich mich an die Tür. Ich fühlte mich elend! In der Zeitung lag ein gesondertes Blatt, dass sich die Bäuerin nun heraus nahm.

»Schadensbericht! Folgende Höfe sind abgebrannt«, las die Bäuerin mit kräftiger Stimme vor, während ich hinter der Tür stand und lauschte.

»Haus Nr. 20, bewohnt von Pächter Allermann
Sämtliche Schweine sowie das Inventar verbrannt.
Keine Versicherung.

Häuser Nr. 21 und 24
Das meiste Inventar gerettet, aber Räucherspeck und Schinken verbrannt.
Versichert bei der Landwirtschaftlichen Brandkasse Hannover.

Ahauser Hof, Besitzer Diercks
Inventar fast vollständig gerettet, zwei Pferde und alle Schweine verbrannt.
Versichert bei Concordia Hannover.«

Ich lehnte mit weichen Knien rücklings an der Tür und konnte kaum glauben, was ich zu hören bekam. Es war mein Glück, dass alle in der Stube gespannt zuhörten und niemand überraschend den Raum verließ. Sie hätten mich in einer elenden Verfassung auf der Diele vorgefunden.

»Haus Nr. 11
Kaum Inventar gerettet, die Schweine … auf dem Hof verbrannt.
Versichert …stern Vaterländische Erfurt.«

Ich bemühte mich, die gelesenen Worte zu verstehen, aber die Betroffenheit der Bäuerin und die Stubentüre zwischen uns dämpften die Stimme derartig, dass sie für mich kaum noch zu verstehen war. Immer wieder vernahm ich einzelne Wortfetzen.

»Haus Nr. 16
Schweine nicht alle verbrannt, Inventar fast vollständig gerettet.
Versichert bei ...

Haus Nr. 60
Haus und Kornscheune niedergebrannt ...
Keine Versicherung.«

Oh mein Gott, mir wurde immer elender zumute, es rauschte in meinem Kopf. Ich fühlte mich zu schwach, um auf meine Kammer zu gehen. So lauschte ich wider Willen weiter, bis die Bäuerin zu Ende gelesen hatte.

»In einem solch katastrophalen Schadensfall wird sich der Vorteil einer guten Feuerversicherung auswirken. Viele der Betroffenen haben, nachdem die Feuerversicherung vor gut einem halben Jahr eingeführt wurde, ihr Hab und Gut bei einer Versicherungsgesellschaft gegen Feuersbrunst versichert. Sie erhalten jetzt Entschädigungen in erheblicher Höhe. Nichtversicherte gehen leer aus, daher empfehlen die Versicherungen, sich rechtzeitig beraten zu lassen und einen ausreichenden Versicherungsschutz abzuschließen. Für die Abgebrannten wird eine Sammelstelle eingerichtet, wo Spenden in Form von Geld, Kleidung, Möbeln, Betten, Lebensmitteln, Korn, Heu und Stroh entgegengenommen werden. Über den Verlauf der Spendenaktion wird weiterhin berichtet.«
Endlich endete der Schadensbericht und die Bäuerin legte den Zettel und die Zeitung an die Seite. Alle mussten das Gehörte erst einmal auf sich wirken lassen. Ich zog mich lautlos in meine Kammer zurück und versuchte, meine Gedanken zu ordnen.
Man muss vorsichtig umgehen mit seinen Wünschen, hatte mir mein Vater stets gepredigt. »Versuche zunächst zu erspüren,

wie es sich anfühlen könnte, wenn dein Wunsch in Erfüllung geht.« Wie recht er gehabt hatte!

In diesem Moment fühlte ich mich hundeelend. Aber tief versteckt im innersten Winkel meiner Seele spürte ich auch ein Gefühl der Genugtuung. Immerhin hatte es viele meiner Peiniger getroffen. Von ihren Hofstellen war laut Zeitungsbericht nichts mehr stehen geblieben. Was mir nicht einleuchtete, war die Tatsache, dass auch Höfe und Menschen unter dieser Katastrophe zu leiden hatten, die überhaupt nichts mit mir oder dem leidigen Vorfall zu tun gehabt hatten. Glaubte man der Zeitung, waren einige sogar nicht einmal versichert. Nun standen sie genauso da wie ich in meinen letzten Tagen im Wolfsgrund. Es war ihnen nichts geblieben!

Nach dem ersten Gefühl von Scham, Reue und Mitleid mit den Brandopfern, keimte nun jedoch ein neuer Gedanke in mir. Ich hatte kein Feuer gelegt, war nicht einmal in der Nähe gewesen. Waren es wirklich meine beiden Streichhölzer gewesen, welche die ganze Zeit geduldig in der Scheune auf die beiden Kinder gewartet hatten?

Doch ich wusste, dass ich mich betrog. Ich hatte die Streichhölzer genau dort deponiert. Wie hätte ich auch ahnen können, was ich damit auslösen würde? Warum hatte Gott diese beiden kleinen Kinder als Werkzeug benutzt? Hatte Gott überhaupt etwas mit dieser Sache zu tun oder wäre es sowieso zu solch einem verheerenden Brand gekommen?

Meine Rache schmeckte nicht süß. Ein bitterer Geschmack lag auf meiner Zunge. Ich hatte mit dem Feuer gespielt, als ich die in Wachspapier gehüllten Streichhölzer an den Platz legte, von dem ich geglaubt hatte, dass er mir von Gott gezeigt worden war. Ich kannte die Visionen der Magd Grete. Sie hatte den großen Brand vorausgesehen, beschrieben, welchen Ausgang und Verlauf die Feuersbrunst nehmen würde. Erst in diesem Augenblick erkannte ich, dass ich Gretes Voraussagen die ganze Zeit im Kopf gehabt hatte. Vielleicht waren meine Rachegedanken von ihrer Prophezeiung geleitet worden? Es war unbewusst geschehen, doch musste ich mir vielleicht vorwerfen, darauf spekuliert zu haben? Machte es mich zum Schuldigen, dass ich um die vorhergesehene Brandkatastrophe gewusst und dennoch Streichhölzer in einer Scheune hinterlegt hatte? Ging es überhaupt darum, einen Schuldigen zu finden? Für die Ahauser war das Geschehene eindeutig auf die beiden Kinder zurückzuführen. Aber niemand konnte die drei und vier Jahre alten Kinder in die Verantwortung für dieses Unglück nehmen.

Immerhin konnten sie unmöglich herausfinden, wer die Streichhölzer in der Scheune deponiert hatte, zumal es schon viele Wochen zurücklag, dass ich dort gewesen war. Beobachtet hatte mich dabei niemand, darauf hatte ich streng geachtet. Trotzdem wunderte ich mich darüber, dass das Wachspapierpäckchen so lange unentdeckt geblieben sein sollte. Vielleicht hatten die beiden Kinder ja eine Kerze oder andere Dinge dabei gehabt und damit das Feuer entfacht. Vielleicht hatte ich nichts mit der ganzen Angelegenheit zu tun. Bedeutete dies, dass meine Sache nur durch einen Zufall gesühnt wurde und es sich nicht um ein Gottesurteil handelte?

Wie war ich nur auf die absurde Idee verfallen, ein Gottesurteil zu fordern? Wie hatte ich eine solche Katastrophe in Kauf nehmen können?

Wahrscheinlich sahen die Ahauser einen Großteil der Verantwortung bei sich selbst, da sie die Feuerwachen mit der Zeit vernachlässigt hatten. Achtundzwanzig Jahre waren seit Gretes Voraussagen vergangen, eine unglaubliche Zeitspanne. Niemand blieb so lange wachsam, das erschien mir menschlich. Zumal Grete schon vor langer Zeit verstorben war. Über den eigenen Tod hinauszuschauen, erschien noch unwahrscheinlicher *als die Gabe des Zweiten Gesichts überhaupt. Auf mich werden sie bestimmt keinen Gedanken verschwenden, dachte ich mit einer leisen Erleichterung.*

Und war Gott tatsächlich so gefühllos, nein gnadenlos, ein ganzes Dorf zu strafen? Berührte es Gott wirklich in diesem hohen Maße, wenn Einzelne unter Ungerechtigkeiten litten? Nein, das konnte nicht sein. Gott hätte doch niemals einen solchen Weg gewählt.

»Mein ist die Rache, sprach der Herr!«, zitierte ich die Bibel und wusste doch, dass dies nicht so gemeint war, wie es in dieser Sache den Anschein erweckte. Zu viele Unbeteiligte waren durch das Feuer zu Schaden gekommen. Schuldgefühle, immer wieder machten sie mir die Kehle eng. Die Frage nach meiner Verantwortlichkeit quälte mich. In den einsamen Stunden im Wolfsgrund, in meiner Verzweiflung war meine Bitte nach Genugtuung sehr eindringlich gewesen. Aber ich machte mir nichts vor. Eine so unbedeutende Person wie ich, die sich im Zorn in eine Sache verrannt hatte, konnte von Gott nicht eine allumfassende Rache erwarten. Nicht einmal Gehör, wenn man es vernünftig betrachtete. Auch stand die Ungerechtigkeit, die mir widerfahren war, in keinem Verhältnis zu der Brandkatastrophe, die auch Menschen getroffen hatte, die aus meiner Sicht der Dinge völlig unbeteiligt an dem damaligen Geschehen waren. Gott hatte sicherlich bessere Gründe als mich, wenn er es zuließ, dass so etwas geschah. Vielleicht verstanden wir sie nicht, aber als weiser und mächtiger Schöpfer musste er uns seine Gründe nicht nennen oder erklären. Er überblickte das große Ganze, während wir uns mit unserem eigenen kleinen Horizont zufrieden geben mussten. Uns blieb nur, zu akzeptieren, was geschehen war, ohne das Warum zu kennen.

Vielleicht wäre der Ort auch ohne mein kleines Streichholzpaket abgebrannt, die Katastrophe zwangsläufig, auch ohne mein Zutun eingetreten. Eine andere Ursache hätte die gleiche Wirkung entfachen können. Wahrscheinlich wären die Ahauser ihrem schrecklichen Schicksal auf keinen Fall entkommen. Je länger ich darüber nachdachte, desto weniger erschienen mir meine Beweggründe für die Hinterlegung der beiden Streichhölzer als ausreichender Auslöser für diese vernichtenden Geschehnisse. Gott konnte kein so ungerechter Richter sein. Mir selbst erschien mein damaliges Handeln aus der Distanz betrachtet recht merkwürdig.

Einem Knüppelholzweibchen gleich sammelte ich so Argumente, die mich entlasteten. Doch die Frage der Schuld drückte tonnenschwer auf meine Schultern, beschwerte meinen Magen zusätzlich wie ein schwerer Pflasterstein. Die Gedanken schwirrten unablässig in meinem Kopf, kreisen dort und verursachten dabei Kopfschmerzen. Übelkeit machte sich in mir breit. Ich wusste nicht, wie ich die nächsten Tage überstehen sollte.

Am nächsten Morgen überraschte mich mein Dienstherr mit einer eilig zusammengestellten Wagenladung.

»Martin, schau her, was ich entbehren kann! Zwei Stühle, ein kleines Tischchen, einige Teller und Tassen, Tisch- und Bettwäsche sowie Kleidungsstücke. Es sind Dinge aus dem Nachlass des kürzlich verstorbenen Altbauern, die in einer der Viehnischen gelagert wurden«, zählte er alles auf. In einem Binsenkorb daneben fand ich gefüllte Marmeladengläser, Mettwurst, zwei Brotlaibe sowie Besteck.

»Wir dachten uns«, begann mein Dienstherr das Gespräch, »dass auch wir den Elenden Hilfe senden müssen. In der Zeitung wird dringend um Spenden für die Betroffenen gebeten, die fast ihre gesamte Habe verloren haben. Da du lange Zeit in Ahausen gelebt hast und die Menschen dort kennst, sollst du heute mit dem Leiterwagen dort hinfahren und unsere gesammelten Dinge

abliefern. Heu und Stroh habe ich ebenfalls bereitgelegt, es kann mit auf den Wagen.«

Fassungslos starrte ich mein Gegenüber an und brachte im ersten Schreck keinen Ton heraus. Es konnte doch nicht sein, dass ausgerechnet ich mit Hilfsgütern beladen den Brandopfern zur Seite stehen sollte. Welch absurde Wege beschritt Gott in seiner allmächtigen Weisheit? Mein Dienstherr legte mir beruhigend seine kräftige Hand auf die linke Schulter, als er die Bestürzung in meinem Gesicht sah.

»Du wirst den Anblick des Unglücks schon verkraften. Denke einfach daran, dass du den armen Menschen dort Hilfe bringst. Außerdem kannst du noch weitere Sachen anbieten, denn die Möbel unseres alten Herrn stehen doch nur unnütz auf der Diele im Weg. Vielleicht findet sich ja ein Interessent, der etwas davon gebrauchen kann.«

Automatisch nickte ich bei diesen Worten, konnte mich aber dennoch nicht von der Stelle bewegen. Ein entsetzlicher Konflikt tobte in mir. Meine ansonsten so kräftigen Beine verwandelten sich in Wackelpudding.

Er macht den Bock zum Gärtner, dachte ich beschämt. Der Brandstifter kommt als heiliger Samariter auf einem hölzernen Leiterwagen daher und verteilt milde Gaben, nachdem eben dieser Samariter im Vertrauen auf Gott Streichhölzer hinterlegt hat. Hinterlegt an einem Ort, an dem er damit rechnen musste, dass sie gefunden würden. Inständig gehofft hatte ich sogar, dass ich Gottes Zeichen richtig deuten würde und irgendjemand sich der kleinen Schachtel annahm, dass die kleinen Zündhölzer ihrer wahren Bestimmung folgend benutzt werden. So war es offensichtlich auch geschehen.

Doch mein Dienstherr schien völlig begeistert von seiner Idee und Großzügigkeit. Sanft, aber bestimmt führte er mich zu dem bereitstehenden und inzwischen vollgepackten Leiterwagen. Ich *wollte mich aus dieser Situation herausziehen, doch der schlaue Bauer ließ mir keine andere Chance, als auf den Wagen hinaufzuklettern. Dann drückte er mir die Zügel in beide Hände, schlug dem mächtigen Wallach auf die Kruppe und sofort rollte mein Gefährt vom Hof. Das Gespräch war beendet, es gab keine weitere Diskussion mehr. Mir blieb nichts anderes übrig, als den gefürchteten Weg anzutreten, immerhin war er mein neuer Dienstherr und ich war ihm verpflichtet. Ich konnte es mir nicht leisten, bei ihm in Ungnade zu fallen.*

Was würde mich in meiner alten Heimat erwarten? Für meine Überlegungen blieben mir zwei Stunden, schneller würde ich Ahausen nicht erreichen. Wie sollte ich mich verhalten, ohne mich verdächtig zu machen? Würde mich überhaupt jemand verdächtigen, etwas mit der Sache zu tun zu haben? Die Täter waren ja bekannt. Zwei kleine Kinder hatten gezündelt, so hatte ich es selbst aus der Zeitung vorgelesen. Trotzdem fühlte ich mich, als ob das Wort SCHULDIG mit großen Buchstaben auf meiner Stirn geschrieben stünde.

Würden die Dörfler nach wie vor mit Ablehnung auf mich reagieren, auch wenn ich Hilfe brachte? Wieder drehten sich die Gedanken wie wild in meinem Kopf, immer im Kreis.

Die Sonne blendete und ich kniff die Augen zusammen. Langsam wiegte mich das Schaukeln des Pferdefuhrwerks in einen Dämmerzustand.

Für einen kurzen Augenblick musste ich eingeschlafen sein. Es gab keine andere Erklärung für die Bilder, die ich wahrnahm. Ich befand mich auf der Verdener Domweih, lehnte lässig mit dem Rücken an einem provisorischen Tiergatter. Es war Pferdemarkt. Entlang der Großen Straße reihten sich Händler und interessierte Käufer auf, begutachteten oder priesen die unterschiedlichsten Pferde an. Geschäfte wurden mit Handschlag besiegelt. Links von mir drehte ein Kinderkarussell unablässig seine Runden, begleitet von blechern klingender Musik. Ich verlor mich in der Betrachtung des kleinen Kinderkarussells. Immer paarweise standen verschiedene Reittiere nebeneinander, die über kleine Steigbügel zum Hinaufklettern einluden. Den Hähnen folgten Schweine, dann springende Rösser, die exotischen Elefanten davonzueilen schienen. Das Karussell startete langsam und drehte sich mit jeder Runde schneller. Bald konnte ich die einzelnen Tiere kaum noch unterscheiden.

Überhaupt durchlebten sie mit jeder Drehung eine Wandlung. Die Tierbilder verliefen ineinander, lösten sich auf und fingen an, sich blutrot zu verfärben. Kleine rot-schwarz gefärbte Feuerteufel mit Dreizack in der rechten Hand, Pferdefüßen und langen spitzen Schwänzen grinsten mich in rasender Fahrt herausfordernd an. Auch die mitfahrenden Kinder erhielten mit jeder neuen Runde andere Gesichter. Sie ähnelten einigen Ahausern, die ich in keiner guten Erinnerung hatte. Unter boshaftem Gelächter schleuderten sie Tausende von Streichhölzern vom Karussell herab in meine Richtung.

In diesem Augenblick durchquerte mein Fuhrwerk unsanft eine Bodenwelle und ich wachte auf. Die boshaften Teufel und ihre Kumpane waren verschwunden. Meine Stirn war schweißnass.

Der Wagen rumpelte gleichmäßig die Straße entlang. In den nächsten dreißig Minuten würde ich Ahausen erreichen. Wie ich mich verhalten würde, wusste ich immer noch nicht, ebenso wenig, was mich erwartete. Ich beschloss abzuwarten. Sie konnten mir nicht mehr schaden. Zur Not würde ich meine milden Gaben irgendwo abladen und ohne ein Wort wieder heimfahren. Ohnehin schien es mir klüger zu sein, hier nichts über meinen jetzigen Verbleib zu erzählen.

In Unterstedt bog ich mit meinem Pferdegespann auf den Sandweg nach Ahausen ein. Meine Haltung verkrampfte sich mit jedem Meter, den ich mich dem Dorfe näherte. Schräg vor mir am Horizont tänzelte ein schmaler Streifen dunkelgrauen Rauches in den Himmel empor. Dann roch ich es. Der Wind trug mir den scharfen Geruch nach verkohlten Hölzern und verbrannten Kadaver entgegen.

Am frühen Mittag erreichte ich Ahausen. Mit versteinertem Gesicht passierte ich zunächst drei Hofstellen am Dorfeingang. Hier schien alles in Ordnung zu sein. Auch die Höfe in der Mühlenstraße machten, soweit mein Blick reichte, einen unversehrten Eindruck. Zur Kirche hin änderte sich dies schlagartig. War das wirklich der Ort, in dem ich so viele Jahre gelebt hatte?

Nichts schien an seinem Platz zu stehen. Rechts und links der Dorfstraße reckten sich von Rauch und Feuer geschwärzte Mauerreste in die Mittagssonne empor. Dach- und Fachwerkbalken waren durch das Feuer in das Innere der Gebäude gestürzt, treppenförmige Giebelwände waren zu verkohlten Ruinen zusammengefallen. Berge verbrannter Tierkadaver waren vor den Brandtrümmern aufgeschichtet, verströmten einen ekelhaft süßen Duft der Verwesung. Die meisten Opfer hatte es offensichtlich unter dem Federvieh gegeben. Die einstmals prächtigen Eichen vor den betroffenen Höfen waren durch die Hitze des Feuers regelrecht explodiert.

So muss es sein, dachte ich beklommen, wenn man mit einem Pferdegespann durch die Hölle reist.

Die gerettete Habe aus den zerstörten Häusern säumte die Dorfstraße. Schränke, Stühle, Truhen, Betten, Hausrat – alles wirkte klein, verlassen und völlig deplatziert. Emsige Hände trugen das herrenlose Zeug kreuz und quer durch die Straßen hin zu den Hofstellen, die das Feuer verschont hatte.

Der Hufschmied kam mir entgegen, blickte aber nicht zu mir auf. Er führte seinen treuen Braunen am Zügel. Das starke Pferd zog mittels dicker Taue, die an seinem Pfluggeschirr befestigt waren, zwei verkohlte Tierkadaver zu einer Sammelstelle außerhalb des Dorfes. Andere Helfer rollten Schläuche zusammen, um die Löschpumpen und Handspritzen wieder in die benachbarten Gemeinden zurückzubringen. Heute, Tage nach Ausbruch des Großfeuers, reichte eine kleine Anzahl an Löschvorrichtungen, denn es waren nur noch einige wenige kleine Feuernester auszumachen. Mit Eimern und Handspritzen löschte die freiwillige Feuerwehr unermüdlich weiter. Darunter machte ich auch zahlreiche Helfer in der typisch hellbraunen Uniform der SA aus.

Um die Kirche herum hatte das Feuer am heftigsten gewütet. Hier stand kein einziger Hof mehr und auch die Nebengebäude waren Opfer der Flammen geworden.

Gut, dass der Friedhof zwischen Dorfstraße und Kirche angelegt ist, dachte ich, so haben die Toten für ausreichend Abstand zum Feuer gesorgt und Gottes Haus ist unversehrt geblieben.

Auch das Grab meiner Eltern war von Asche bedeckt, ansonsten aber unbeschädigt. Dort, wo ich vor Wochen die Streichholzschachtel hinterlegt hatte, lagen jetzt die verkohlten Reste der Scheune. Auch die benachbarten Häuslingshäuser waren bis auf die Grundmauern zerstört. Niemand kümmerte sich um diesen traurigen Ort.

Wie wenig von einem Haus übrig bleibt, überlegte ich und blickte von meiner erhöhten Position in alle Richtungen. Mich beachtete niemand, als ich schockiert die Zügel anzog, mein Pferdegespann anhielt und das Ergebnis der Feuerkatastrophe betrachte. So veränderten sich die Verhältnisse. Hatte mich die Missachtung vor einigen Monaten tief getroffen, war ich in diesem Moment froh darüber. Die Rolle des unbeteiligten Beobachters verschaffte mir die nötige Zeit, um das Gesehene *wenigstens ein bisschen zu verarbeiten. Zumindest erschien es mir so.*

Viele Dorfbewohner halfen dort, wo Hilfe benötigt wurde. Wer dem Feuer glücklich entkommen war, packte mit an und bot den Obdachlosen Unterkunft. Viele fremde Menschen waren hier, ich hatte bislang nur wenige bekannte Gesichter gesehen. Gegrüßt hatte mich keiner.

Vor dem Ahauser Hof oder vielmehr vor dem, was das Feuer übrig gelassen hatte, sammelten sich einige Pferdegespanne, die von hinzueilenden Freiwilligen entladen wurden. Die meisten brachten Baustoffe. Hier musste wohl auch ich meine Hilfsgüter abgeben.

Schnell brachte ich es hinter mich. Von den kräftigen Helfern, die in wenigen Minuten mein Fuhrwerk entluden, kannte ich niemanden. Einer der Männer dankte mir für die milden Gaben und ließ mich dann an meinem Fuhrwerk zurück. Weitere Pferdekarren brachten Hilfsgüter und mussten entladen werden, da blieb keine Zeit für ein Gespräch. Das war mir nur recht.

Gut dreißig Minuten nach meiner Ankunft lenkte ich mein Gespann leer die Dorfstraße in Richtung Eversen entlang. Ich wollte mir den gesamten Schaden anschauen, bevor ich wieder nach Lauenbrück zurückkehrte. Überall zeigten sich die gleichen schrecklichen Bilder von den verbrannten Resten meiner einstigen Heimat.

So, wie sich das Feuer in das Gedächtnis des Ortes gebrannt hatte, prägten sich die Schadensbilder in das meinige. Alles erschien mir fremd, unwirklich und so verlor ich meine Heimat zum zweiten Mal. Nie wieder würde ich mich an die Zeit vor dem Brand erinnern, ohne dass diese Erinnerungen von den schrecklichen Bildern überlagert werden würden. Unerkannt fuhr ich anschließend zum Dorfe hinaus, ohne mich noch einmal umzudrehen.

Die Katastrophe übertraf alle Vorstellungen, die der Zeitungsartikel in mir ausgelöst hatte. Verlangsamt und irreal zog die Landschaft an mir vorbei. Ich war nicht wirklich hier, ich war in einem grauen Nebel gefangen, in einer anderen Welt. Meine Gedanken konnten nicht ans Licht, sie waren trübe und bleischwer. Ich schaffte es nicht, den mich umhüllenden schweren Nebelmantel abzustreifen. Ich empfand die Situation als immer lähmender.

Welchen Anteil hatte ich an diesem Unglück? Mit einer solch gewaltigen Last auf dem Gewissen konnte ich nicht weiterleben. Da ich das Pferd nicht mehr vorwärts trieb, blieb es nach wenigen hundert Metern mitten auf dem Sandweg nach Unterstedt stehen. Dann zog es mir die Zügel aus den Händen und begann, am Wegesrand zu grasen. Ich reagierte nicht, mir fehlte die Kraft dazu.

Erst die erboste Stimme eines entgegenkommenden Gespannführers brachte mich zur Besinnung. Wie lange ich dort regungslos auf dem Kutschbock gesessen hatte, entzog sich meiner Kenntnis.

Die barsche Ansprache zeigte eine überraschende Wirkung. Plötzlich sah ich klar. Statt Platz zu machen und an die Seite zu fahren, wie mein Gegenüber es unfreundlich forderte, arretierte ich die Zügel am Fuhrwerk und sprang vom Leiterwagen herunter. Vor die Räder schob ich flüchtig zwei dicke Feldsteine, die auf dem Weg herumlagen. Zur Verwunderung des Unbekannten rannte ich dann wie von Furien gehetzt zu Fuß nach Ahausen zurück, zum Pfarramt. Immer wieder verlor ich auf dem glatten Untergrund den Halt, die ollen Holzpantinen waren zum Rennen einfach nicht geeignet. Meine Heidjerkappe purzelte mir vom Kopf. Rasch griff ich danach, behielt sie in meinen Händen. Der Unbekannte schickte mir barsche Flüche hinterher, doch das konnte mich nicht aufhalten.

Es musste sofort sein. Ich brauchte die Hilfe einer moralischen Instanz. Mein Gewissen schien mich in Stücke zu reißen und jedes einzelne Stück war dem Untergang geweiht. Wenn nicht jetzt, wann sollte ich dann Klarheit in dieser Angelegenheit gewinnen? Ich musste Antworten auf die mich quälenden Fragen erhalten. Gott mochte ich darum nicht mehr bitten, viel zu verunsichert war ich aufgrund der Geschehnisse. Nie wieder würde ich mich mit meinen Begehren an Gott wenden, ihm gegenüber Wünsche äußern. Das schwor ich mir in diesem Moment hoch und heilig, während ich keuchend nach Luft schnappte. So erreichte ich atemlos das Pfarrhaus. Erst jetzt dachte ich darüber nach, was für ein Glück es war, dass auch dieses Gebäude nicht zerstört worden war.

Mit der geballten Faust schlug ich kräftig gegen die stabile Eingangstür des Pfarrhauses. Es hatte überhaupt keinen Schaden genommen. Auf mein energisches Klopfen öffnete mir nach einigen langen Sekunden ein erschöpft dreinschauender Pastor Riehl. Sein Gesicht hellte sich bei meinem Anblick auf.

»Martin, grüß Gott!«, sagte er überrascht. »Ich hatte schon gefürchtet, dass dir etwas zugestoßen ist, als ich dich nicht mehr im Gottesdienst gesehen habe! Nun kehrst du in diesen schweren Zeiten zu uns zurück.«

Stumm starrte ich ihn an, mir fehlten die Worte. Der Mut hatte mich verlassen, ich befand mich innerlich bereits auf dem Rückzug. Fluchtgedanken durchfuhren meinen Kopf. Doch Pastor Riehl fasste meinen Arm und bat mich freundlich einzutreten. Stockend suchte ich nach den richtigen Worten und bat endlich um ein Gespräch unter vier Augen. Jetzt sofort und hier musste es sein. Der besorgte Pastor spürte die Ernsthaftigkeit meines Anliegens und führte mich in die Pfarrstube.

Auf dem Flur stapelten sich Haufen aus Büchern, Bildern und Papieren, alles Dinge, die aus den abgebrannten Häusern der Nachbarschaft herübergerettet werden konnten. Lebensfragmente, kunterbunt durcheinandergewürfelt, dachte ich, bemüht, keinen der Stapel umzuwerfen.

Dann saßen wir uns in der gemütlichen Stube gegenüber. Ich nahm den rauchigen Geruch der geretteten Dinge deutlich war. Wortlos sah mir der Pastor in die Augen und wartete, bis ich so weit war.

Dann brach der Damm! Ich verschwieg nichts. Endlich gab meine Seele die notwendigen Worte frei. Sprudelnd quollen sie aus meinem Mund heraus. Ich sprach über die unerträgliche Ungerechtigkeit, meine Einsamkeit und Verzweiflung. Auch wie sich die Hoffnung nach wochenlangem Siechtum als Trugbild davongemacht hatte, beschrieb ich ihm detailliert.

»Dass ich im Wolfsgrund Unterschlupf gefunden hatte, bekam im Laufe der Zeit immer mehr Symbolcharakter«, erklärte ich ihm meine Gedankengänge, »denn ich verkam immer mehr zu einem einsamen, verletzten Wolf ohne Rudel und Revier.«

Ich verheimlichte auch nicht, wie ich Gott zunächst um Beistand gebeten und dann immer wieder Hilfe herbeigefleht hatte. Ich breitete meine Gedanken zu Gottesurteilen, Strafen und Gerechtigkeit vor ihm aus. Auch, dass ich erst durch seine Predigten auf die Idee mit dem Gottesurteil gekommen war, beichtete ich dem Pastor. Dabei registrierte ich, dass dieser leicht irritiert seinen Kopf schüttelte. Ich nahm Bezug auf die Bibel, zitierte die mir gut im Gedächtnis gebliebenen Textpassagen. Dann schilderte ich den Sonntag im Mai, an dem ich das christliche Symbol des Kreuzes auf der Scheunentür entdeckt hatte. Ich erklärte ihm, warum ich die Streichholzschachtel damals auf der Truhe hinterlegt hatte.

»Es musste der richtige Platz sein!«, sprach ich aufgeregt. »Warum sonst stand das englische ›True‹, das doch ›wahr‹ bedeutet, an diesem dunklen Ort geschrieben? Es ging doch um die Wahrheit, die aus der Dunkelheit ans Licht gelangen musste.«

Je länger ich erzählte, desto mehr riss es mich mit. Ich fühlte mich fiebrig und redete mich in einen Wahn. Pastor Riehl schwieg beharrlich, lauschte konzentriert dem Rauschen meiner Erzählung. Er unterbrach mich mit keiner Silbe, bis ich am Ende erschöpft zu der alles entscheidenden Frage kam: »Wie schwer wiegt meine Schuld an diesen Geschehnissen?«

Eine Weile, die mir zermürbend lang erschien, schwieg der Gottesmann.

»Ich will dir etwas zum Thema Schuld erzählen«, antwortete Pastor Riehl mir schließlich leise. »Danach magst du selbst urteilen! Aber ich kann es nicht hier und jetzt tun. Mein geistlicher Beistand ist bei einer tragischen Familienangelegenheit vonnöten. Die Sache duldet keinen Aufschub und ich hoffe, dass dir das Erzählen bereits zu einer Erleichterung deines Gewissens verholfen hat. Später will ich mich gerne deinem Anliegen annehmen. Aber bei seiner Tragweite gilt es, manches zu bedenken, sodass ich selbst etwas Zeit benötige, um mit klarem Blick die Geschehnisse betrachten zu können. Leider muss ich dich jetzt bitten zu gehen, denn ich werde in Kürze abgeholt. Aber ich werde versuchen, dir zu helfen«, beendete Pastor Riehl das Gespräch. Dann legte er mir fürsorglich die Hand auf die Schulter und geleitete mich zur Haustür. »Sobald ich die notwendige Ruhe finde, melde ich mich. Wo bist du untergekommen, Martin?«

Ich nannte ihm meinen neuen Dienstherrn und ergänzte, dass ich einen Tag im Monat frei hatte, vorzugsweise am Sonntag.

»In Kürze wird dich eine Nachricht diesbezüglich erreichen«, versprach er mir und schloss schnell die Tür.

Verloren stand ich vor dem Gebäude. So hatte ich mir den Verlauf des Gespräches nicht vorgestellt. Seine Distanziertheit traf mich.

In einer solchen Situation darf ich keine übermäßige Solidarität erwarten, schalt ich mich. Ich bin wegen einer ehrlichen Antwort hier. Belügen und Schönreden, das kann ich selbst besorgen. Ich muss mich zunächst fügen und ohne eine Lösung für mich nach Lauenbrück zurückkehren. Es ist doch schon ein Glück für mich, dass es überhaupt eine Gelegenheit gegeben hat, mit dem Pastor zu sprechen.

Die Erleichterung verspürte ich bereits auf dem Rückweg. Zwar hatte ich bislang nur mein Herz ausgeschüttet und noch keinen weiteren Ratschlag erhalten, aber dies alleine sorgte schon dafür, das der enorme Druck nachließ. Alles Weitere würde sich finden, daran glaube ich fest.

Zwei Wochen waren vergangen, seitdem ich unfreiwillig die Spenden in Ahausen abgeliefert hatte. Die schrecklichen Bilder suchten mich häufig des Nachts heim und ich hoffte inständig, dass ich mich nicht im Schlaf verriet.

Dann traf ein Brief für mich ein. Dies war ein besonderes Ereignis, denn normalerweise erhielt ich keine Post. Bis zum Abend geduldete ich mich, dann las ich das Schreiben in meiner Kammer.

Der Brief kam aus Ahausen, geschrieben von Pastor Riehl. Ich fürchtete mich vor dem Inhalt und wollte niemanden in meiner Nähe haben. Es war ein dicker Umschlag, den ich mit einem kleinen Messer aufschlitzte. Ich zog vier Seiten weißen Büttenpapiers heraus. Ich setzte mich mit dem kleinen Schemel ans Fenster und begann zu lesen. Die Handschrift war scharf gezirkelt und von graziler Klarheit.

»Mein lieber Martin,
zunächst sende ich Dir Gottes Segen, seine Zuversicht und seinen unumstößlichen Glauben an das Gute im Menschen.

Für mich als Gottesmann ist es nicht einfach, in dieser verzwickten Angelegenheit eine objektive und hilfreiche Position zu beziehen. Auch wenn wir es anders verabredet haben, wird es mir nicht möglich sein, in naher Zukunft Gelegenheit für ein Gespräch zu finden. Dazu später mehr.

Das Elend der Menschen hier geht mir sehr ans Herz. Der Geruch von Feuer und Tod verblasst nur langsam und mit ihm die Not. Niemals zuvor war soviel göttlicher Beistand oder auch einfach praktischer Trost vonnöten. Dies fordert meine ganze Kraft und Aufmerksamkeit.

Aus allen Teilen der Nachbargemeinden sind großzügige Hilfen eingetroffen. Es ist ein großer Trost zu spüren, dass man in der Not nicht alleine bleibt. So wächst inzwischen leise Zuversicht im Ort und aus den Brandruinen an einigen Stellen sogar bereits neuer Wohnraum. Vielen Betroffenen ist die Ungewissheit genommen worden, sie verfügen über eine ausreichende Brandversicherung, die das meiste ersetzen wird. So stehen nur wenige vor dem Nichts. Diesen wird die Gemeinschaft helfen. Mit dem Kirchenvorstand haben wir uns dieser wichtigen Aufgabe angenommen und vielerorts finden wir großzügige Spender. Dies beflügelt meine Hoffnungen, dass auch aus einer solchen Katastrophe am Ende Gutes entstehen wird.

Ich will nicht abstreiten, dass sich selbst mir angesichts der vernichtenden Kraft des Feuers die Frage stellt: Wie kann Gott so etwas zulassen? Doch auch ich sehe nur den kleinen Moment, das einzelne Ereignis und nicht das Große und Ganze. Daher steht mir diese an Gott zweifelnde Frage nicht zu. Zu beschränkt sind meine menschlichen Fähigkeiten. Dafür hat Gott uns den Glauben geschenkt.

Doch nun zu Dir und Deinem Anliegen.

Das Feuer hatte in der Tat in der Allermannschen Scheune seinen Ursprung.

Die besagte Scheune war bereits seit längerer Zeit mit Materialien für die Dacheindeckung gefüllt, sodass niemand ohne triftigen Grund in die Tiefen des Gebäudes vordrang. Auch gaben die beiden kleinen Brandstifter in einer Befragung an, dass die Streichholzschachtel in ein wächsernes Papier gehüllt war und sich lediglich zwei Hölzchen in der Schachtel befanden. Diese probierten sie gleich vor Ort aus. Es war ein unglücklicher Zufall, dass sie dort unbeobachtet damit spielen konnten. Es scheint auf der Hand zu liegen, dass es Dein kleines Päckchen war, das die Kinder dort vorfanden.

Hattest Du Dir Deine Rache so vorgestellt? Oder war es nicht der Gedanke an Vergeltung, der Dich handeln ließ? Deine Beichte hat mich tief erschüttert und in starke Selbstzweifel gestürzt. Wie konntest Du so fehlgeleitet handeln? Habe ich als Geistlicher versagt? Ist es mir nicht gelungen, Dir den wahren christlichen Glauben zu vermitteln? Was habe ich gesagt, dass Dich zu der Überzeugung brachte, ein Gottesurteil zu beschwören? In Gott vertrauen und mit Zuversicht in die Zukunft schauen, auch wenn das Leben sich von einer unangenehmen Seite zeigt, dies hätte ich Dir geraten. Wie die Menschen Kraft schöpfen aus dem Glauben, das könntest Du jetzt hier täglich miterleben. Sie geben nicht auf, sie suchen nach neuen Wegen in eine ungewisse Zukunft.

Es sind die fehlenden Möglichkeiten, die um sich greifende Verzweiflung oder die menschliche Unfähigkeit, die die Menschen dazu treibt, Gottesurteile herauszufordern. Auch wenn die Kinder mit den von Dir hinterlegten Streichhölzern in der Scheune gezündelt haben, bedeutet dies bestimmt nicht, dass sie dies in göttlichem Auftrag taten. In der Vergangenheit trieben die Mächtigen häufig ihr böses Spiel mit dem Glauben, oftmals zum Schaden der aufrichtigen Leute. Doch niemand vermag im Nachhinein zu sagen, ob zeitnah eintreffende Ereignisse wirklich von Gott gesandte Hilfen oder Reaktionen darstellen.

Wären sie nicht auch ohne unser Flehen und Bitten eingetreten? Ist der Gang der Dinge nicht auf immer und ewig vorausbestimmt? Niemand vermag auf diese Frage eine korrekte Antwort zu geben. Die von Dir als Zeichen gedeuteten Kreuze auf und in der Scheune, ebenso die vermeintlichen Hinweise in fremder Sprache, in Deiner Fantasie und nicht von Gott haben sie ihre Bedeutung erhalten. Ich habe mich aufrichtig bemüht, Dein Handeln zu verstehen. Doch es erscheint mir, nicht nur angesichts der schrecklichen Umstände, unentschuldbar. Hast Du wirklich geglaubt, dass Gott Dir Kreidezeichen schickt?

Was Dich nun quält, ist die Frage der Schuld. Es gibt viele andere hier im Ort, die unter der gleichen Frage leiden. Für die Menschen ist es von großer Bedeutung, nach furchtbaren Ereignissen einen Schuldigen zu finden. Du selbst weißt davon, denn auch Du wurdest zum Opfer dieser Suche. Die Schuldfrage zu klären, hilft den Menschen, das Geschehene zu verstehen, kraftvolle Emotionen wie Zorn zu entwickeln, statt in Selbstzweifel oder Hoffnungslosigkeit zu verfallen. Und es hilft ihnen, wenn sie sich selbst von jeder Schuld freisprechen können, ein Ziel für ihren Zorn finden.

Doch wie verhält es sich bei diesem Brand? Für die Ahauser Bürger, die nichts von Deinem Handeln und Wünschen wissen, ist der Fall einfach. Die Kinder sind die Brandstifter, ihre Eltern die Mitschuldigen, da sie nicht genügend auf die beiden aufgepasst haben. Jedoch gibt es eine bedauernswerte

Person, die als Sündenbock aus dem Orte geschickt wurde.
Es bricht mir fast das Herz, aber die Mutter des kleinen
Jakob Paulsen hat ihren Sohn aufgrund der Zündelei für
unbestimmte Zeit bei den Großeltern in Haberloh unterge-
bracht. Doch dies ist nicht das einzige Unglück. Der Vater des
bedauernswerten Kindes ist einige Tage nach dem Brand an
den Folgen verstorben. Der kleine Junge wird zeitlebens mit
dieser Schuld leben müssen. Der eine oder andere mag sich
angesichts von Gretes Visionen vielleicht eine kleine Teil-
schuld geben, da in den vergangenen Jahren die Wachsam-
keit bei der Brandwache nachließ, aber Du tauchst in den
Gedanken der Menschen nicht auf.

So stellt sich die Frage nach Deiner Verantwortlichkeit nur
Dir, mir und vor Gott. Die Addition der Umstände halbiert
zugleich die Summe der Schuld. Sie lastet auf vielen Schul-
tern. Mir ist es unmöglich, darüber gerecht zu urteilen.
Auch sehe ich es nicht als meine Aufgabe an, mir ein Urteil
zu bilden und dieses womöglich sogar noch öffentlich zu
verkünden. Ich bin der Hirte aller Gläubigen und somit um
das seelische Wohl aller bemüht. Vielleicht aber kann ich die
Last von den verzweifelten Seelen nehmen.
So sehe ich meine Aufgabe in der Vermittlung zwischen den
Betroffenen untereinander sowie mit Gott. Alles Weitere
übersteigt meine Fähigkeiten.
Auch die Frage nach der Rolle der Grete mit ihren Ahnungen
vermag ich aus heutiger Sicht nicht zu beurteilen. Möge ihre
Seele Frieden finden ebenso wie die Deinige.

Ich werde Ahausen bald verlassen und mich anderen Auf-
gaben zuwenden. Seit 1906 liegt mir die Ahauser Gemeinde
treu am Herzen. Mein Vorgänger Johan Rudolf Konrad

Visbeck hatte seine Gemeinde stets streng geführt und sie mir damals sehr ans Herz gelegt. Mit der Zeit bin ich mit vielen Menschen hier freundschaftlich verbunden. Ihre Sorgen sind zu meinen Sorgen geworden, ihre Lasten trage ich stets auch in mir. In den nun bald 28 Jahren, die ich hier verbracht habe, hat es zahlreiche einschneidende Ereignisse gegeben. Doch nichts hat das Wesen des Ortes so verändert wie diese Brandkatastrophe. Deshalb möchte ich Dich bitten, mich in dieser Angelegenheit nicht mehr zu besuchen. Auch mir hat die Katastrophe die Heimat genommen.

Weitere Worte und den erwünschten Trost kann ich Dir nicht schicken. Nur diesen Rat möchte ich Dir für Deine Zukunft geben: Es ist an der Zeit, den Veränderungen nicht im Wege zu stehen, nach vorne zu schauen und nicht zurückzublicken. Ich für meinen Teil tue dies, indem ich einem Nachfolger Platz mache.
Und ich glaube, dass dies auch ein Weg für Dich wäre!

Gottes Segenswünsche und alles Gute für Deine Zukunft
Pastor Rudolf Adolf August Heinrich Riehl
Ahausen im August 1933«

Ich hob meinen Blick von dem Brief und schaute aus dem Fenster. Das warme Rot der untergehenden Sonne blendete meine Augen. Es war nicht der verständnisvolle, warmherzige Brief den ich erhofft hatte. Trotzdem halfen mir die Zeilen, meine Gedanken zu ordnen. Meine anfängliche Enttäuschung über das nicht stattfindende Gespräch war verflogen. Was geschehen war, blieb unabänderlich. Alle mussten wir damit zurechtkommen, eine Alternative bot uns das Schicksal nicht an. Er hatte mich nicht von einer Schuld freigesprochen, dennoch forderte er mich auf, mit Gottvertrauen nach vorne zu schauen.

Das Schicksal des kleinen Jakob rührte mein Herz. Es war niemals mein Anliegen gewesen, andere schwache Personen in eine solche Situation zu bringen. Doch ich sah keine Möglichkeit, sein Schicksal in andere Bahnen zu lenken.

Meine Zukunft lag vielleicht in Lauenbrück. Zumindest fürs Erste hatte ich hier wieder ein Zuhause gefunden. Hier gab es Menschen, die mir wohlgesonnen waren und die auch ich respektierte. Vielleicht konnte ich mir hier ein neues Leben aufbauen. Trotzdem ging mir die Grete nicht aus dem Kopf. Hatte die junge Frau wirklich alles so vorausgesehen? Hatte sie vielleicht sogar gewusst, wie das Feuer über den Ort hereinbrechen, wer die Katastrophe auslösen würde? So fasste ich einen Entschluss. Ich würde Grete besuchen und mit ihr sprechen. Natürlich nicht direkt und persönlich, denn sie ruhte ja bereits seit 1920 auf dem Kirchwalseder Friedhof. Aber es war mir ein Bedürfnis, ihr Grab aufzusuchen und an dieser Stelle in mich hineinzulauschen. Schon einmal hatte ich mit den Toten gesprochen. Doch dieses Mal erwartete ich kein Antwort. Vielmehr hatte ich das Gefühl, das Schicksal habe Gretes und mein Leben auf unerklärliche Weise miteinander verwoben. Vielleicht kam mir an ihrer Ruhestätte eine Idee, wie mein eigenes Leben weiter verlaufen konnte, wie auch ich zur Ruhe kommen würde. An meinem freien Tag würde ich mich auf den Weg machen.

Epilog

Der ganze Ort roch nach Feuer und Verzweiflung. Aufkeimende Wut, lähmende Angst und offen gezeigter Hass bahnten sich ihren Weg, trafen die junge Mutter immer wieder mit aller Wucht. Sie konnte sich nicht mehr wehren, ihre Kräfte waren aufgebraucht. Arbeiteten zunächst alle Dorfbewohner Hand in Hand bei den Lösch- und Aufräumarbeiten, spürte sie bald, dass man ihr aus dem Wege ging. Der Zorn benötigte ein Ventil und das waren sie und ihre Familie.

Hätte sie doch bloß genauer nach ihrem kleinen Sohn geschaut und sich nicht darauf verlassen, dass er mit ihrem Mann und den Dienstboten in der Kirche saß! Als sie ihn nicht hatte auffinden können, war ihr dies als die einzig vernünftige Erklärung erschienen. Dass der Unglückliche mit seinem Spielkameraden allein umherstrolchte und solchen Unfug anstellte, hätte sie niemals vermutet. Doch das Schicksal hatte sie eines Besseren belehrt. Die Unglücksraben hatten in ihrer kindlichen Naivität das halbe Dorf in Schutt und Asche gelegt.

Gerne hätte sie geglaubt, dass der andere Junge die alleinige Schuld trug, doch so war es nicht gewesen. »Kindermund tut Wahrheit kund«, dieses Sprichwort traf auf beide Kinder zu. Sie hatten offen und ehrlich geantwortet, als sie einer strengen Befragung durch den Bürgermeister Intemann unterworfen worden waren. Der Bürgermeister hatte daraufhin eindeutig festgestellt, dass beide Jungen als Täter anzusehen seien. Angesichts ihrer Jugend treffe aber auch die jeweiligen Eltern eine erhebliche Schuld, da diese die Kinder nicht beaufsichtigt hatten. Er regte eine polizeiliche Untersuchung an, um die Frage der Schuld endgültig zu klären.

Wenige Tage später traf das Schicksal die junge Frau ein zweites Mal erbarmungslos. In Folge des Brandes musste sie ihren Ehemann zu Grabe tragen. Er hatte sich bei den Löscharbeiten derart verausgabt, dass er einen fürchterlichen Schaden an der Lunge genommen hatte. Ihr Jüngster war durch ihre Unaufmerksamkeit zu einem Brandstifter geworden, sofern man bei einem so kleinen Kind diese Bezeichnung überhaupt verwenden konnte. Und er hatte dadurch auch noch indirekt den Tod seines eigenen Vaters verursacht.

Wie sollten sie alle mit diesem Wissen das weitere Leben aushalten? Sie verharrte wie das Kaninchen vor der Schlange, teilnahmslos auf den tödlichen Biss wartend. Im ersten Schock hatte sie die notwendigen Arbeiten gut und präzise erledigt, einschließlich der Trauerfeier für ihren geliebten Mann. Es war nicht sie selbst, die da agierte. Etwas steuerte sie in ihrem Handeln und hielt zugleich die schlimmen Ereignisse ein wenig fern von ihr. Nur langsam sickerte es in ihr Bewusstsein: Der Gatte war tot und ihr Knabe ein Brandstifter. Fast war es ein Trost, dass auch ihr eigenes Heim ein Opfer der Flammen geworden war und sie ohne Dach über dem Kopf dastand. Sie hoffte in ihrer Verzweiflung, dass es den Zorn der anderen Geschädigten auf ihre Familie ein kleines bisschen mildern würde.

Unterschlupf fand sie mit ihren beiden Jungen jedoch nicht sogleich. Die ersten Tage nächtigten sie im Pfarrwitwenhaus, bis sich die Verwandtschaft besann und ihnen ein Bett anbot. Vieles von ihrem Inventar hatten sie retten können. Auch bei den Nachbarn hatten sie geholfen, so gut es ihnen möglich gewesen war.

Otto hatte bis zur völligen Erschöpfung gelöscht. Doch er war einmal zu oft in den heißen Feuerkessel gerannt, um fremde Habe zu retten. Heißer Qualm hatte ihm dabei die Lungen geschädigt. Reizhusten und blutiger Auswurf hatten es angezeigt. Eine Lungenentzündung war die Folge gewesen

239

und hatte nur zehn Tage nach dem Brand zum qualvollen Tode geführt.

Sie hielt den Rahmen mit dem Hochzeitsfoto in ihren rauen Händen, streichelte sanft über seine Silhouette. Dies war das einzige Bild von ihrem Mann, das ihr geblieben war. Die andere Hand hielt die Todesanzeige. Immer wieder las sie den selbst ausgewählten Text. Nur so schien die Wahrhaftigkeit des Verlustes in ihr Bewusstsein zu gelangen. Lautlos die Lippen bewegend las sie die Anzeige:

»Ahausen, den 19. Juni 1933

Des Herrn Wille geschehe!

Heute Nachmittag entschlief plötzlich und unerwartet infolge heftiger Krankheit im Bethesda zu Rotenburg mein innigstgeliebter, herzensguter Mann, meiner Kinder liebevoller Vater, Sohn, Schwiegersohn, Bruder und Schwager

Otto Paulsen
im Alter von 39 Jahren

In tiefem Schmerz …«

Die Worte verschwammen. Die Tränen nahmen ihr die Sicht. Jedes Mal brach der Damm an dieser Stelle: »In tiefem Schmerz«, dann folgten die Tränen. Sie blinzelte sie davon und las weiter.

»Die Beerdigung findet am Donnerstag, den 22. Juni 1933, nachmittags 2 Uhr in Ahausen statt.«

Das Datum, es war alt, verbraucht, unwiederbringlich Vergangenheit. Nein, nicht findet, fand müsste es heißen. Der schmerzhafte Gang zum Grab lag bereits hinter ihr. Die Trauergemeinde war klein gewesen, aber diejenigen, die ihr zur Seite standen, trugen sie durch den Schmerz. Umarmungen, tröstende Worte, sie sog alles auf wie ein vertrockneter Schwamm. Aber was würde die Zukunft bringen?

»Was soll nur werden, lieber Gott?«, sprach sie in die verzweifelte Stille hinein.

Es war das größte Opfer, das eine liebende Mutter erbringen konnte, und heute war sie bereit dafür, obgleich sie schon einen herben Verlust erlitten hatte. Auch diente es dem Jungen als Schutz, denn sie fürchtete um seine Gesundheit. Zwar glaubte sie nicht ernsthaft, dass es wirklich irgendjemand wagen würde, ihm körperliches Leid zuzufügen, aber es gab noch andere, perfide Formen von Leid. Sie selbst war Freiwild, es galten keine gesellschaftlichen Regeln mehr. Man bespuckte sie, warf Steine durch die Scheiben der Verwandtschaft und drohte offen, den kleinen Übeltäter zur Strecke zu bringen. Hinausjagen aus dem Ort solle man die Feuersbrut, so forderte manch erregtes Gemüt es laut. Zwar zeigten nur einige wenige ihre Ablehnung so offen, doch dies reichte aus, um ihr das Leben zur Hölle zu machen.

Ihre gesamte Familie hatte genug gelitten, das musste ein Ende haben. Wortlos packte sie die wenigen Sachen ihres jüngsten Sohnes in einen ledernen Reisekoffer. Sommer- und Winterhosen, Strümpfe und kurze Socken, ein wenig Unterwäsche und die karierten Hemden. Dazu legte sie einen warmen Pullover und zwei Paar Schuhe, eines aus Holz und ein abgetragenes Paar Lederschuhe. Jacke und Mütze sollte er auf dem Weg tragen, denn den warmen Sommertagen folgte die feuchte Hundskälte. Viel konnte sie ihm nicht mitgeben. Die meisten Sachen bestanden aus Spenden, die barmherzige Menschen im Ort vorbeigebracht hatten. Ihre eigene Kleidung war ein Opfer der Flammen geworden. Auch ihr selbst genähtes Hochzeitskleid, auf das sie so stolz gewesen war. Nun trug sie ein schlecht sitzendes Kleid in Witwenschwarz.

Vor dem Haus wartete das Pferdegespann mit den beiden Schimmeln, bereit für die Abfahrt. Sie selbst würde die kleine Kutsche nach Haberloh fahren. Bei den Großeltern konnte ihr Jüngster unterkommen, bis Ruhe in Ahausen eingekehrt war. Einen kleinen Stoffhund, zottelig, grau und an Schnauze und Ohren sehr abgegriffen, presste sie ihrem Sohn in die kurzen Kinderarme.

Der kleine Junge verstand nicht, warum er ausgerechnet jetzt verreisen musste und wozu er den fremden Hund mitnehmen sollte. Jetzt, wo Papa bei Gott wohnte, konnte er doch Mama nicht alleine lassen. Und verreisen wollte er schon gar nicht.

Tränen liefen über die zarte Kinderhaut und versickerten im Fell des grauen Stoffhundes. Mama hatte ihn trotzdem nach oben auf den Kutschbock gehoben und war ihm dann gefolgt. Er versteckte sein rundes Kindergesicht in dem abgegriffenen Hund. Nun kutschierte seine Mutter das Gefährt mit angespanntem Blick aus dem Dorf heraus. Langsam sah er die Reste seines Elternhauses kleiner werden, bis es ganz aus seinem Blickfeld verschwunden war. Nur der Kirchturm gab ihm noch einen Anhaltspunkt, wo sich sein Zuhause befand. Dann verschwand alles hinter einer Baumgruppe.

Viele Augen folgten ihnen heimlich, registrierten genauestens, wie sich die junge Frau verhielt. Noch genauer schauten die Dorfbewohner hin, als sie alleine wieder zurückkehrte und mit keiner Silbe den Verbleib ihres Sohnes kommentierte.

Es war nicht einfach, die Gunst der Dorfgemeinschaft wieder zu erbitten. Doch ohne Hilfe konnte niemand auf dem Land bestehen. Sie hoffte auf Erbarmen und Menschlichkeit, zumindest bei denjenigen, die nicht direkt Schaden durch den großen Brand genommen hatten. Täglich betete sie für alle.

Es sollten Jahre vergehen, bis der kleine Junge den Kirchturm wieder zu Gesicht bekam. Die Kindheit verbrachte er bei den Großeltern in Haberloh. Dies war sein Ort der Verbannung. Zugegeben, es hätte ihn schlechter treffen können, dennoch fehlte ihm die Mutter sehr. Bei ihren Besuchen hoffte er immer wieder, dass sie gekommen war, um ihn abzuholen. Doch er wurde jedes Mal enttäuscht.

Die Zeit legte sich milde über den Zorn des Dorfes, schmälerte im Rückblick den Verlust. Mit fremder Hilfe errichtete man die zerstörten Häuser schnell wieder neu. Der Dorfkern erhielt ein moderneres Gesicht. Zum folgenden Winter hatten die meisten Geschädigten wieder ein eigenes Dach über dem Kopf, das bei näherer Betrachtung sogar komfortabler war als das alte. Statt mit weicher Dacheindeckung aus Heide und Stroh schützte man die Häuser nun mit tönernen Dachziegeln. Sie waren feuerunempfindlicher. Viele Dorfbewohner söhnten sich allmählich mit ihrem Schicksal aus, anderen gelang dies niemals. Der Makel des »Brandstifters« haftete unabänderlich an den beiden Jungen und ihren Familien. Die Zeit schritt voran. Der Alltag folgte auf die furchtbaren Geschehnisse. Neue Ereignisse legten sich über die Katastrophe.

Erst im Winter 1945 kehrte der kleine Junge, inzwischen ein junger Mann, aus dem verheerenden Zweiten Weltkrieg zurück, hatte im Ostfeldzug Tod und Sterben in unerträglichem

Maße erlebt. Anderen Ahausern erging es schlechter, sie fielen im Krieg oder galten als vermisst.

Seit dem Brand hatte er weder Ahausen noch sein Elternhaus betreten. Jetzt war es trotz seines Überlebens eine traurige Rückkehr. Sein geliebter älterer Bruder war gefallen. Es gab kein Wiedersehen. Nach allem, was geschehen war, musste er seiner Mutter nun auch noch dies antun. Er, der Verbannte, kehrte gesund heim und konnte doch den toten Bruder nicht ersetzen. Egal, was er tat, ob Gutes oder Schlechtes, darunter verborgen lauerte immer wieder die Frage nach der Schuld. Er hatte jedoch nicht überlebt, um aufzugeben. Im Gegenteil, er war gewillt, in seiner alten Heimat Verantwortung zu übernehmen und seine alte Schuld gegenüber dem Dorf zu tilgen. 28 Jahre nach Kriegsende wurde er, der Brandstifter von damals, zum Bürgermeister der Gemeinde Ahausen gewählt. Seine Amtszeit sollte 37 Jahren andauern.

Anmerkung der Autorin

Eine der ersten Geschichten, die ich vor 20 Jahren als neu zugezogene Ahauserin zu hören bekam, war die faszinierende Geschichte vom »Zweiten Gesicht der Gret von Ahausen«. Diese einfache Magd soll neben vielen anderen Ereignissen auch den großen Brand von Ahausen vorausgesagt haben.

Das Zweite Gesicht ist für uns heute ebenso unerklärlich wie für die Menschen damals. Ich persönlich bin davon überzeugt, dass es ungewöhnliche Äußerungen und Auftritte von Grete gab, die den Ursprung für den Mythos bildeten. Die Ahauser Bürger nahmen ihre Visionen immerhin so ernst, dass sie einige Jahre Feuerwachen durch den Ort patrouillieren ließen. Doch das verheerende Unglück geschah erst 13 Jahre nach Gretes Tod. Das erklärt vielleicht, weshalb die Dorfbewohner die vorhergesagte Katastrophe nicht mehr erwarteten, zumal man von einem Sonntag ausging, sich das Unglück aber am Pfingstmontag ereignete.

Fiktion und Wahrheit mischen sich innerhalb dieses Romans. Ihr Übergang ist hier ebenso fließend, wie der zwischen Vorhersehung und Zufall. Ausgangspunkt ist neben dem Phänomen des Zweiten Gesichts auch die unglaubliche Lebensgeschichte eines Ahauser Bürgers, der im Ort geboren wurde, dort gelebt hat und gestorben ist. Diese Person steht zum einen für die furchtbare Feuersbrunst im Jahre 1933 und zum anderen für eine erfolgreiche Dorfentwicklung in den Jahren 1973 bis 2010. Das Schicksal hatte ein festes Band zwischen ihm und dem Ort gewebt, wobei nie endgültig geklärt werden wird, ob dieses Schicksal unabänderlich wie vorhergesagt so hatte eintreffen müssen.

Gretes Vorhersagen sind durch unterschiedliche schriftliche und mündliche Quellen belegt. Ob ihre Niederschrift wirklich vor dem großen Brand geschah, kann weder be- noch widerlegt werden, da alle verfügbaren Belege erst nach 1933 verfasst wurden.

Das Interesse an der Grete war und ist jedoch damals wie heute ungebrochen. So befassten sich beispielsweise zwei Experten der Berliner Zeitung »Die Woche« in der Ausgabe vom 30. Juni 1937 mit der Existenz des Zweiten Gesichts und führt als Beispiel dafür die Vorfälle in Ahausen an:

Ahausen – das Branddorf/Ein einwandfrei belegtes zweites Gesicht

Gibt es das »zweite Gesicht«? In der Lüneburger Heide, in Friesland, in Schleswig-Holstein munkelt man von Leuten, die die Gabe haben, künftige Ereignisse in geheimnisvollen Bildern vorauszusehen. Man berichtet von Schottland, daß in den einsamen Hochtälern diese Gabe immer und immer wieder aufträte. Die Wissenschaft hält diese Erzählungen häufig für Legende. Die Schriftleitung hat ihre Sonderberichterstatter Dr. Rolf Reissmann und S. Balkin beauftragt, an Ort und Stelle Nachforschungen anzustellen – in den einsamen Heidedörfern, bei den Bauern, bei den Lehrern. Die Arbeit war schwierig. Der Spökenkieker redet nicht. Er verschweigt seine Gesichte. Der Tatsachenbericht wäre unmöglich gewesen ohne die Mitarbeit einfacher Volkskundler, die um diese Dinge wissen. Auch sie haben viel verschwiegen. Was ihnen anvertraut wird, geschieht unter dem Siegel des Schweigens und dieser Bann darf nicht gebrochen werden. Der »Spökenkieker« hält sich für verfemt – und oft ist er es. Gleichwohl ist es den Berichterstattern gelungen, in mühsamer Arbeit Belege genug dafür zu finden, daß das »zweite Gesicht« kein Hirngespinst sondern eine reale Tatsache ist, an der nicht gezweifelt werden kann. […]

Der Zeitungsartikel entstand vor 74 Jahren. Die beiden Sonderberichterstatter hatten damals Gelegenheit, mit Zeitzeugen zu sprechen. Mir war dies bei meinen Recherchen leider nicht möglich, da es keine lebenden Zeugen mehr gibt. Auch der Nachfahre des Timpenhofbauern, heute selbst Anfang achtzig, kennt die Geschichten von der Grete nur aus mündlichen Überlieferungen. Vielleicht sind die schriftlichen Aufzeichnungen aber auch 1933 dem Brand zum Opfer gefallen. Zumindest ist es nicht auszuschließen, dass Gretes Visionen und Vorhersagen später so interpretiert wurden, dass sie mit den tragischen Ereignissen zusammenpassten.

Durch einen Zufall erfuhr ich vor vielen Jahren dann von dem anderen Teil der tragischen Geschichte. An einem Abend im Herbst 1998 besuchte uns unser neuer Versicherungsvertreter Bernhard Hasselhoff. Er war zugleich Bürgermeister der Gemeinde Ahausen und erzählte gerne. Auf die von mir ohne Hintergedanken gemachte Bemerkung »Ahausen ist ja mal in den 30er-Jahren abgebrannt«, antwortete er spontan und ruhig: »Ja, das war ich!« Auf den ersten Schreck folgte die Neugier. Im Laufe der Zeit stellte ich fest, dass die Person Bernhard Hasselhoffs, die ebenfalls eine Vorlage für diesen Roman bildet, mindestens so spannend war, wie die Grete selbst. Nicht immer war ihm meine Neugier recht, trotzdem unterstützte er mich bei den Recherchen bis zu seiner Erkrankung im Herbst 2009. Für ihn stand immer die Grete im Fokus des Interesses, ich stellte mir auch andere Fragen: Welchen Einfluss hatten die Ereignisse von 1933 auf diesen Menschen? Was bewegte ihn dazu, 37 Jahre seines Lebens in den Dienst eines kleinen Dorfes zu stellen, Bürgermeister dieser kleinen Gemeinde zu sein? War es ausschließlich die Schuld, die ihn dazu motivierte, den Menschen Versicherungen zu verkaufen, Menschen zu beraten, wie sie in einem potenziellen Schadensfall möglichst gut abgesichert sind? Was verbirgt sich hinter diesem Leben, in dem den öffentlichen Interessen einer Gemeinde Vorrang vor den eigenen familiären Belangen gewährt wurde?

Im September 1973 begann die kommunalpolitisch außergewöhnliche Karriere Bernhard Hasselhoffs, nach dem der amtierende Bürgermeister Steffen Kothe am 18. September 1973 aus persönlichen Gründen seinen Rücktritt erklärte und das Amt an seinen Stellvertreter Hasselhoff übergab. Dieser führte von nun an die Geschäfte des Ratsvorsitzenden. Dann bat der scheidende Bürgermeister das älteste Ratsmitglied, Frau Irmgard Paul, die Neuwahl des Ratsvorsitzenden als Bürgermeister und Gemeindedirektor vorzunehmen.

Vorgeschlagen wurde als alleiniger Kandidat Bernhard Hasselhoff, der mit sieben Stimmen bei einer Enthaltung gewählt wurde. Der neue Bürgermeister übernahm das Amt mit knapp 40 Jahren, in dem Alter, in dem sein eigener Vater an den Folgen des verheerendes Feuers zu Tode gekommen war.

Mag der Zufall im Leben häufiger eine Rolle spielen, als wir es wahrhaben wollen, so fällt es in diesem Falle schwer, an einen selbigen zu glauben. Ein kleiner Junge und sein Spielkamerad zündeln und vernichten durch das entstehende Großfeuer ein halbes Dorf. Bei den Löscharbeiten verausgabt sich sein Vater dermaßen, dass er zehn Tage später an einer Lungenentzündung stirbt. Von nun an muss dieses Kind ohne Vater aufwachsen und wird für eine lange Zeit zu seinen Großeltern »verbannt«. Immer ist er mit dem Makel des Brandstifters belegt, wenngleich niemand einem Kleinkind im Alter von vier Jahren ernsthaft Schuld an den tragischen Ereignissen geben kann.

Glücklicherweise wurde die Feuerversicherung ein gutes halbes Jahr vor der Feuerkatastrophe eingeführt, sodass viele der geschädigten Ahauser ihre neu abgeschlossenen Versicherungen in Anspruch nahmen. Trotzdem verloren viele nicht nur ihr Heim, sondern auch ihren Tierbestand, Inventar und Erinnerungsstücke, die nicht zu ersetzen waren. Familiäre Erbstücke, Fotografien, Wäsche, Möbel und Geschenke gingen durch diese Feuerkatastrophe unwiederbringlich verloren. Die Dorfstruktur und das Erscheinungsbild des Ortes wurden ebenfalls völlig verändert. Auch die Vorräte an Lebensmitteln waren durch das Feuer dramatisch geschrumpft.

Vierzig Jahre später wird das Kind von damals Bürgermeister und arbeitet als Vertreter für eine Versicherungsgesellschaft. Bis kurz vor seinem Tode setzt er sich aktiv für sein Heimatdorf ein. Im Februar 2010 muss er aus gesundheitlichen Gründen sein Amt endgültig abgeben. Trotzdem beschäftigt ihn die Zukunft des Ortes weiterhin.

Am 23. April 2010 stirbt der kleine Junge, der inzwischen ein betagter Mann ist, nach kurzer schwerer Krankheit. Sein unermüdlicher Einsatz zum Wohle des Ortes und der dort lebenden Menschen hat die Ahauser wieder mit ihm versöhnt.

Der Brand muss auch in der Kinderseele tiefe Spuren hinterlassen haben. Mag es eine bewusste oder unbewusste Entscheidung für den Dienst an der Gemeinde gewesen sein, der Gedanke der Wiedergutmachung drängt sich auf. Jeder Mensch muss eigene Wege finden, um in Frieden leben und sterben zu können. Vielleicht ist dies einer davon!

Dass der eigene Hof und auch ein Familienmitglied zu Schaden kamen, dämpfte den Groll auf den kleinen Brandstifter und seine unachtsamen Aufpasser vielleicht. Doch war und ist es nicht jedem gegeben, großzügig zu verzeihen.

Allerdings brachen im Jahre 1933 Zeiten an, die die Brandkatastrophe im Rückblick wesentlich weniger dramatisch erscheinen lassen als die folgende Zeit des Nationalsozialismus. So wurde letztlich das Geschehen in den Folgejahren relativiert, als große Teile Europas unter der Lunte der nationalsozialistischen Brandstifter Feuer fingen.

Doch der tragische Brand von Ahausen beschäftigt die Menschen in dieser Region bis in die Gegenwart. Als geschichtlicher Unterrichtsstoff in der Ahauser Grundschule oder als künstlerisches Thema, umgesetzt in einigen Zeichnungen durch die Ottersberger Künstlerin Gundula Dangschat. Aber auch in einem Zeitungsartikel des Achimer Kuriers vom 6. Januar 2001: »Die junge Magd mit dem ›zweiten Gesicht‹«. Darin äußerte sich Bernhard Hasselhoff selbst öffentlich zu den Ereignissen von damals, an die er keine Erinnerungen hatte. Sein sehr treffendes Resümee lautete: »*Wenn die Gret heute leben würde, dann wäre die ein absoluter Medienstar.*«

Jutta Michels, Dezember 2011

Nachtrag

Im Juli 2012 verstarb der letzte Nachfahre des Timpenhofes, der die landwirtschaftliche Hofstelle bis in die 1970er-Jahre bewirtschaftet hatte, ehe er sie aus wirtschaftlichen Gründen aufgeben musste. Der alte Mann erlag vor dem gegenüberliegenden Dorfladen dem plötzlichen Herztod, nur wenige Tage nachdem die noch verbliebenen Stallgebäude des einstmals prächtigen Hofes abgerissen worden waren.

Danksagung

Als ich vor vielen Jahren begonnen habe, mich für die Ahauser Geschichte zu interessieren, ahnte ich noch nicht, dass daraus einmal ein Buch entstehen würde. Ohne die Hilfe von vielen Ahausern, die mir ihre Lebenserinnerungen, privaten Fotos, Briefe und andere Materialien anvertrauten oder für meine Fragen immer ein offenes Ohr hatten, wäre dies nicht möglich gewesen. Dafür möchte ich mich an dieser Stelle herzlich bedanken. Ich möchte zudem jenen danken, die mich auf sehr unterschiedliche Weise bei meiner schriftstellerischen Arbeit unterstützt haben, insbesondere bei meiner Lektorin, die mir mit Geduld und Einfühlungsvermögen zur Seite stand.

Jutta Michels